AF282321

Der Wald der Rituale

Zum Buch

Das verborgene Universum: Im Wald bei Vahlendorf scheint es zum Greifen nah. Bereits vor Jahrtausenden wurden hier Rituale praktiziert, Gräber angelegt und Geister beschworen. Einer uralten Sage zufolge soll sogar der Teufel persönlich dort gehaust haben. Als Michael Sallin das alte Gärtnerhaus am Rande des Waldes bezieht, ahnt der psychisch angeschlagene Fotograf noch nichts von den spirituellen Erfahrungen, die ihn bei der ortsansässigen Schamanin Charlotta Rheintaler erwarten, die auch als Hexe von Vahlendorf verrufen ist. In ihren Visionen sieht die Frau mit den roten Haaren die Toten des Waldes und erfährt, dass ein Opfer gebracht werden muss. Als Rheintaler spurlos verschwindet, schickt die Kripo Lübeck Kriminalkommissar Max Freimann. Zusammen mit der Dorfpolizistin Petra Maltow versucht der alkoholabhängige Polizist, Licht in das Dunkel des mysteriösen Falls zu bringen. Dabei werden beide von absonderlichen Visionen und quälenden Gedanken geplagt. Die magischen Kräfte des Waldes scheinen zu neuem Leben zu erwachen, denn nur hier, tief im Ritualwald, soll sich ein Portal in die geistige Welt befinden – der geheimnisvolle Megalith.

Zum Autor

Gerald C. Gräf, Jahrgang 1957, lebt in einer kleinen Ortschaft am Rande Hamburgs. Neben zwei autobiografischen Werken und zwei Kurzkrimis, die in den Anthologien der AHRENSMORD-Serie erschienen sind, gehören folgende fiktive Werke zu seinen Buchveröffentlichungen: »DER SCHATTEN VON APOPHIS«, »GOTTES UNSICHTBARE ARMEE«, »DER MODELLBAUER«, »DER PAKT DES TERRORISTEN« und »DER ALPTRAUMMÖRDER«. In seinem aktuellen Werk »DER WALD DER RITUALE« begibt sich der Autor auf eine geheimnisvolle Reise in die mythische Welt des Schamanismus.

GERALD C. GRÄF

DER WALD DER RITUALE

Mystery-Krimi

Impressum:

Bibliografische Information der Deutschen Nationalbibliothek.
Die Deutsche Nationalbibliothek verzeichnet diese Publikation in der
Deutschen Nationalbibliografie; detaillierte bibliografische Daten sind im
Internet über http://dnb.dnb.de abrufbar.

© 2025 Gerald C. Gräf
Alle Rechte vorbehalten

Autor: Gerald C. Gräf
Umschlaggestaltung: Gerald C. Gräf

Verlag:
BoD · Books on Demand GmbH, Überseering 33,
22297 Hamburg bod@bod.de
Druck:
Libri Plureos GmbH, Friedensallee 273, 22763 Hamburg

ISBN: 978-3-8192-9583-6

»Der Wald ist ein Spiegel deiner Seele …«

(alte schamanische Weisheit)

Für Kirstin …
und Michael, der schon mal das Portal durchschritten hat.

PROLOG

*D*er große Stein *sprach zu mir! Seine Botschaft trägt den Tod in sich. Wir fürchten uns vor dem Namenlosen, das in den Nächten um unsere Siedlung schleicht. Wie Wölfe will es uns zerfleischen. Die Geister des Waldes beschützen uns – doch wie lange noch ...?*

Der große See funkelte wie ein Juwel in der Abendsonne. Als der Regen nachließ, stiegen Nebelschwaden auf, und am Himmel erschien ein prächtiger Regenbogen, dessen Farben sich in unzähligen Tautropfen spiegelten, die wie Perlenketten in den Spinnennetzen schimmerten. Das Erdreich dampfte wie ein Auerochse, der nach langer Hetzjagd erschöpft zu Boden ging.

Stille erfüllte den Wald, in den bereits der Herbst einzog. Doch als sich die Jäger und Sammler am Rand einer Grube versammelten – umgeben von moosbedeckten Felsbrocken und mächtigen Eichen –, schallten ihre beschwörenden Gesänge durch das Gehölz, und das Wild des Waldes schreckte verängstigt auf.

Nicht weit von ihnen thronte der Megalith. Wie ein mächtiger Phallus wachte der geheimnisvolle Steinblock über den Wald und seine Bewohner. Ein Symbol für die Fruchtbarkeit, die Beständigkeit, für den Schutz

7

der Natur und die spirituelle Verbindung zwischen Himmel und Erde.

Die Mitglieder des Stammes waren in kunstvoll bearbeiteten Tierfelle gekleidet, in denen bunte Federn steckten. Sie trugen Schmuck aus Muscheln, Zähnen, Knochen und Steinen. Ihre Haut war verziert mit mystischen Symbolen, die in Rot und Schwarz auf ihren Leibern glänzten. In den Gesichtern der Männer kräuselten sich lange Bärte, während die Frauen ihre Haare zu Zöpfen geflochten hatten. Einige trugen Kopfbedeckungen aus Fellen und Häuten.

Als die Sonne am Horizont versank, entfachten sie ein Feuer in der Grube. Während die gelbrote Glut ihre Körper erwärmte und die flackernden Flammen den Wald in ein gespenstisches Licht tauchten, bewegten sie sich singend um das Feuer, das sich wie ein lebender Organismus in ihren Augen spiegelte. Ihre Bewegungen steigerten sich zu einem wilden Tanz, der alle Mitglieder des Stammes in seinen Bann zog.

Rote Funken stoben in die Dunkelheit, die Schatten ihrer Körper wanderten durch das Gehölz und in der Ferne heulte ein Rudel Wölfe den Mond an.

Gedärme erlegter Tiere wurden herumgereicht, gefüllt mit einer süßlich riechenden, berauschenden Flüssigkeit. Begierig tranken sie, stampften mit den Füßen, verrenkten ihre Glieder und streckten die Arme hoch, als wollten sie den Sternenhimmel ergreifen, in dem sich ihnen die Milchstraße wie ein funkelnder Diamantenteppich darbot.

Als dunkle Wolkenfetzen vor der Mondsichel erschienen und das Wasser im See schwarz glänzend schimmerte, nahm der Älteste von ihnen eine mit Tierhaut bespannte Trommel zur Hand. Er war der Schamane des Stammes, ein Wanderer zwischen der diesseitigen und der jenseitigen Welt.

Als Geisterbeschwörer, Heiler und Seher war er das Bindeglied zwischen dem Irdischen und dem Übernatürlichen. Mit monotonen, heftigen Schlägen versetzte er die Tanzenden in eine tiefe Trance, um die Geister des Waldes anzurufen.

Ihr Gesang wurde lauter, der Tanz immer wilder, und während der Mond das Firmament erklomm, verfielen sie in eine tiefe Ekstase, in der sie im Geiste die jenseitige Welt erkundeten.

Plötzlich änderte sich der Rhythmus der Trommel. Ihre Körper fielen wie Marionetten zu Boden. Mit geschlossenen Augen drückten sie sich in die feuchte Erde, rieben den Schlamm auf ihre vom Wetter gegerbte Haut, flüsterten Beschwörungsformeln und wandten sich in die Grube hinein, so als wollten sie mit der Erde verschmelzen.

Der Schlag der Trommel wurde schneller.

Regungslos lagen sie in der Grube, bis sich ihnen die unsichtbare Wahrheit des Kosmos offenbarte. Sie sahen Dämonen, fantastische Wesen, bizarre Formen, Farben und Landschaften, für die es keine Worte gab.

Die Geister der Unterwelt, die sie ehrfürchtig anbeteten, sprachen zu ihnen. Einige waren ihnen wohlgesonnen, andere trugen das Böse in sich, um ihnen düstere Prophezeiungen zu überbringen, die den Tod in sich trugen. Prophezeiungen über die Beute, das Wetter, über den Wald und die Feinde, die ihnen die Jagdgründe streitig machen wollten. Rätselhafte Vorhersagen, magisch und voller Widersprüche, die es zu deuten galt.

Der Geisterbeschwörer wusste: Das nächtliche Ritual – die Reise in die geistige Welt und die Begegnung mit den Geistern, ob wohlgesonnen oder boshaft – war von entscheidender Bedeutung für die Jäger des Waldes. Ihr Überleben hing von den unerbittlichen Gesetzen der Natur ab, die es zu achten und zu befolgen galt. In ihrer Vorstellung besaß alles, was existierte, eine Seele und einen Geist. Alles befand sich in einem fragilen Gleichgewicht, und nur jene, die sich in das gewaltige Räderwerk der kosmischen Kräfte einfügten, konnten überleben.

Die Balance entschied über Leben und Tod.

Doch für die Jäger des Waldes gab es nur wenige Pfade, um das Gleichgewicht der Kräfte zu erhalten: Sei wie Wasser, das sich der Veränderung anpasst. Begib dich auf die Reise zu den Geistern, lerne ihre Sprache, bitte sie um Hilfe, glaube inständig an ihre Kräfte und hüte dich vor den dunklen Mächten, die das Böse in dir wecken.

Du kannst sie nur an einem einzigen Ort finden:

Dem verborgenen Universum …

1.

Michael Sallin ging an der Wasserlinie entlang, den Blick gesenkt. Das Meer funkelte in der Mittagssonne wie die Sterne am Himmel. Die Luft war warm, der Wind streichelte milde sein Gesicht, und über den Köpfen der wenigen Menschen, die den sonnigen Tag im Watt genossen, kreischten Möwen.

Es herrschte Ebbe. Die Nordsee hatte sich weit zurückgezogen und ein schier endloses Wattenmeer hinterlassen, durchzogen von zahllosen Rinnsalen, in denen glasklares Wasser schimmerte.

Sallin besuchte in den Sommermonaten regelmäßig das Meer, um durch das Watt zu streifen. Vor zehn Jahren, an seinem fünfzigsten Geburtstag, hatte der hagere Mann mit den grauen Haaren zum ersten Mal den heilsamen Effekt der Nordsee-Exkursionen bemerkt.

Das Wattenmeer reinigte seine Seele. So wie das Meer sich zurückzog, spülte es den Abfall aus seiner Seele heraus, der sich mit beständiger Regelmäßigkeit dort immer wieder aufs Neue ansammelte.

Der freie Fotograf hatte seine Kamera stets dabei, doch im Watt fotografierte er selten. Jede Ablenkung behinderte den Heilungsprozess. Schließlich gab es gute Gründe, warum er vor zehn Jahren beschlossen hatte, das Meer als Therapie zu nutzen und ein Leben als moderner Nomade zu führen.

Alle paar Jahre wechselte er den Wohnort. In einem Radius, der es ihm erlaubte, die Tour an die Nordsee an einem Tag zu bewältigen.

Beides hatte Priorität: die Umzüge und seine Wanderungen durch das Watt. Auf diese Weise gelang es ihm, die Balance aufrechtzuerhalten.

Alte Häuser ohne viel Komfort in kleinen Städten hatten es ihm angetan. Dörfer, in denen jeder jeden kannte, mied er ebenso wie große Metropolen, von denen es im norddeutschen Raum ohnehin nicht viele gab.

Sallin hatte es sich zur Gewohnheit gemacht, seinen Besitz zu dezimieren, bis alles in seinen VW-Bus passte: ein paar Möbel, Kameraausrüstung, Laptop, Kleidung und Alltagsgegenstände. Bei Bedarf mietete er einen Anhänger, um alles auf einmal zu transportieren.

Du läufst vor der Vergangenheit weg ...
Du bist ständig auf der Flucht ...

Diejenigen, die er in Berlin zurückgelassen hatte, echauffierten sich. Vielleicht aus Neid, denn ohne es zu wissen, waren sie Gefangene ihrer Lebensumstände. Sallins anspruchsloses Nomadenleben hingegen zeichnete sich durch Unabhängigkeit aus. Ein Privileg, das ihm nicht in den Schoß gefallen war. Seine Selbstständigkeit war ein Risiko gewesen; jeder Auftrag keine Selbstverständlichkeit. Doch die großen Magazine bezahlten gut für seine einzigartigen Bilder.

Im Laufe der Jahre war es ihm gelungen, Nähe zu Prominenten aufzubauen. Die Gabe des aktiven Zuhörens, die er bis zur Perfektion verfeinert hatte, öffnete dem Fotografen viele Türen und machte ihn zu einem gefragten Gesprächspartner.

Sallin hatte früh erkannt, dass die im Rampenlicht Stehenden sich vor allem nach Normalität und Ehrlichkeit sehnten. Das aktive Zuhören – authentisch und bedingungslos – bescherte ihm in kurzer Zeit viel Geld. Und es hatte ihm ermöglicht, sein Leben umzukrempeln, nachdem sich das Chaos an ihm ausgetobt hatte.

All dies hatte sich vor langer Zeit zugetragen.

Jetzt befand er sich seit Jahren auf Tour. Von Ort zu Ort, von Bleibe zu Bleibe – immer ein anderes Umfeld, ständig neue Bekanntschaften.

Die Zurückgelassenen in Berlin, zu denen er den Kontakt abgebrochen hatte, lagen falsch. Natürlich lagen sie falsch. Der Nomade mit den wachen Augen verabscheute die Isolation. Er befand sich auch nicht auf der Flucht – vielmehr entzog er sich der Monotonie eines durchschnittlichen Lebens. Das war etwas völlig anderes.

Sein unstetes Leben war das Gegenmodell, der Ausweg aus dem Hamsterrad, in dem er sich irgendwann totgelaufen hätte. Er zählte sich nicht zu den Einzelgängern, die Kontakte mieden. Im Gegenteil: Immer, wenn er die Zelte hinter sich abbrach, hinterließ er Zufallsbekanntschaften, die sich fragten, warum dieser nette, langhaarige Mann mit der Kamera, der so einfühlsam zuhören konnte, plötzlich verschwunden war.

Sallin begann zu frösteln. Zurück am VW-Bus nahm er die Canon, um den Sonnenuntergang einzufangen. Die Abenddämmerung war spektakulär, doch die Fotos waren nur Kitsch, dem er keine Beachtung schenken würde.

Auf der Autobahn Richtung Hamburg zog er Zwischenbilanz.

War es die richtige Entscheidung gewesen? Zehn Jahre auf Achse! Erst kürzlich hatte er seinen fünften Umzug gemeistert – ein Kraftakt, bei dem er alle Habseligkeiten in die obere Etage eines alten Gärtnerhauses schleppen musste. Ein Wermutstropfen, denn ansonsten entsprach das Objekt seinen Vorstellungen: ein Glückstreffer.

Oder war es an der Zeit, nach Berlin zurückzukehren? Die düsteren Ereignisse lagen weit zurück, vielleicht hatte sich sein Zustand stabilisiert, um das alte Leben wiederauferstehen zu lassen.

Doch wozu? Um anderen einen Gefallen zu tun?

Das ist keine Option … ging es Sallin durch den Kopf, als er die A24 bei Mölln verließ.

Schließlich musste er sich eingestehen, Gefallen am Nomadenleben gefunden zu haben.

Sicher gab es Nachteile und oft auch Ärger mit den Vermietern, die er über die Dauer des Mietverhältnisses im Unklaren ließ. Doch unter dem Strich genoss er die Unabhängigkeit und das Gefühl von Abenteuer, das ihn immer überkam, wenn er ein neues Domizil bezog.

So auch jetzt in Vahlendorf.

Die kleine Gemeinde in Schleswig-Holstein, östlich von Mölln und nahe dem Schaalsee, beeindruckte vor allem durch eines: Abgeschiedenheit.

Mit knapp achttausend Einwohnern zählte Vahlendorf zu den größeren Orten in der Region, die von Wäldern, Seen, Mooren und landwirtschaftlichen Flächen geprägt waren. Das Gebiet lag am Rande des UNESCO-Biosphärenreservats Schaalsee, durch das einst die innerdeutsche Grenze verlief.

Sallin zog das Ladekabel seines Smartphones aus der USB-Buchse und atmete tief durch. Zukünftig würde er den Weg nach Vahlendorf auch ohne Navi finden.

Er schaltete das Radio ein. Amy Winehouse sang »Valerie« und er ertappte sich dabei, wie seine Daumen im Takt der Musik auf das Lenkrad tippten.

Es war meine Schuld gewesen. Ich hätte es verhindern können. Vielleicht …

Plötzlich wurden seine Augen feucht. Der Song hatte etwas in ihm ausgelöst.

Er bremste ab und parkte den VW-Bus auf einem kleinen Parkplatz hinter dem Ortsschild von Vahlendorf. Erschöpft blickte er aus dem Seitenfenster und unterdrückte ein Schluchzen.

Der Anfall währte nur kurz. Sallin schnäuzte sich heftig und warf einen Blick in den Rückspiegel. Die auffallende Narbe auf der Stirn, die ihn bereits seit seiner Kindheit begleitete, befand sich noch an ihrem angestammten Platz. Die grünbraunen Augen waren gerötet, die Wangen eingefallen und die ehemals schwarzen Haare waren jetzt von einem aschfahlen Grau durchzogen. Tiefe Falten hatten sich um die Mundwinkel gebildet, und die Tränensäcke unter den Augen waren größer geworden.

Du hast schon mal besser ausgesehen …

Er lehnte sich zurück, schloss die Augen und ging im Geiste die Dinge durch, die er in den nächsten Tagen erledigen wollte.

Sein Blick fiel auf die Uhr. Gegen Mitternacht würde er zu Hause sein – noch genügend Zeit, um einen Happen zu essen.

Morgen früh stand ein Besuch bei seinem Vermieter Gropius auf der Liste, der gleich um die Ecke wohnte. Die erste Miete war fällig, und Gropius, ein seltsamer Kauz mit Bart, dessen Alter sich vermutlich jenseits der Achtzig befand, hatte auf Barzahlung bestanden. Der ehemalige Rechtsanwalt lebte allein. In einem riesigen, über hundert Jahre alten Herrenhaus aus roten Backsteinen, umgeben von einem parkähnlichen Landbesitz, der verträumt und unberührt am Rande der Gemeinde lag.

Sallin erinnerte sich an seinen ersten Besuch.

Er starrte auf eine wuchtige, grüne Holztür und ein unleserliches Namensschild, daneben ein weißer, abgegriffener Klingelknopf, der keine Töne verursachte, so oft er auch draufdrückte.

Sallin wartete, doch der Hausherr ließ sich nicht blicken. Er ging die Steintreppe hinunter, um sich einen Überblick zu verschaffen.

Das Areal – vermutlich mehrere tausend Quadratmeter – wurde von einem verwitterten, mannshohen

Holzzaun abgegrenzt, der an einigen Stellen bereits schadhaft war. Der Vorgarten, eine riesige, mit zahlreichen Maulwurfshügeln übersäte Rasenfläche, wurde von einem Schotterweg zerschnitten, der wie eingeschlafen dalag.

Hier fuhren zuletzt vielleicht Kutschen, dachte Sallin amüsiert.

Auf dem kleinen Parkplatz neben dem Anwesen stand Sallins Bus, beladen mit Säcken voller Kleidung und einigen wenigen Gebrauchsgegenständen. Mehr benötigte er nicht. Das alte Gärtnerhaus war vollständig ausgestattet. Kein Luxus, doch für Sallin die perfekte Mischung aus Minimalismus und Individualismus.

Alle Dinge des täglichen Lebens würde er in der fußläufig erreichbaren Rathausstraße einkaufen, die man als *die* pulsierende Lebensader des Ortes bezeichnen konnte.

Hier gab es alles, was das Herz begehrte: ein Café, eine Eisdiele, einen Bäcker, eine Drogerie, eine Apotheke, einen Optiker, einen Friseur, einen Blumenladen, mehrere Supermärkte, einen Uhrmacher, die Sparkasse, Bücher und Zeitungen, Ärzte und sogar einen Bestatter, der verschiedene Särge im Schaufenster ausstellte. In den oberen Stockwerken der Ladenzeilen hatten sich Versicherungs- und Immobilienmakler, Physiotherapeuten und Anwälte niedergelassen.

Die Einkaufsmeile wirkte überdimensioniert, doch Gropius hatte eine Erklärung parat: »Die Kunden kommen auch aus den umliegenden Gemeinden; das Einzugsgebiet ist groß – und die nächste Stadt weit weg«, hatte er grinsend erzählt und dabei sein schief sitzendes Gebiss klappernd hin- und hergeschoben. Die Vahlendorfer Rathausstraße hatte schon vor Jahrzehnten an Attraktivität gewonnen und entwickelte sich schnell zur Haupteinkaufsmeile der Region.

Sallin nahm es mit einer Mischung aus Gelassenheit und stiller Freude.

Er schüttelte den Gedanken ab und erinnerte sich wieder an seinen ersten Besuch bei Gropius.

Sein Blick fiel auf das alte Herrenhaus aus Backsteinen, in dem der alte Sonderling residierte. Über der Eingangstür thronte ein imposanter Giebel, der sich über zwei Stockwerke erstreckte. Sallin zählte drei doppelflügelige, weiße Sprossenfenster, die von dunkelgrünen Fensterläden eingerahmt waren. Die Dachflächen links und rechts waren mit blassroten Ziegeln gedeckt, die trotz ihres Alters noch erstaunlich gut aussahen. Der schmale, ungewöhnlich hohe Schornstein sah aus, als würde er jeden Moment einstürzen. Vom Erdgeschoss konnte Sallin nicht viel erkennen, da das Haus von dichtem Buschwerk umgeben war, doch durch die Blätter hindurch erkannte er dieselben grünen Fensterläden, die ihm bereits am Giebel aufgefallen waren – nur waren diese deutlich größer.

An der linken Seite des Hauses gab es einen eingeschossigen Anbau, dessen Dach als Terrasse diente. Das Geländer darauf war aus grauem, verwittertem Holz, und als Sallin darüber nachdachte, ob es stabil genug war, um sich gefahrlos dagegen zu lehnen, öffnete sich die schwere Haustür mit einem knarrenden Geräusch.

»Michael Sallin ...?«, fragte Gropius übellaunig und musterte ihn von oben bis unten.

»Genau. Der neue Mieter ...«, entgegnete Sallin und deutete in Richtung des Gärtnerhauses. Ihm fiel auf, dass Gropius ungepflegt wirkte. Die wenigen grauen Haare standen wirr ab, und auf seiner Nase thronte eine braune Hornbrille, die so schief auf der Nase saß, dass Sallin den Zwang in sich aufkeimen spürte, sein Gegenüber darauf hinzuweisen. Doch er verkniff sich die Bemerkung.

»Warten Sie hier. Ich hole den Schlüssel!« Der Alte drehte sich um und verschwand in der Dunkelheit des Flures.

Alexa kam ihm in den Sinn. Auch sie war in der Dunkelheit verschwunden – für immer. Vor seinem inneren Auge sah er das Blut, das ihren nackten Körper wie zähfließender Sirup umspülte. Er sah den leeren Blick ihrer Augen, den seltsam verdrehten Körper und ...

Sallin zuckte zusammen, als Gropius plötzlich vor ihm stand. Der Mann hielt ein braunes Lederband hoch, an dessen Ende ein Schlüssel baumelte. Sein grünes Hemd spannte sich über seinen Bauch.

»Passen Sie gut darauf auf«, murrte Gropius, der sich zwischenzeitlich die Haare gekämmt hatte. »Es gibt keinen Ersatzschlüssel. Haben Sie das Geld dabei?«

»Gut zu wissen«, antwortete Sallin einsilbig, steckte das Stück Metall am Band in die Hosentasche und überreichte Gropius einen Umschlag mit der vereinbarten Miete. Sein Gesicht fühlte sich plötzlich heiß an, und obwohl die Temperaturen an diesem sonnigen Junitag nicht über zwanzig Grad hinauskamen, trat ihm der kalte Schweiß auf die Stirn.

Irritiert wandte er sich hastig ab.

»Und achten Sie um Himmels willen darauf, dass nicht einer von diesem Archäologen-Pack den Garten umgräbt«, rief ihm Gropius aufgekratzt hinterher. »Die buddeln schon seit Jahren im Wald herum und stellen alles auf den Kopf. Genau wie die Ameisen-Forscher, diese durchgeknallten Spinner. Mit ihren Experimenten bringen sie das ganze Ökosystem des Waldes durcheinander. Die Toten sollte man besser ruhen lassen.«

Sallin blieb abrupt stehen und drehte sich um. »Was meinen Sie damit?«, fragte er irritiert. »Ich verstehe nicht so ganz? Was suchen die, diese ...?«

Weiter kam er nicht.

»... es gibt hier einen Spruch, den Sie beherzigen sollten, Herr Sallin«, murmelte Gropius.

»Der da lautet?« Sallin schaute ihn fragend an.

»Höre nie auf die Geister des Waldes. Es sind Dämonen, sie bringen dich um«, entgegnete Gropius mit erhobenem Zeigefinger.

»Ich werde Ihren Ratschlag beherzigen«, versprach Sallin amüsiert und schüttelte den Kopf.

»Hier in Vahlendorf ticken die Uhren anders, Herr Sallin. Der Wald hat seine Geheimnisse. Wer zu tief gräbt, schaufelt unter Umständen sein eigenes Grab«, sagte Gropius nebulös und knallte die Tür hinter sich zu.

2.

Das Klingeln des Telefons klang bedrohlich.
»Eine Leiche im Ritualwald? Schon wieder!«
Freimann seufzte, den Hörer fest an das Ohr
gepresst. Seine linke Hand hing zitternd vom Frei-
schwinger, so als ob sie sich der Kontrolle ihres Besit-
zers entziehen wollte. In der Schublade seines Schreib-
tisches lag die Flasche Cognac – halb gefüllt.

Er würde sie leeren, direkt nach diesem Telefonat.
Und das aus gutem Grund, denn schlechte Nachrichten lieferten immer einen guten Grund.

»Du tust ja gerade so, als wäre ich dafür verantwortlich, Max«, maulte der Kollege aus der Funkzent-
rale.

Der Kriminalkommissar aus Lübeck wiegelte ab.
»Kennst mich doch. Um diese Uhrzeit brauche ich erst
mal einen Kaffee.«

»Noch steht ja nichts fest«, spekulierte sein Gesprächspartner. »Die Archäologen graben ständig irgendwelche Knochen aus. Und die Spinner aus
Vahlendorf haben schon oft Leichen gemeldet, die sich
dann als Tierkadaver herausgestellt haben.«

»Ich weiß«, sinnierte Freimann. Der 53-jährige
Glatzkopf mit der Boxervisage blickte gedankenverloren aus dem Fenster. »Ich schaue mir das mal an. Sag
der Spusi trotzdem schon mal Bescheid. Vielleicht
brauchen wir das Team.«

»Natürlich, Max. Schon geschehen. Die sind bereits unterwegs, zusammen mit dem Typen von der Gerichtsmedizin.«

Die Sonne stand steil an einem makellos blauen Himmel, als Freimann den Dienstwagen auf dem holperigen Waldweg parkte.

Petra Maltow von der Polizeistation Vahlendorf, mit der Freimann schon öfter zu tun hatte, erwartete ihn bereits.

»Punktlandung!«, begrüßte ihn die schwarzhaarige Polizistin, die neben dem Hünen der Lübecker Mordkommission fast zwergenhaft wirkte. »Du siehst mitgenommen aus, Max.«

Freimann ging nicht näher darauf ein. Seine Hand zitterte. »Deine Wegbeschreibungen sind immer allererste Sahne, Petra.«

»Na, dann komm mal mit«, sagte sie mit einem Achselzucken und steckte sich einen Kaugummi in den Mund. »Die Kollegen von der Spusi haben schon mit der Arbeit begonnen. Nur der Medizinmann fehlt noch.«

Freimann nickte. Er ahnte nichts Gutes.

Eine gefühlte Ewigkeit später standen sie an der Ausgrabungsstätte. Die Beamten der Spurensicherung hatten das Areal abgesperrt und ein Zelt aufgeschlagen. Zwei von ihnen standen bis zur Hüfte in einer frisch ausgehobenen Grube.

»Moin Max«, rief ihm einer der beiden entgegen. Der weiße Zellstoffanzug, mehrere Nummern zu groß, umhüllte seinen Körper wie ein überdimensionaler Müllsack. »Die Archäologen sind hier in etwa einem

Meter Tiefe auf eine fast vollständig skelettierte Leiche gestoßen.«

»Also eine von diesen Ritualgruben?«, wollte Freimann wissen.

»Sicher nicht.« Der Beamte lächelte kraftlos. »Genaueres nach der amtlichen Untersuchung, aber … nein, das ist keines dieser Skelette, die hier seit Jahrtausenden liegen. Eher Jahrzehnte …«

»Du kennst doch das –aua!– Prozedere«, mischte sich Maltow ein. Sie hatte sich auf die Zunge gebissen. »Wenn das Grabungsteam sich nicht sicher ist, ob es sich um einen archäologischen Fund handelt, der jahrtausendealt ist, wird die Polizei eingeschaltet.«

»Dann also das volle Programm«, resümierte Freimann, der mit den Gedanken bereits bei der nächsten Vertuschungsaktion war. Schließlich war die Flasche leer und der Tag noch lang. Im Dienst war der Nachschub immer ein Problem.

Die Leiche sah schrecklich aus, denn der Verwesungsprozess war noch nicht vollständig abgeschlossen. Undefinierbare Fetzen hingen zwischen den fahlen Knochen, die an vielen Stellen gebrochen waren. Ein Teil des Schädels fehlte.

Maltow schien unbeeindruckt.

»Die alte Sage scheint sich wieder mal zu bestätigen«, sagte sie, und ihre Stimme klang geheimnisvoll.

»Hör bloß auf mit den alten Kamellen«, meinte Freimann unwirsch. »Das ist unprofessionell.«

»Was für eine Sage?«, schaltete sich einer der Spusi-Beamten ein, der seinen Dienst bei der Tatortgruppe erst vor Kurzem angetreten hatte.

»Der ganze Wald ist voll von Ritualgruben und Opferstätten«, klärte ihn Maltow auf und legte ihr breitestes Grinsen auf. Freimann hasste es, wenn sie mit diesen abgefahrenen Schauergeschichten prahlte.

»Die gibt es hier schon seit Jahrtausenden. Deswegen nennt man unseren Wald den *Wald der Rituale*. Außerdem …«

Freimann stöhnte. »Außerdem besagt die Sage, dass niemand Geringeres als der Teufel in diesem Wald gewohnt haben soll«, vervollständigte er Maltows Satz. »Zufrieden?«

»Hm … ein altes Ammenmärchen aus dem Mittelalter«, mutmaßte der Spusi-Beamte lächelnd.

»Max vergaß zu erwähnen, dass es hier in den vergangenen Jahrzehnten immer wieder Morde gab, die niemals aufgeklärt wurden«, sagte Maltow mit stolzgeschwellter Brust und stemmte die Hände in die Hüften. »Vielleicht ist nicht der Teufel dafür verantwortlich, aber auffällig ist das schon. Oder etwa nicht?«

Vahlendorf war ein Kaff, in dem nichts los war, abgesehen von belanglosen Vergehen und Kavaliersdelikten. Jeden Tag dasselbe: Falschparker, Ruhestörung und Nachbarschaftsstreitigkeiten. Da kam der Wald mit seinen Toten gerade recht, um den Sensationshunger einiger Gelangweilter zu stillen.

Petra Maltow, die Dorfpolizistin, war eine derjenigen, die sich nach Abwechslung sehnte.

Freimann hätte lieber seine Ruhe gehabt.

Maltows Hinweis auf die ungelösten Fälle störte ihn, doch die kleine Frau mit der Pferdeschwanz-Frisur und der stets akkuraten Uniform hatte recht.

»Wir warten auf das Ergebnis aus der Rechtsmedizin«, sagte Freimann und krempelte die Ärmel seines graumelierten Hemdes hoch. Der Schweiß trat ihm auf die Stirn. »Vermutlich ist es wieder eines der Opfer von diesem Todesmarsch. Dann kommt sowieso nichts dabei raus. Das kennen wir ja schon.«

Das neue Gesicht aus dem Spusi-Team runzelte die Stirn. »Teufel, Todesmarsch …? Wo bin ich hier reingeraten? Was für ein Todesmarsch?«

Der Leichenwagen rückte an, zusammen mit dem Gerichtsmediziner.

»Erzähl ich dir später«, vertröstete Maltow den Kollegen. »Jetzt packt die Knochen ein, unser Freund hier geht auf Reisen.«

3.

In der darauffolgenden Woche regnete es fast jeden Tag. Michael Sallin registrierte den Wetterumschwung mit Wohlwollen und nutzte die Gelegenheit, sein neues Zuhause in Beschlag zu nehmen, denn in dem alten Gärtnerhaus gab es jede Menge zu entdecken.

Das solide Backsteinhaus hatte eine kleine Grundfläche, dafür aber zwei Stockwerke und einen geräumigen Dachboden mit alten Möbeln. Der Wohnbereich im Obergeschoss war über eine steile Holztreppe erreichbar. Die Fassade war mit grün gestrichenem Holz verkleidet; kleine Sprossenfenster mit weißen Rahmen, die wie frisch gestrichen glänzten, verliehen den Räumen eine Puppenhaus-Atmosphäre.

Das unbeheizte Erdgeschoss war nicht bewohnbar und glich eher einer Scheune. Neben unzähligen angerosteten Gartengeräten standen hier mehrere Schubkarren, Gießkannen aus Metall, Körbe in verschiedenen Größen und einige hölzerne Kisten, deren Verwendungszweck ihm verborgen blieben. Außerdem entdeckte er unter einer Kiste eine verschlossene Falltür, die vermutlich in einen Vorratskeller führte.

Er beschloss, sich zu einem späteren Zeitpunkt darum zu kümmern, und verbrachte den Rest der Woche damit, das Obergeschoss einzurichten. Dort befanden sich drei hintereinanderliegende, gleich große Räume, von denen der erste als Wohnküche diente. Ein winziges Badezimmer am Ende der Reihe vervollständigte die ungewöhnliche Raumaufteilung. Da es keinen Flur gab, musste man zuerst sämtliche Zimmer durchqueren, um zur Toilette zu gelangen.

In einem Eichenholzschrank brachte Sallin einen Großteil seiner Kleidung unter; der Rest verschwand in zwei massiven Kommoden. Die antiquarisch anmutenden Möbel ließ er größtenteils an ihren angestammten Plätzen, doch im zweiten der drei Zimmer nahm er einige Veränderungen vor, sodass er seinen Arbeitsplatz mit dem Laptop direkt am Fenster einrichten konnte. Er blickte in den verwilderten Garten, nahm die Canon zur Hand und zoomte in das Gestrüpp hinein. Ein alter Tennisplatz am Ende des Gartens erregte seine Aufmerksamkeit. Den Pflanzen war es fast gelungen, das Areal zurückzuerobern, doch mit etwas Fantasie konnte man längst verstorbene Stars aus der Stummfilmzeit dabei beobachten, wie sie das letzte Match der Saison anspielten.

Sechs beide, erster Satz, neues Spiel …

Die Tage flossen wie zäher Sirup dahin.

Sallin gingen Gropius' Worte über die Archäologen nicht aus dem Kopf. Er befragte das Internet und fand heraus, dass sein Vermieter nicht übertrieben hatte. Der angrenzende Wald wurde bereits seit Jahren von Archäologen aus Lübeck, Hamburg und Berlin zu Forschungszwecken genutzt.

Es gab zahlreiche Ritualanlagen im Wald – Gruben, Gräber und Bauwerke aus Findlingen –, in denen Pfeilspitzen, Schmuck, Knochenfragmente und sogar

27

komplette Skelette gefunden wurden. Die Ausgrabungsstätten lieferten eine Fülle an Material, wobei es auch Funde gab, bei denen die Polizei eingeschaltet werden musste, da das Alter der Knochen nicht eindeutig bestimmt werden konnte.

Ein Fall für die Archäogenetiker, die das Erbmaterial der Toten aus ihren Knochen extrahierten, um es zu analysieren, las Sallin wissbegierig und wunderte sich darüber, bisher so wenig über den Vahlendorfer Wald und seine Ausgrabungen gehört zu haben. Die Spezialisten arbeiteten Hand in Hand mit den Polizeibehörden, sofern von einem Verbrechen ausgegangen werden musste. Was gelegentlich vorkam.

Schamanische Rituale, Opfergaben, Totenrituale, Beerdigungszeremonien und in den Tiefen des Waldes eine jahrtausendealte Kultstätte: der Megalith.

Dem riesigen Felsklotz wurden geheimnisvolle Kräfte zugeschrieben.

Sallin war fasziniert von einer untergegangenen Welt, die hier vor langer Zeit existiert haben soll. Ein gefundenes Fressen für Esoteriker und Anhänger des Okkultismus, die an das Böse im Wald glaubten.

Und mittendrin aktuelle Leichenfunde, die nicht in die archäologische Welt der Jungsteinzeit passten. Dieser Wald schien etwas Besonderes zu sein.

Wow ... pfiff Sallin laut vor sich hin.

4.

In der Ferne hallte Kanonendonner. Nebelschwaden zogen durch den Wald; der Frost der Nacht wich nur langsam. Die Kälte stand zwischen den hohen, kahlen Tannen wie in einer Schraubzwinge gefangen.

Zerlumpte Gestalten schwankten kraftlos durch das Unterholz. Ihr Atem hüllte zerfurchte Gesichter ein, in denen sich der Tod bereits einzunisten schien.

Vor Wochen waren sie aufgebrochen. Tausend Menschen, gefangen, geschunden, auf einen Marsch getrieben wie Vieh zur Schlachtbank.

Unsagbares Leid.

Die Hälfte von ihnen war bereits tot.

Ermordet, von Krankheit gezeichnet, zu Boden gegangen, verhungert oder erfroren.

Die Überlebenden mussten sie verscharren. In aller Eile, denn die Kolonne der Gefangenen wurde angetrieben. Immer weiter, immer schneller. Keine Gnade, kein Erbarmen, keine Hoffnung auf ein Ende der Gräuel.

Die Schergen mit den Maschinenpistolen hatten Befehle. Grausame Befehle für grausame Bewacher ohne Gewissen. Peiniger mit Totenköpfen an den Uniformmützen, die jeden erschossen, der nicht ihren Anforderungen entsprach. Jeder noch so nichtige Grund war ihnen recht, um ein Leben auszulöschen.

Mit beispielloser Kaltblütigkeit, seelenlos und ohne Respekt vor dem Leben handelten sie wie Tötungsmaschinen, programmiert auf Vernichtung.

Der Wald schwieg.

Er nahm die Toten auf, verleibte sie sich in die schwarze Erde ein und führte sie zurück in den ewigen Kreislauf von Leben und Tod.

Am Himmel türmten sich Gewitterwolken, die Uniformierten blickten grimmig empor.

Schneller, voran, schneller, hallten ihre Rufe durch den Wald. Das Moos schien ihre Worte aufzusaugen, als wollte es die Brutalität tilgen, die die Schönheit des Waldes auf so widerliche Weise verunstaltete.

Die Todgeweihten sagten nichts. Mit gesenkten Köpfen und unsicheren Schritten betraten sie den Pfad der Hoffnungslosigkeit – gleichgültig vor Schwäche, mit leeren Augen und ausgebrannten Seelen.

Einer strauchelte, fiel auf die Knie und suchte Halt an einem Baum, doch seine Kräfte versagten.

Ein Mann mit Maschinenpistole, groß, hager, mit eingefallenen Wangen und kalten, blauen Augen bemerkte den Zurückgebliebenen.

Er kam näher, lächelte und schoss dem Gefangenen in den Kopf. Die hagere Gestalt fiel wie eine Marionette in sich zusammen. Hastig wurde der Leichnam verscharrt und die Kolonne der Elenden zog weiter.

Die Geister des Waldes schwiegen – bis heute …

Charlotta Rheintaler öffnete die Augen.

Natürlich gab es einen Grund für den Traum, den sie in ähnlicher Weise schon öfter erlebt hatte, aber bisher hatten ihr die Geister nichts darüber offenbart.

Es waren schreckliche Bilder aus einer leidvollen Zeit, voller Krieg, Propaganda, Hass und menschenverachtender Brutalität.

Als erfahrene Schamanin konnte Charlotta das Gesehene verkraften – ihre Schutzgeister halfen ihr dabei –, doch selbst ihr waren Grenzen gesetzt. Die Fünfundfünfzigjährige hatte im Geiste zahllose schamanische Reisen unternommen, alleine oder mit Kunden, die sie aufsuchten, um Antworten auf Fragen zu erhalten, die ihnen auf der Seele lasteten.

Reisen in eine andere Realität, eine verborgene Wirklichkeit, die sich nur über den schamanischen Bewusstseinszustand erreichen ließ. Dann fiel sie in Trance, durch den rhythmischen Klang der Trommel geleitet, um ihre Aufgabe als Vermittlerin zwischen der diesseitigen und der jenseitigen Welt zu erfüllen.

Doch Visionen, die sie im Schlaf heimsuchten, waren etwas anderes, das nur sie persönlich betraf. Ihre schamanischen Fähigkeiten ermöglichten es ihr, mit Geistern zu kommunizieren, doch die Regeln des Schamanismus wurden hier auf den Kopf gestellt: Nicht Charlotta rief die Geister, sondern die Geister kamen von sich aus zu ihr.

Es waren die Geister von Toten, die ihr im Schlaf erschienen und die so real wirkten wie die Realität selbst. Mehr als eine diffuse Erinnerung an einen Traum, in dem die Grenzen zwischen Wirklichkeit und Fantasie zu verschwimmen schienen.

Die Geister überbrachten eine Botschaft, die sie nicht verstand – noch nicht. Viele von ihnen irrten noch durch den Wald, der gleich neben Charlottas Haus begann und der so viele Geheimnisse in sich trug, sodass sich auch heute noch Mythen und Legenden um ihn rankten.

Doch ihre Visionen hatten einen realen Hintergrund, der auf brutalen Fakten basierte. Die gelernte Buchhalterin hatte frühzeitig damit begonnen, entsprechende Recherchen durchzuführen. Was sie entdeckte, ließ ihr das Blut in den Adern gefrieren:

April 1945: Kurz vor Kriegsende gab Reichsführer-SS Heinrich Himmler den Befehl, die Konzentrationslager zu räumen. Kein Gefangener sollte in die Hände der Alliierten fallen. Zahlreiche Todesmärsche wurden angeordnet, darunter vier in Schleswig-Holstein. Der Todesmarsch durch den Vahlendorfer Wald führte die Häftlinge nach Neustadt an der Ostsee, wo bereits ein Schiff auf sie wartete.

Ein Albtraum, der für viele KZ-Gefangene den qualvollen Tod bedeutete – kurz vor der Kapitulation, ohne Hoffnung auf Befreiung. Eines der zahlreichen teuflischen Verbrechen, für die das Hitler-Regime die Verantwortung zu tragen hatte.

Charlotta grub tiefer und erkannte, dass dieses Land im Norden Deutschlands, das ihr immer so bieder und idyllisch erschienen war, auch nach Kriegsende noch voll von blutbefleckten Händen war.

Die Totenkopfverbände der SS, die auch die Todesmärsche begleiteten, ergriffen kurz vor dem Eintreffen der Alliierten die Flucht und überließen die wenigen Überlebenden sich selbst.

Zur Rechenschaft wurden nur wenige gezogen.

Vielen Tätern von damals gelang es, sich eine neue, nicht selten erfolgreiche Existenz aufzubauen. So wollten es die an Zynismus nicht zu überbietenden Verhältnisse in der jungen Bundesrepublik. Und ausgerechnet in Charlottas Heimatland Schleswig-Holstein gelang es zahlreichen ehemaligen Nazis, ein unbescholtenes Leben zu führen. So viele wie sonst nirgendwo.

Ein Skandal, für den sich im Nachkriegsdeutschland niemand zu interessieren schien.

Es war die Zeit der Verdrängung.

Und diejenigen, die nicht hierbleiben konnten, flüchteten über die berüchtigte *Rattenlinie* – mit gefälschten Papieren über die Alpen nach Genua und von dort mit dem Schiff nach Südamerika oder in den Nahen Osten. Oft mit Unterstützung der katholischen Kirche.

Charlotta resignierte. Nach so vielen Jahren würde es keine Sühne mehr geben. Die Täter waren tot, lange begraben und vergessen. Nur wenige lebten noch ein greisenhaftes Leben am Rande der Ewigkeit.

Was also wollten sie: die Toten in ihren Träumen?

Sie lebte seit zwanzig Jahren in dem alten Haus am Rande des Waldes, doch die Visionen vom Todesmarsch stellten sich erst vor einigen Monaten ein.

Seitdem hatte Charlotta immer wieder schamanische Reisen unternommen, um ihre Schutz- und Hilfsgeister nach dem Sinn der Visionen zu befragen. Doch alles, was sie sah, war Nebel und schemenhafte Gestalten, die mehr tot als lebendig durch das Dickicht des

Waldes irrten.

Manchmal gelang es ihr, den Todgeweihten mit ihrem geistigen Auge zu folgen. Dann erkannte sie, versteckt zwischen den Bäumen, etwas, das ihr bekannt vorkam. Nur einen Wimpernschlag lang, undeutlich und von Nebel umhüllt, doch irgendwann war sie sicher: Es war der große Megalith …

5.

Der Vahlendorfer Wald und seine Geheimnisse hatten Sallins Interesse geweckt. Zukünftig wollte er einige Exkursionen dorthin unternehmen, schließlich lag das Gärtnerhaus nur wenige Kilometer vom Waldeingang entfernt.

Nach dem Frühstück, das aus Toast, Honig und schwarzem Kaffee bestand, verteilte er die Einzelteile seiner Kameraausrüstung auf dem Computertisch. Eine Bridgekamera von Nikon mit Megazoom, diverse Teleobjektive und auch die alte, etwas klobig wirkende Canon waren noch gut in Schuss. Er beschloss, zukünftig die kleine Nikon mitzunehmen.

Sallin schaltete den PC aus und warf einen Blick in den Kühlschrank. Die Vorräte waren fast aufgebraucht – höchste Zeit, der Rathausstraße einen Besuch abzustatten.

Der Wald konnte warten.

Da sich die Regenwolken verzogen hatten, nahm er den leichten Blouson vom Haken, schulterte seinen schwarzen Einkaufs-Rucksack und hängte sich die Nikon um den Hals.

Zwanzig Minuten später. In der Rathausstraße brummte das Leben. Jetzt, am Vormittag, schienen viele ihre Einkäufe zu erledigen. Die Parkplätze waren voll, und auf dem Bürgersteig vor dem Café saßen zahlreiche Gäste an kleinen runden Tischen unter riesigen Sonnenschirmen, vor sich Kaffeebecher und voll beladene Kuchenteller.

Sallin bemerkte, wie ihm der Magen knurrte, doch sein erster Weg führte ihn in den Eingangsbereich der Sparkasse. Der Geldautomat spuckte hundert Euro aus. Sallin beobachtete am Gerät neben sich eine grauhaarige, ältere Dame, stark übergewichtig, mit riesigen Ohrringen und auffallender Kleidung, die sichtlich überfordert war. Er überlegte kurz, ob er seine Hilfe anbieten sollte, doch die Entscheidung wurde ihm abgenommen.

»Hey Sie da, kommen Sie mal schnell her!«, brüllte die Frau zum Personal im Kundenraum. »Der Apparat hier funktioniert nicht mehr!«

Sallin ging wieder nach draußen. Er sah noch, wie einer der Angestellten hastig zum Automaten eilte.

Laut, aber resolut, dachte er beiläufig und erinnerte sich an die Starallüren der exzentrischen Divas, die er damals in den Achtzigern abgelichtet hatte.

» … ziemlicher Befehlston, was?«, raunte ihm ein dicker, glatzköpfiger Mann im Vorbeigehen zu. Er trug ein zerknittertes blaues Sommerhemd, das sich über seinen Schmerbauch spannte. »Frau Dr. Luise Rotlieb. Die gehört zu den Reichen hier im Ort. Und sitzt im Bauausschuss …«

Sallin nickte verunsichert und ging schnurstracks in den Supermarkt, um seine Einkäufe zu erledigen. Obgleich ihm sein Kontostand einen respektablen Lebensstil garantierte – und das auf viele Jahre hinaus –, favorisierte er einen bescheidenen Lebensstil. Keine Delikatessen, wenig Fleisch, nichts Aufwendiges.

Stattdessen legte er Obst, Gemüse, Nudeln, Beeren, Nüsse und einige Fertiggerichte in den Einkaufswagen.

Dreißig Minuten später schlenderte er mit prall gefülltem Rucksack durch die Rathausstraße. Ihm fiel auf, dass sich die Mehrzahl der Gebäude Wand an Wand aneinanderreihten. Alte Bausubstanz, teilweise mit roten Steinen verklinkert oder durch unansehnliche Styropor-Dämmplatten verunstaltet. Unten lagen die Geschäfte, darüber schienen sich Mietwohnungen zu befinden. Gelegentlich gab es einen frei stehenden Neubau, wie den Supermarkt, in dem er eingekauft hatte. Auch das Gebäude mit dem Café gehörte dazu.

»Feuer?« Ein großer, schlanker Mann mit wirren braunen Haaren schaute ihn fragend an. In der Rechten hielt er eine selbstgedrehte Zigarette, aus der Tabak herauskrümelte.

Sallin blieb stehen und zuckte mit den Schultern.

»Nein, ich rauche nicht«, antwortete er und fügte hinzu: »Hab leider auch keine Streichhölzer ...«

»Was meinen Sie, wie alt bin ich?«, fragte der Mann und warf Sallin einen eindringlichen Blick zu. »Viel jünger als fünfzig, nicht wahr?«

Sallin ging zwei Schritte zurück, da ihm der Fremde immer dichter auf die Pelle rückte.

»Ist doch so, oder? Ich seh doch viel jünger aus, stimmt's?«

Dieser Mann ist offensichtlich psychisch beeinträchtigt.

»Kann schon sein«, antwortete Sallin ausweichend und nickte dem Fragesteller freundlich zu. »Ich muss jetzt weiter. Schönen Tag noch.«

Mit schnellen Schritten steuerte er grinsend das Café an, ohne sich noch einmal umzudrehen. Bisher waren ihm hier in Vahlendorf überwiegend seltsame Typen begegnet. Zufall? Natürlich, was sonst? Die Mehrzahl der Bewohner waren sicher normale, nette Leute, die hier ihr Leben lebten. Wie anderswo auch.

Vielleicht lag aber auch ein Fluch auf dem Wald? Jede Menge Tote, haufenweise Knochen und geheimnisvolle Rituale, die hier vor Jahrtausenden abgehalten wurden. Vahlendorf befand sich in unmittelbarer Nähe des Waldes. Durchaus denkbar, dass die Bewohner was von dem Fluch abbekommen hatten. Vielleicht lag es ja auch an den Koordinaten? Energieknoten, Wasseradern oder Erdstrahlen?

Klar doch, dachte Sallin in sich hineinlachend.

Nachts treffen sich im Wald die Hexen aus dem Ort. Die fliegen dann bei Vollmond auf Besen zum Hexensabbat. Lustiger Gedanke …

Im Café am Tresen bestellte er Kakao und einen Kopenhagener. Mit dem Tablett in der Hand steuerte er nach draußen, doch alle Plätze waren besetzt. Wieder drinnen winkte ihm der dicke Glatzköpfige zu, dem er bereits in der Sparkasse begegnet war.

»Hier an meinem Tisch sind noch alle Plätze frei. Setzen Sie sich doch hier hin.« Der Dicke deutete auf die andere Seite des Tisches.

Da auch drinnen reger Betrieb herrschte, nahm Sallin das Angebot dankend an.

»Vielen Dank. Ziemlich was los hier heute«, sagte Sallin und ließ sich auf die gepolsterte Bank fallen. »Ist das immer so voll?«

Der Dicke hielt ihm die Hand hin und nickte. »Thomas Zweitlinger … Sie sind wohl nicht von hier, Herr … äh?«

Sallin räusperte sich. »Michael Sallin«, antwortete er und nahm einen kräftigen Schluck heißen Kakao, der ihm fast die Zunge verbrüht hätte. »Nein, ich bin nicht aus Vahlendorf. Frisch zugezogen, sozusagen.« Während Zweitlinger seinen Tee umständlich zubereitete, fand Sallin Gelegenheit, den Mann näher zu betrachten. Er hatte ein rundliches Gesicht, schokoladenbraune Augen und einen verkniffenen Mund. Sein Alter lag vermutlich irgendwo in den Fünfzigern, wobei Sallin das Schätzen schwerfiel, da der Dicke kaum Falten im Gesicht hatte.

»Ich lebe schon mein Leben lang hier in dem Kaff«, sagte Zweitlinger plötzlich. »Hab früher beim Bauhof als Gemeindearbeiter gearbeitet, mir dann aber den Rücken kaputt gemacht.«

»Frührentner …?« Sallin schaute ihn fragend an.

»Genau«, sagte Zweitlinger, und auf seiner Stirn bildeten sich einige Sorgenfalten. »Da muss man jeden Euro zweimal rumdrehen. Aber was soll's, dafür hab ich jetzt den ganzen Tag Zeit, um zu beobachten, was hier im Ort so alles abgeht.«

»Interessant!«, sagte Sallin mit vollem Mund und kratzte sich verunsichert am Kopf. »Und was geht hier so ab …?«

»Na ja, irgendwas geschachert wird immer«, sorgte sich Zweitlinger, »ein bisschen Korruption, eine Hand wäscht die andere, allerlei Streitigkeiten, Geldverschwendung, Bauskandale, dann dieser ganze Esoterik-Quatsch mit dem Wald … ich gebe Ihnen da mal meine Visitenkarte …«, er beförderte seine Brieftasche ans Tageslicht, »… mit meiner Handynummer darauf. Falls Ihnen was auffällt, wäre ich dankbar, wenn Sie mir Bescheid sagen. Ich sammle alles. Hab schon viele Briefe an den Bürgermeister geschrieben, aber die pennen ja alle da im Rathaus. Doch Aufgeben kommt nicht in die Tüte.«

Sallin steckte die Karte kommentarlos ein.

»Und? Was hat sie nach Vahlendorf verschlagen? Haben Sie eine bezahlbare Bleibe gefunden?«, fragte der glatzköpfige Frührentner.

»… allerdings«, bestätigte Sallin zögerlich, und wunderte sich über die Direktheit dieses Mannes. Doch er wollte kein Spielverderber sein, schließlich machte der Dicke einen harmlosen Eindruck.

»Ich habe das alte Gärtnerhaus gemietet.«

»Von Hans Gropius, dem alten Kauz …«

»Stimmt.«

»Schräger Vogel, aber ganz in Ordnung.«

»Na, da bin ich ja erleichtert.« Sallin grinste.

Zweitlinger erwiderte das Grinsen. »Aber mit der Bruchbude hat er sie übers Ohr gehauen, oder?«

»Genau so etwas habe ich aber gesucht«, konterte Sallin kopfschüttelnd. »Und die Miete ist fair, da kann man nichts sagen.«

»Als ehemaliger Gemeindearbeiter wohne ich auch noch günstig in dem Block neben dem Bauhof. Die wollen mich zwar loswerden, aber nicht mit mir.«

Sallin sagte nichts.

»Beruflich hier?«, fragte Zweitlinger.

Sallin überlegte eine Weile, dann meinte er: »Ich bin freiberuflicher Fotograf, und im Moment nehme ich keine Aufträge an.«

»Richtig so«, befand der dicke Frührentner eifrig nickend. »Warum soll man sich sein Leben lang kaputt machen? Und wofür? Nein, besser mal eine Auszeit nehmen und auf sich selbst achten. Sonst kriegt man wie die meisten anderen nur so ein beschissenes Burn-out-Syndrom.«

Sallin zuckte vorsichtig mit den Schultern, weil er der Argumentation seines Gesprächspartners kritisch gegenüberstand, doch bevor er etwas sagen konnte, kam ihm Zweitlinger zuvor.

»Seit ich bei Charlotta bin, sind die Rückenschmerzen wie von Geisterhand verschwunden«, sagte er bedeutungsschwer und blickte sich verstohlen um. »Aber das muss man ja niemandem auf die Nase binden, nicht wahr? Ich hab bestimmt keinen Bock, wieder von morgens bis abends zu ackern. Zumal die meisten Leute Charlotta für eine Hexe halten.«

Sallin wurde hellhörig. »Charlotta …?«

»Charlotta Rheintaler«, klärte ihn Zweitlinger auf. »Sie wohnt etwas abseits am Rande des Waldes. Gibt da nur das eine Haus am Ende der Eichenstraße, und ja, es sieht tatsächlich wie ein Hexenhaus aus.« Er schlug sich mit der flachen Hand auf den Oberschenkel und lachte laut auf. »Ha, ha … mit einigen von den Leuten aus dem Ort hat sie immer mal wieder Ärger.«

»Ich nehme an, eine Art alternative Medizin?«, mutmaßte Sallin mit in Falten gelegter Stirn.

»Ja, das auch. Und noch viel mehr.«

»Klingt nicht uninteressant«, musste Sallin zugeben. Er war alternativen Methoden gegenüber nicht unaufgeschlossen, schließlich war seine Ebbe-Flut-Therapie, die er an der Nordsee für sich entdeckt hatte, nichts anderes. Allerdings ließ sich das Trauma, das immer noch irgendwo in ihm schlummerte, weder mit der Nordsee-Therapie noch mit seinem Nomadenleben vollständig auflösen. Dieses diffuse, nagende Gefühl der Schuld, das er ständig mit sich herumtrug, war hartnäckig und nicht so einfach wegzutherapieren.

Warum also nicht …

»Was genau macht diese Charlotta Rheintaler?«

»Charlotta ist Schamanin«, antwortete Zweitlinger mit glänzenden Augen. »Eine erfahrene Vermittlerin zwischen der diesseitigen und der jenseitigen Welt.«

»Schamanin …?«, sagte Sallin skeptisch, »na, ich weiß nicht …« Die Enttäuschung stand ihm ins Gesicht geschrieben.

»Probieren Sie es aus«, riet ihm der Dicke. »Selbst wenn Sie kerngesund sein sollten, so ein Besuch bei einer Schamanin ist hochinteressant. Kaum einer gibt es zu, doch ich weiß, dass Charlotta eine Menge Kunden hat. Die kommen zu ihr zum *Channeling*.«

»Channeling?«

»Das ist eine Methode, um mit der geistigen Welt zu kommunizieren.«

»Mit Geistern und Religionen habe ich es nicht so.«

»Schamanismus ist keine Religion.«

»Sondern?«

»Rituale und Zeremonien. Eine jahrtausendealte Technik, um sich in Trance zu versetzen – den schamanischen Bewusstseinszustand. Schamanen können auch Heiler oder Seher sein.«

»Sie kennen sich gut aus.«

»Danke! Das Heilen hat bei meinem Rücken ja wunderbar funktioniert.«

»Aber mal im Ernst, niemand kann in die Zukunft sehen.« Er starrte Zweitlinger mit einem bohrenden Blick an.

Der dicke Frührentner zuckte mit den Schultern. »Wer weiß das schon so genau, aber es gibt ja noch so viele andere Dinge. Zum Beispiel bei einem traumatischen Erlebnis. In der Trance kann jedes Trauma an die Oberfläche kommen. Das Ritual stellt einen vor seine eigenen Ängste. So lassen sich schlimme Dinge verarbeiten.«

»Wenn man denn überhaupt unter einem Trauma leidet.«

»Wie gesagt«, der Dicke lächelte, »probieren Sie es einfach selber aus …«

»Und was für Rituale finden da statt? Worauf muss ich mich einstellen?«, fragte Sallin und fügte schnell hinzu: »Falls ich doch mal hingehen sollte.«

»Das kommt darauf an«, antwortete Zweitlinger nebulös. »Kann sein, dass sie Ihnen eine Schaufel in die Hand drückt.«

»Eine Schaufel? Um den Garten umzugraben?«

»Nein, um eine Ritualgrube auszuheben.«

43

6.

Der Megalith markierte eine magische Stelle im Wald. Als Überbleibsel einer großen Grabanlage stand der majestätische Fünf-Meter-Riese dort schon seit Tausenden von Jahren. Ein beeindruckendes Monument aus der Steinzeit, von Menschenhand aufgerichtet und während des Christentums als *Teufelsstein* verdammt, da nach damaligem Glauben nur der Teufel selbst Steinblöcke dieser Größe bewegen konnte.

Charlotta wusste, dass es sich bei der Legende nur um einen von Angst beseelten Aberglauben handelte. Natürlich kannte sie den Megalithen, der tief im Wald sein Dasein fristete – alle hier in der Gegend kannten den markanten Fels –, doch warum ihr das Monument in den Träumen vom Todesmarsch erschien, blieb unklar.

Sicher geschah es nicht grundlos; die Toten taten nichts ohne Grund.

Doch weder der Stein, dem sie gelegentlich einen Besuch abstattete, noch die Geister, die Charlotta während ihrer schamanischen Reisen traf, konnten ihre Fragen beantworten. Das war ungewöhnlich.

Es musste einen Zusammenhang zwischen den KZ-Gefangenen, die auf dem Todesmarsch ihr Leben verloren, und dem Megalithen geben. Doch welchen?

Zweifellos war der Megalith ein Portal in die geistige Welt. Das würde erklären, warum ihre Visionen so real wirkten. Doch der Stein war uralt, und das Portal hatte sich, jedenfalls für sie, erst vor Kurzem geöffnet. Ein Zufall?

Charlotta fasste einen ungewöhnlichen Entschluss: Sie wollte etwas tun, das sie aus ihrer schamanischen Praxis längst verbannt hatte – die Zubereitung von Pilzen.

Keine einfache Aufgabe, denn der Spitzkegelige Kahlkopf wuchs vorzugsweise im Bergland, auf feuchten Kuhwiesen oder Schafweiden. Der Pilz enthielt Psilocybin, einen Stoff, der zur Gruppe der Psychedelika gehörte und Rauschzustände hervorrief. Natürlich gab es weltweit noch zahlreiche andere Pilzarten, die Psilocybin enthielten, doch mit dem Kahlkopf-Pilz hatte Charlotta bereits Erfahrungen gesammelt.

In der Anfangsphase ihrer schamanischen Aktivitäten war es normal gewesen, mit den *Magic Mushrooms* herumzuexperimentieren. Überall auf der Welt wurden Drogen für rituelle Zwecke eingesetzt, auch heute noch, doch dem bewusstseinserweiternden Rauschzustand standen Horrortrips gegenüber, die nachhaltige Effekte hinterlassen konnten – bis hin zur Psychose. Außerdem war Handel und Besitz von psilocybinhaltigen Pilzen in Deutschland strafbar.

Also ließ sie die Finger davon. Schließlich funktionierte der Schamanismus auch ohne Drogen. Bisher jedenfalls.

Doch ausgerechnet bei der Deutung ihrer eigenen Träume versagten die altbewährten Rituale. Also telefonierte Charlotta mit einem alten Bekannten aus Süddeutschland, dem Pilzlieferanten Hubertus, der die illegale Ware gut verpackt gegen Vorkasse mit der Post anliefern ließ.

Charlotta öffnete den Kühlschrank. Heute schien der perfekte Tag zu sein, um das Experiment zu wagen. Sie platzierte einige der getrockneten Pilzstücke bei dreißig Grad im Backofen und legte im Badezimmer ihre schamanische Kleidung an. Ein kritischer Blick in den Spiegel ließ sie erkennen, wieviel Zeit seit ihrem letzten Kontakt mit den *Magic Mushrooms* vergangen war.

Die roten Haare hatten an Glanz verloren, der Leberfleck an der Oberlippe schien größer geworden zu sein und die Haut um die grünen Augen herum war von zahlreichen Fältchen durchzogen. Charlotta wandte sich schnell ab, als sie Falten und Altersflecken in ihrem pausbäckigen Gesicht entdeckte, die sie vorher noch gar nicht bemerkt hatte.

Nachdem sie alle Vorbereitungen abgeschlossen hatte, kochte sie Tee und maß drei Gramm des Pilzes ab, den sie langsam kauend zu sich nahm.

Charlotta wusste, dass die psychedelische Wirkung des Pilzes in einer halben Stunde einsetzen würde. Zeit genug, um sich tanzend und trommelnd in den schamanischen Bewusstseinszustand zu versetzen.

Sie ging wieder auf Reise, doch diesmal, so die Theorie, sollte sich der Trancezustand um ein Vielfaches verstärken. Dann, so die Hoffnung, würden ihr die Toten aus dem Vahlendorfer Wald den wahren Grund ihrer Erscheinung offenbaren.

Der Wald zersplitterte in unzählige Farben. Bäume wuchsen andersherum, Äste bogen sich in die Unendlichkeit hinein und exotische Blumen wiegten sich singend im Wind. Charlotta schwebte staunend zwischen Bäumen hindurch, deren kupferfarbene Blätter im Sonnenlicht glitzerten, unter sich eine fantastische Welt, mit der sie zu verschmelzen schien.

Tiere in grellen Farben, Vögel mit einem Federkleid aus Tannennadeln und groteske Fabelwesen kreuzten ihren Weg, der tief in den Wald führte, vorbei an Flüssen, in denen gelbes Wasser floss, und über Brücken, die aus purem Gold zu bestehen schienen.

Am Horizont sah sie einen riesigen mattschwarz funkelnden Felsen mit einer kupferfarbenen Spitze, der sich um die eigene Achse drehte.

Der Megalith?

Seine Größe schien zu variieren, mal blähte er sich auf, um dann wieder zu schrumpfen.

Charlotta bewegte sich darauf zu, umrundete das Objekt mehrmals und landete in sicherer Entfernung, um dem Stein die entscheidende Frage zu stellen, die der Grund für ihre schamanische Reise war.

Was erwarten sie von mir, die Toten, die ich in meinen Visionen sehe? Was soll ich für sie tun?

Der Stein schwieg. Stattdessen kam eine furchterregende Kreatur des Weges, die sich als der Teufel zu erkennen gab. Sein bestialisches Antlitz ließ Charlotta erschaudern. Sie wollte flüchten, zwang sich jedoch, dem Fürsten der Finsternis in gebührender Entfernung gegenüberzutreten. Schließlich war ihre Frage noch unbeantwortet.

Seine hasserfüllte Stimme traf sie wie ein Vorschlaghammer. *Dies ist mein Wald. Du kannst mich nicht aufhalten! Was du Hass nennst, wird wieder erwachen. Chaos wird regieren ...*

Charlottas Hals war wie zugeschnürt; sie rang nach Luft. Der Teufel kam näher. Er zog verrostete, rasselnde Ketten hinter sich her, an denen zwei Frauenleichen hingen. Ihre nackten, blutüberströmten Körper schleiften über den Boden. Um seine Hörner wanden sich Schlangen; eine grüne, gallertartige Substanz tropfte aus seinem mit langen spitzen Reißzähnen bewehrten Maul und die klauenartigen Hände streckten sich ihr gierig entgegen.

Hast du jemals darüber nachgedacht, welche Macht du in deinen Händen hältst, fragte er mit verführerischer Stimme. *Die schwarze Magie ist stark, viel stärker als all deine hilflosen Kräfte. Werde die Zweite deiner Zunft, die sich mir anschließt. Du wirst es nicht bereuen ...*

Die Zweite? Welche Schamanin hatte er bereits in seine Fänge gelockt? Es gab aus ihrer Zunft noch jemanden in Salem. Vielleicht war es ihm tatsächlich gelungen, die Frau zu verführen.

Charlotta erstarrte. Die Verlockungen des Teufels machten ihr Angst. Der Gedanke an die absolute Macht war verführerisch. Das Ritual musste beendet werden. Die schamanische Reise verwandelte sich in einen Horrortrip.

Satan grinste. Seine Fratze nahm groteske Formen an, während er zu Charlotta sprach. Worte, von denen sie nur wenige verstand, mit einer Stimme, die wie Donnerhall in ihren Ohren dröhnte.

Dies ist der Ort, an dem ich mich seiner annehme …
Den, den ihr den Antichristen nennt …

Alles um sie herum wurde grau. Der Teufel war verschwunden. Am Himmel zogen Gewitterwolken auf, sie schoben sich vor die Sonne, ein blutroter Vollmond erschien, die Erde brach auf, um Heerscharen von halbverwesten Schreckensgestalten herauszuspeien, und die Bäume des Waldes brannten lichterloh.

Charlotta schrumpfte auf die Größe eines Insektes. Ein wild bellender Hund mit einem riesigen Gebiss schnappte nach ihr, sie sah sich selbst einen Pfad entlanglaufen, weit weg von dem Megalithen. Menschen am Wegesrand töteten sich gegenseitig mit Messern, Äxten und Beilen, sie sah Blut, Gedärme und …

Ein letztes Mal wuchs Charlotta über sich hinaus.

Wo bist du? Was willst du von mir? Ich bin keine schwarze Hexe und werde nie eine sein. Willst du mich deswegen töten?

Plötzlich stand er vor ihr, zum Greifen nahe. Doch seine Gestalt hatte sich in die eines Schönlings verwandelt. Groß, muskulös, mit markanten Gesichtszügen, schwarzem Haar, blauen Augen und einer elektrisierenden Ausstrahlung, die jede Frau schwach werden ließ.

Lass dich ficken, so wie die andere, umwarb sie der Teufel mit selbstbewusstem Lächeln und gierigem Blick, *sauge das Sperma meiner Macht in dich hinein und werde ein Teil meiner absoluten Herrschaft …*

7.

Regen prasselte gegen die Frontscheibe des Volvos. Fast kam es ihm vor, als hätte sich das Wetter wie eine dunkle Macht gegen ihn verschworen. Die verschwommene Silhouette einer Tankstelle zog vorbei. Hier kannten sie ihn bereits, also fuhr Freimann einen Umweg, um an die Flasche Cognac zu gelangen.

Als er die Dreizimmerwohnung am Rande Lübecks betrat, erwartete ihn der Kater mit einem misstrauischen Blick. Daran änderte auch das Dosenfutter nichts, das Freimann lieblos in den Napf schüttete.

Anna hatte die Katze aus dem Tierheim befreit, in ihren Augen eine Art Heldentat, doch nach der Scheidung wollte sie nichts mehr davon wissen. Sie waren nie dazu gekommen, dem Tier einen Namen zu verleihen, und jetzt, da Freimann allein war und genug damit zu tun hatte, seinen Alkoholkonsum zu organisieren, beließ er es einfach bei *Kater*.

Natürlich war alles nur vorübergehend. In einigen Wochen würde er über die Scheidung hinweggekommen sein, dann ging's wieder bergauf. Das war so klar wie der russische Wodka, den es im Feinkostladen um die Ecke gab.

Freimann schaltete den Fernseher an und machte es sich auf dem Sofa bequem. Er spülte die Erinnerung an die Vergangenheit mit einem großen Glas bernsteinfarbenem Cognac hinunter.

Seine Gedanken wanderten zu dem Toten, den sie vor Kurzem im Vahlendorfer Wald gefunden hatten. Die genetische Untersuchung hatte nichts ergeben. Das bedeutete, dass die Identität des Mannes, der vermutlich während des Todesmarsches ums Leben gekommen war, im Dunkeln blieb. Denn so viel stand fest: Die Leiche lag dort seit ungefähr siebzig Jahren. Also kein Fall für die Archäologen.

Auch für die Polizei gab es nichts mehr zu ermitteln. Viele der zahllosen Opfer des Nazi-Regimes nahmen ihre Geschichte mit ins Grab, so auch die bedauernswerten Opfer, die den Todesmarsch durch den Wald der Rituale antreten mussten.

In den letzten Jahren waren die Archäologen vereinzelt auf Gebeine aus der Zeit des Nationalsozialismus gestoßen, doch in keinem der Fälle konnte die Identität der jeweiligen Person festgestellt werden.

Vor einem Jahr änderten sich die Dinge.

Kurz hintereinander wurden die Leichen von zwei Frauen entdeckt, die mit einem Drahtseil oder etwas Ähnlichem stranguliert worden waren. Das BKA hatte damals die Ermittlungen geleitet – er selbst war zum Befehlsempfänger degradiert worden –, doch der Fall wurde nach einigen Monaten eingestellt.

Die Ermittlungen verliefen im Sande.

Die Frauen aus Hamburg und Berlin konnten der linken, feministischen Szene zugeordnet werden, sodass, neben anderen Ermittlungsansätzen, auch ein rechtsextremer Hintergrund geprüft wurde, allerdings ohne Erfolg. Sämtliche Spuren erwiesen sich als unbrauchbar.

Freimann hatte ein schlechtes Gewissen.

Das war immer der Fall, wenn er erkennen musste, dass die Lösung eines Falls für ihn keine Priorität hatte. Ein Polizist sollte anders denken – ehrgeiziger, verbissener, erfolgsorientiert und auf den Fall fokussiert. Doch Freimann war müde. Eigentlich, so sein Resümee, war er gar kein Polizist mehr.

Ein Wald voller Toten, und nichts zu ermitteln.

Insgeheim gefiel ihm der Leerlauf, wenn nur dieses nagende Gefühl der Unfähigkeit nicht wäre. Der Cognac ließ das Gefühl schrumpfen, Glas für Glas, bis zur Unkenntlichkeit. Nach vier Drinks breitete sich eine wohlige Wärme in ihm aus, die die Seele auf so angenehme Weise betäubte, dass er zu lächeln begann.

Lange würde das nicht mehr gutgehen, meldete sich eine Stimme tief in seinem Inneren.

Und wenn schon, antwortete eine andere. Du bist Beamter. Sie schicken dich zur Kur; Abzüge vom Gehalt gibt es nicht zu befürchten.

Du kannst doch jetzt schon nicht mehr in den Spiegel schauen. Wo bleibt deine Würde?

Würde …? Würde ist was für Träumer. Du wurdest verlassen, verletzt und hintergangen, da hast du das Recht darauf, deinen Kummer zu betäuben. Und auf etwas Ablenkung …

Ablenkung …?, so nennst du das!

Ach komm, leck mich am Arsch …!

8.

Im Wald war es angenehm kühl. Sallin machte einige Aufnahmen von majestätisch aussehenden Bäumen, die uralt zu sein schienen. Der Zoom der Nikon war beachtlich, sodass ihm spektakuläre Fotos von Eichhörnchen gelangen, die durch die Kronen der Bäume tobten. In der Ferne erregte ein mit rot-weißem Absperrband markiertes Areal seine Aufmerksamkeit. Bei genauerem Hinsehen war zu erkennen, dass es sich hierbei um Grabungsarbeiten der Archäologen handeln musste.

Sallin nahm sich vor, in den kommenden Tagen mehr von dem beeindruckenden Ökosystem zu erkunden, das sich rund um den Ort erstreckte, doch heute ging ihm eine Sache nicht aus dem Kopf.

Charlotta, die Schamanin.

Ein Blick auf das Smartphone zeigte ihm den Weg zur Eichenstraße, an deren Ende sich das Haus der geheimnisvollen Frau befinden sollte.

Sallin war skeptisch gewesen, als ihm der dicke Gemeindearbeiter im Café von der Schamanin erzählte, schließlich tummelten sich jede Menge Scharlatane in der Esoterik-Szene, dennoch vermochte er eine gewisse Neugierde nicht zu leugnen.

Nur mal kurz einen Blick auf das Hexenhaus riskieren, hatte er sich vorgenommen. Mehr nicht, denn so viel stand fest: Solange ein Teil seines Traumas im

Verborgenen lag, konnte er niemandem trauen.

Natürlich hatten die schlimmen Zeiten Spuren in ihm hinterlassen, und natürlich würde sich der Verlust niemals endgültig überwinden lassen, doch Sallin spürte noch etwas Anderes, Undefinierbares in seinem Innersten. Etwas Dunkles, wie einen schlafenden Dämon oder den Schatten eines Fluches, etwas, das sich in seinem Gehirn festgesetzt hatte wie ein Virus, das abzuwarten schien, bis sich die Gelegenheit ergab, seinen Wirt in den Wahnsinn zu treiben.

Irgendetwas war geschehen, an das er sich nicht erinnern konnte. Manchmal lichtete sich der Nebel kurz, und zum Vorschein kam eine hässliche Fratze, eine unbekannte Bestie, die etwas Furchtbares getan hatte.

Doch wer war die Bestie und was hatte sie getan?

Oder spielte ihm sein Gehirn einen Streich? Handelte es sich vielleicht um falsche Erinnerungen, ausgelöst durch gedankliche Fragmente, die sich in den Jahren des Martyriums gebildet hatten? Bruchstücke, vermengt mit Gedanken an Gräueltaten, die er im Fernsehen oder Internet gesehen hatte.

So etwas wäre durchaus möglich.

Im Netz gab es viele Informationen, die sich damit beschäftigten. Eine Antwort auf seine Fragen fand er trotzdem nicht und irgendwann hatte er den Entschluss gefasst, es darauf beruhen zu lassen.

Als er die Eichenstraße entlangging, nahm er die Nikon erneut zur Hand. Der Zoom schnurrte, und zum Vorschein kam ein dunkel gestrichenes Holzhaus am Waldesrand – weit und breit das einzige Gebäude.

Das musste es sein.

Aus der Nähe betrachtet musste Sallin dem Dicken aus dem Café recht geben: Das Haus wirkte bedrohlich, die Atmosphäre düster. Die Abgeschiedenheit verstärkte den Eindruck noch. Die Fassade war dunkelbraun und das Gebäude sicher schon viele Jahrzehnte alt. Aus den Regenrinnen sprossen Grasbüschel, der Schornstein war baufällig und auf den roten Dachziegeln hatte sich bereits Moos abgesetzt. Ein knorriger Holzzaun umrundete einen urwüchsigen, verwunschenen Garten, der dennoch nicht ungepflegt aussah. Gleich daneben standen Fichten, eng an eng. Die Finsternis des Waldes wirkte wie eine undurchdringliche Wand, die man besser nicht durchschritt.

Als Sallin eine flüchtige Bewegung im Garten bemerkte, blieb er wie angewurzelt stehen.

Du hast dir den Schuppen angeguckt, jetzt kannst du wieder umkehren.

Doch er kehrte nicht um. Stattdessen stand er unschlüssig am Wegesrand und hantierte an der Nikon herum. Die Worte des Dicken kamen ihm in den Sinn.

In Trance kann jedes Trauma an die Oberfläche kommen. Das Ritual stellt einen vor seine eigenen Ängste. So lassen sich schlimme Dinge verarbeiten.

Schlimme Dinge …

Sallin war hin- und hergerissen.

Intuitiv setzte er sich in Bewegung, um nach wenigen Schritten wieder innezuhalten.

Der Gedanke war verlockend. Vielleicht war es kein Zufall, dass er heute hier war. Der dunkle Fleck in seiner Seele machte ihm zu schaffen und drohte sich auf Dauer einzunisten. Vielleicht war die Schamanin in der Lage, das Trauma aufzulösen, dann würde er sich endlich daran erinnern können, was damals tatsächlich geschehen war. Dann hätten auch die Albträume ein Ende.

Oder war es besser, die Vergangenheit ruhen zu lassen?

Instinktiv wurde ihm bewusst, dass er nie zur Ruhe kommen würde, solange das Trauma wie ein böser Geist in seinem Kopf herumspukte.

Böse Geister! Schamanen kommunizieren mit Geistern, soweit er wusste, warum also nicht …?

Am Gartenzaun angelangt, fiel alle Unsicherheit von ihm ab. Eine Hexe hatte er zwar nicht ernsthaft erwartet, aber auch nicht diese auf Anhieb sympathisch wirkende kleine Frau mit der offenen Ausstrahlung und dem sonnigen Gesichtsausdruck. Sie hatte rote Haare, eine rundliche Figur und trug Jeans, Gummistiefel und ein kariertes Hemd.

Völlig durchschnittlich, ging es Sallin durch den Kopf. Lediglich die roten Haare verliehen ihrem Aussehen etwas Geheimnisvolles.

Als die Rothaarige, die im Garten ihre Wäsche zusammenlegte, den Mann mit der Kamera um den Hals bemerkte, empfing sie ihn mit einem freundlichen Lächeln.

»Ein wundervoller Tag, um zu fotografieren, nicht wahr?«, sagte sie mit kraftvoller Stimme.

Sallin hob nickend die Augenbrauen und deutete auf seine Nikon. »Einige gute Bilder habe ich heute schon im Kasten.«

»Sie kommen wie gerufen«, sagte die vermeintliche

Schamanin und deutete auf eine Wanne voller getrockneter Bettwäsche. »Helfen Sie mir beim Zusammenlegen?«

Sallin überlegte kurz, dann meinte er: »Äh, na klar, wenn Sie mir sagen, was ich machen soll.«

»Kommen Sie in den Garten. Das ist kein Hexenwerk. Sie brauchen die Laken nur auf einer Seite festhalten.«

Er deponierte seine Habseligkeiten auf einem der Gartenstühle und streckte die Hand aus. »Michael Sallin. Fotograf und neu hier in der Gegend.«

Sie erwiderte seinen Handschlag und hielt ihm das Ende eines weißen Lakens entgegen. »Charlotta Rheintaler, Sie können mich aber Charlotta nennen.«

»Die Schamanin?«, sagte Sallin mit einem fragenden Blick in den Augen, während er nach dem Laken griff.

Sie lachte. »Sie haben also schon von mir gehört?«

»Ja. Sie sollen eine erfahrene Vermittlerin zwischen der diesseitigen und der jenseitigen Welt sein.«

»Danke für das Kompliment«, entgegnete Charlotta aufrichtig. »Es gibt allerdings auch Skeptiker, für die das alles großer Unsinn ist. Die glauben nur an das, was sie sehen können.«

»Und? Ist das, was wir sehen, wirklich alles, was existiert?«

»Nein, natürlich nicht … im Gegenteil!«

Nachdem sie die Wäsche fein säuberlich zusammengelegt hatten, setzte Charlotta sich auf eine verwitterte Gartenbank und bot ihm ebenfalls einen Stuhl an.

»Zum Dank würde ich Ihnen gerne einen Tee zubereiten.«

»Da sage ich nicht Nein. Wäschehalten ist ganz schön anstrengend.« Sallin grinste.

Lächelnd verschwand sie im Haus.

Sallin sah sich um, entdeckte bunte Tücher, die um Bäume gewickelt waren, und hatte das Gefühl, dass ihm die Kontrolle über sein Leben entglitt. Dieser Ort hatte etwas Magisches, dem er sich nicht entziehen konnte. Doch vielleicht war es genau dieser Kontrollverlust, der notwendig war, um den Dämon in seinem Kopf zu vertreiben.

Sollte er Charlotta ansprechen? Würde sie ihm helfen? So unglaublich es klang, aber durch die Prozedur des Wäschezusammenlegens gab es bereits so etwas wie eine Beziehung zwischen ihm und der Schamanin.

Und die fühlte sich nicht verkehrt an, im Gegenteil.

Als sie ihm wieder gegenübersaß und der Tee in bunt bemalten Bechern dampfte, redeten sie eine Weile von dem Wald und seinen Geheimnissen. Irgendwann fasste er sich ein Herz, doch die Schamanin kam ihm zuvor.

»Sie tragen etwas mit sich herum, das sie loswerden möchten«, mutmaßte sie und faltete die Hände. »Hab ich recht?«

Sallin fühlte sich ertappt und war verunsichert, fand dann aber schnell die richtigen Worte: »Da liegt Ihr Schamanen-Instinkt gar nicht so daneben. Ich weiß nur nicht, was genau das sein soll, was ich da mit mir herumschleppe. Es ist nur so ein diffuses Gefühl.«

»Das lässt sich herausbekommen. Ich könnte Ihnen helfen, Herr Sallin.«

»Und wie genau?«

»In einem ersten Ritual versuche ich herauszufinden, was der Grund für Ihr inneres Ungleichgewicht ist. Einige Zeit später findet dann ein weiteres Ritual statt, bei dem Sie selbst eine schamanische Reise antreten, um mit meiner Hilfe das Problem aufzulösen.«

»Klingt fast zu einfach«, befand Sallin und kratzte sich am Kopf, »und wann findet die erste Sitzung statt?«

»Jetzt gleich, wenn Sie wollen. Folgen Sie mir ins Haus.«

9.

Das Haus war größer, als es von außen wirkte. Überall im Flur hingen skurrile Kunstwerke an den Wänden, bunt, und mit zahlreichen Symbolen und Mustern verziert. Unter seinen Füßen bemerkte Sallin einen dicken, flauschigen Teppich, dessen Farbe ihn an einen Marmorfußboden erinnerte.

Im Wohnzimmer plätscherte es.

Ein Wasserspiel, dachte er, und entdeckte in der Ecke des Raumes einen runden, aus roten Ziegeln gemauerten Brunnen mit einem geschätzten Durchmesser von über einem Meter.

»Wow!«, meinte er beeindruckt. »Ein riesiger Brunnen zur Dekoration, mit Geplätscher-Geräuschen …!«

»Der ist echt«, konterte die Schamanin. »Schauen Sie mal rein. Da geht's zehn Meter in die Tiefe.«

»Nee echt …?«

»Ist oben natürlich mit einem schmiedeeisernen Rost gesichert. Und zusätzlich kann man noch eine Metallabdeckung drauflegen.«

»So was hab ich ja noch nie gesehen. Ein richtiger Brunnen, mitten im Wohnzimmer.«

»Das Haus ist sehr alt«, sagte Charlotta. »Die ersten Besitzer haben es damals sozusagen um den bereits vorhandenen Brunnen herumbauen lassen.«

»Interessant«, bemerkte Sallin und warf einen vorsichtigen Blick in den Abgrund.

»Ich bereite nebenan schon mal alles vor« – Charlotta zeigte auf eine der Türen – »und rufe Sie dann.«

Sallin nickte.

Der Brunnen hatte es ihm angetan. Während er noch darüber nachdachte, wozu das Brunnenwasser genutzt wurde, hörte er die Schamanin rufen.

Die Dunkelheit hüllte ihn ein.

Wie lange er hier schon lag, ließ sich schwer abschätzen. Zehn Minuten, eine Stunde? An Räucherstäbchen, von denen ein süßlicher Duft ausging, konnte er sich erinnern. Auch an Kerzen und das Geräusch einer Rassel, an seltsame Gesänge und das Schlagen einer Trommel. An einen fensterlosen Raum mit braunen Wänden, an denen Fotos von exotischen Landschaften und Porträts alter indigener Menschen hingen.

Ich prüfe deine Aura, hatte die Schamanin gesagt, bevor ihre Hände ein Stück weit über seinen Körper glitten. Beschwörungsformeln, Gesang, rhythmisches Getrommel: Alles schien ineinanderzulaufen und gleichzeitig stattzufinden.

Die Realität verschwamm.

Seine Augen waren wie zugenäht, doch die Geräusche um ihn herum so klar wie das Wasser in einem Bergsee.

Ich werde dir sagen, was gerade passiert.

Die Worte der Schamanin hallten wie Kirchenglocken in seinem Kopf.

Der Quarzkristall hilft mir, in dich hineinzusehen. Dein Körper ist aus Glas, deine Haut wird immer durchsichtiger. Ich sehe dein Innerstes.

Sallin hörte ihre Stimme, doch alles um ihn herum wurde plötzlich leiser. Es war, als ob jemand an einem Lautstärkeregler drehte. Die Welt reduzierte sich, wurde zäher und kleiner, bis er nur noch einen kleinen, hellen Punkt vor sich sah, auf den er zusteuerte.

Dann war er weg.

Das Haus war schäbig, die Räume waren schäbig, alles hier war schäbig. Tapeten hingen in Fetzen von den Wänden. Dreck, leere Flaschen, Pizzakartons und Essensreste, zerrissene Teppiche, kaputte Möbel, in denen die Kakerlaken hausten, und Schimmel, der an den Wänden wucherte.

Diejenigen, die hier auf verbeulten Matratzen vor sich hin vegetierten, gehörten zur Unterschicht. Zu den Verlierern, den Hoffnungslosen, die resigniert dahindämmerten und in Gleichgültigkeit versanken.

Trost gab ihnen nur der Stoff.

Eine Spritze machte die Runde. In einem verschmutzten Löffel schäumte eine bräunliche Flüssigkeit, bereit, um sich einen Weg in die Körper der Jugendlichen zu bahnen.

Die hygienischen Zustände waren katastrophal.

Als er den Raum betrat, schlug ihm Rockmusik aus den Sechzigern entgegen. Jim Morrison von den Doors sang *end oft the night* und an der Decke flackerten die Schattenspiele von brennenden Kerzen, die überall im Raum verteilt standen.

Niemand nahm Notiz von dem Besucher, der prüfend in die Runde der ausgezehrten Seelen blickte, um den Einen zu finden, der ihm wichtig war.

Unter seinen Schuhen knirschte der Dreck.

Entrückte Gesichter, in denen sich eine Welt fernab der Realität widerspiegelte, blickten ihm ausdruckslos entgegen. Die Szene wirkte gespenstisch und unwirklich, wie eine traumhafte Sequenz.

Die Jugendlichen wollten vergessen, verdrängen, einen Blick in das Paradies werfen. Doch der Besucher wusste: Von hier aus war es nur ein kleiner Schritt in die Leichenhalle, in der ein abgestumpfter Gerichtsmediziner emotionslos sein Besteck zur Hand nehmen würde, um in aufgeschnittenen Körpern den *goldenen Schuss* nachzuweisen.

Volltreffer!

Er ging weiter.

Einer von ihnen hatte sich zur Wand gedreht. Der schlaksige Körper und die schwarzen Locken erregten seine Aufmerksamkeit. Vorsichtig berührte er die Schulter des jungen Mannes.

»Hey, kennst du Leif? Ist er hier, oder …?«

»Lass mich in Ruhe, Alter …!«

Die Stimme weckte etwas Vertrauliches in ihm. Und zerstörte im selben Moment die Hoffnung, die er immer in sich trug, obwohl die Vernunft zu einem anderen Ergebnis kam.

»Leif, bist du das …? Bitte …!« Als sich ihm das vom Drogenkonsum gezeichnete Gesicht des Jungen zuwandte und er seinen Sohn erkannte, fiel seine Welt wie ein Kartenhaus in sich zusammen. »Komm mit mir mit, bitte. Deine Mutter ist verrückt vor Angst.«

»Verpiss dich!«, schrie der Junge, dessen Name Leif

war, mit Blick auf die Tür gerichtet.

»Du wirfst dein Leben weg«, sorgte sich der Besucher, »… und auch unseres.«

»Ich hab nicht darum gebeten, in diese Welt geboren zu werden.« Leifs Stimme klang brüchig.

»Nein …, natürlich nicht. Aber …«

»Dann lass mich endlich in Ruhe, Alter«, sagte Leif fast flehentlich. »Und sag der Frau mit den roten Haaren, dass sie sich opfern muss.«

Für einen Moment schauten sie sich schweigend an, als hätte die Zeit den Atem angehalten.

»Was …? Was soll ich …?«

Leif atmete tief ein, als würde eine große Last von ihm abfallen. Seine Augen nahmen einen gütigen Ausdruck an. »Sag ihr, es gibt keinen anderen Weg. Sie muss sterben, sonst triumphiert der Fürst der Finsternis. Das Universum will es so.«

»Ich verstehe nicht …?«

»Sie … wird es verstehen.«

Er drehte sich wieder zur Wand.

Der Besucher blickte hilflos umher. Durch das zersplitterte Glas eines Fensters sah er eine verblasste Sonne auf- und untergehen – in rasender Geschwindigkeit. Auf den Matratzen lagen jetzt halbverweste Leichen. Ein bestialischer Gestank schlug ihm entgegen; Unmengen an Ungeziefer krochen aus den Ritzen heraus, um sich in Windeseile im Raum zu verteilen.

Fluchtartig verließ er das Haus, ohne sich umzudrehen.

Irgendetwas hatte sich verändert. Nur allmählich

wurde ihm bewusst, dass der Rhythmus der Trommel langsamer geworden war. Vorsichtig öffnete er die Augen und blinzelte. Tränenflüssigkeit rann ihm die Wangen hinunter.

Er hatte nicht damit gerechnet, dass das Ritual eine beklemmende Vision in ihm auslösen würde, deren Intensität sich kaum beschreiben ließ. Es war also wahr: In Trance konnte jedes Trauma an die Oberfläche gelangen. Der Dicke aus dem Café hatte recht gehabt. Die Frage war nur, ob es sinnvoll war, an dieser Stelle weiterzumachen. Vielleicht war es viel besser, die Vergangenheit ruhen zu lassen. Denn eines musste Sallin sich eingestehen: Besser ging es ihm momentan nicht, im Gegenteil.

Die traumhafte Sequenz hatte ihm schwer zugesetzt, ihm die Tränen in die Augen getrieben und ihn letztlich ratlos zurückgelassen.

Und dann diese mysteriöse Botschaft, die er der Schamanin übermitteln sollte? Er war sich sicher, dass *sie* die Frau mit den roten Haaren war, die sich opfern sollte. Doch aus welchem Grund? Und warum musste ausgerechnet er der Überbringer dieser verhängnisvollen Nachricht sein? Was hatte es damit auf sich? Oder entsprang alles nur seiner Fantasie?

Neben sich bemerkte er das sorgenvolle Gesicht der Schamanin.

»Sie sehen mitgenommen aus!«, fiel es Charlotta auf. »Haben Sie während des Rituals etwas gesehen?«

»Sogar ziemlich intensiv«, bestätigte Sallin und setzte sich auf die Kante der Liege. »Und Sie? Haben Sie den Grund für mein inneres Ungleichgewicht gefunden?«

»Das habe ich.«

»Und …?« Sallin schaute sie neugierig an.

»Ein Fragment Ihrer Seele ist verlorengegangen«, erwiderte Charlotta mit einer Selbstverständlichkeit, als ginge es um eine Nackenverspannung.

»Hmm … verstehe«, sagte Sallin genauso matt, wie er sich fühlte. »Oder auch nicht …«

»Vermutlich gab es ein einschneidendes Erlebnis in Ihrem Leben, das zu der Abspaltung führte. Doch das ist kein Grund zur Resignation«, befand Charlotta. »Wir können uns auf eine Heilungsreise begeben. Genauer gesagt auf eine Rückholreise in die geistige Welt, um das Fragment zu finden und Ihre Seele wieder zu vervollständigen.«

»Unter Ihrer Anleitung?«

»Genau. Doch Sie müssen in der Nacht zu mir kommen. Wir brauchen die Dunkelheit, denn die Zeremonie wird unter freiem Himmel stattfinden.«

Sallin konnte keinen klaren Gedanken fassen. Die Vision, in der ihm Leif erschienen war, hatte ihn bis ins Mark getroffen. Die Erinnerung an Leif war immer präsent, auch wenn die Vergangenheit manchmal verblasste, doch hier war etwas geschehen, das er bisher nicht für möglich gehalten hätte. Offensichtlich war es der Schamanin tatsächlich gelungen, ihn in Trance zu versetzen, denn die Vision war so mächtig gewesen, dass Hoffnung in ihm aufkeimte, den Dämon in seinem Inneren bezwingen zu können.

Er hatte Angst vor der nächsten schamanischen Sitzung, denn es war nicht abzusehen, was sich hinter einem verlorengegangenen Fragment seiner Seele verbergen könnte, doch ihm war auch bewusst, dass er diese Chance vermutlich nicht ein zweites Mal bekommen würde.

»Lassen Sie die spirituelle Erfahrung erst einmal nachklingen«, schlug Charlotta vor, als sie den sorgenvollen Gesichtsausdruck ihres Gastes bemerkte. »Ich gebe Ihnen meine Handynummer. Rufen Sie mich einfach an, wenn Sie es sich überlegt haben.« Sie kritzelte hastig einige Zahlen auf einen Fetzen Papier und streckte die Hand aus.

Sallin überlegte eine Weile, dann meinte er: »Ok, ich denke darüber nach und rufe Sie dann an. Das muss ich erst mal verdauen.«

»Warten Sie nicht zu lange. Jetzt haben Sie einen Anfang gemacht; irgendwann schließt sich das Zeitfenster.«

Sallin nickte.

»Sie werden sehen, es wird Ihnen helfen.«

»Ich hoffe nur«, sorgte sich Sallin«, dass ich nicht etwas erfahre, das ich gar nicht wissen will.«

»Selbst wenn es unangenehm sein sollte«, beteuerte Charlotta, »es gehört nun mal zu Ihnen. Wenn Sie nicht die Initiative ergreifen, haben Sie auch keine Kontrolle über Ihr zukünftiges Leben. Früher oder später wird Sie das Universum daran erinnern, dass Ihre Seele nicht komplett ist.«

Sallin runzelte die Stirn. »Apropos Universum, da ist noch etwas anderes.« Er hatte sich dazu entschieden, die Schamanin einzuweihen. Schließlich war es nichts Geringeres als das Universum, das es so wollte.

Etwas in ihm brannte darauf, seine Erlebnisse mitzuteilen. Eine mysteriöse Gewissheit, die ihm zuflüsterte, dass es fatale Folgen hätte, wenn er es nicht täte.

Charlotta blickte ihn neugierig an, während sie den bunten Schamanenmantel ablegte. »Um was handelt es sich denn? Ich kann das Ritual entsprechend anpassen.«

»Es geht nicht um mich, sondern um Sie!«

»Wie bitte!« Charlotta wurde hellhörig. »Das ist ungewöhnlich.«

»Vielleicht ein komischer Zufall, der nichts zu bedeuten hat. Schließlich entspringt ja alles nur meiner Fantasie.«

»Ich würde es trotzdem gerne wissen«, insistierte Charlotta.

»Es ist schrecklich«, räumte Sallin ein. »Aber das Universum will …, es will, dass Sie sich … opfern. Doch wie gesagt: vermutlich alles nur ein Produkt meiner Fantasie. Ziemlich irre!«

»Ich soll … sterben …?«, hauchte Charlotta kaum hörbar.

»Ja, sieht so aus. Falls das alles nicht nur Einbildung war, was ich da gesehen habe. Tut mir leid. Angeblich würden Sie verstehen, was gemeint ist.«

»Wissen Sie auch, warum ich mich opfern soll?«

»Sonst würde der Fürst der Finsternis triumphieren, hieß es«, entgegnete Sallin frustriert. »Mehr weiß ich leider nicht.«

»Der Teufel …!« Charlottas Blick verlor sich im Nichts. Schlagartig wurde ihr klar, was die Toten von ihr wollten. Der Fürst der Finsternis war in den Wald der Rituale zurückgekehrt, um den Zyklus des Bösen fortzusetzen. Sein Bildnis war ihr im Traum erschienen. Er hatte versucht, sie zu korrumpieren, zu verführen, und alles deutete darauf hin, dass er bereits Netze ausgeworfen hatte, um fragile Seelen einzufangen, die ihm nützlich waren.

Die positiven Kräfte des Universums würden sich bemühen, seine Macht zu beschränken. Vielleicht war ihr dabei die Rolle eines »Kipppunktes« zugedacht. Ihr Tod würde Ereignisse herbeiführen, die sonst niemals geschehen wären, um das Pendel der Kräfte auszubalancieren und den Teufel in seine Schranken zu weisen.

Plötzlich bekamen ihre eigenen Visionen einen Sinn, und die Angst, die sich wie Gift in ihrem Körper ausbreitete, drohte ihr den Atem zu rauben.

Das Unheil stand vor der Tür …

10.

Noch wenige Tage bis Vollmond. Falls sie die Hinweise der Geister korrekt interpretiert hatte – und Charlotta hatte keinen Zweifel daran, dass es so war –, dann könnte sie den Megalithen noch aufsuchen, bevor das Heilungsritual mit Sallin stattfand.

Er hatte sich noch nicht bei ihr gemeldet, und vielleicht würde sie nie wieder etwas von ihm hören, doch Charlotta vermutete, dass ihm die Geister eine Schlüsselrolle zugedacht hatten.

Er würde gar nicht anders können.

Die Toten hatten ihn als Überbringer der Botschaft auserkoren. Es sah alles danach aus, als wenn er etwas Besonderes in sich trug, eine Schuld oder ein dunkles Geheimnis, das die Geister nicht ruhen ließ. Er wurde zum Spielball ihrer Mächte. Plötzlich, ohne es zu ahnen, verfing er sich im Spinnennetz verborgener Kräfte. Doch warum ausgerechnet Sallin?

Das Universum will es so …

Charlotta hoffte, während des zweiten Rituals mit Sallin mehr über die Hintergründe der Botschaft zu erfahren. Es war nicht auszuschließen, dass seine Fantasie mit ihm durchgegangen war, schließlich hatte er keine Erfahrungen mit schamanischen Ritualen, doch zuerst würde sie dem Megalithen einen Besuch abstatten.

Denn was auch immer von Sallins Botschaft zu halten war: In Kombination mit ihren eigenen Visionen ergab sich ein verblüffendes Bild der Übereinstimmungen.

Was hatten ihr die Geister offenbart?

In ihren Träumen sah sie die Initiatoren der Botschaft durch den Nebel wanken. Die Opfer des Todesmarsches, die im April 1945 durch den Vahlendorfer Wald getrieben wurden und dabei ihr Leben verloren. Sie sah den großen Megalithen, der wie ein Mahnmal im Wald stand.

In der vom Drogenrausch forcierten Vision manifestierte sich der riesige Fels erneut. Hier erschien ihr der Teufel, den auch Sallin erwähnte. Da waren Schlangen, ein großer, schwarzer Hund und zwei Leichen. Am Himmel ging die Sonne unter und ein blutroter Vollmond erschien ...

Was du Hass nennst, wird wieder erwachen. Chaos wird regieren ...

Der Teufel kündigte das Chaos an – so, wie er es seit Äonen getan hatte. Die dunklen Mächte waren nie vollständig verschwunden, ebenso wenig wie die schwarze Magie, die auch heute noch praktiziert wurde. Von einer Schamanin. Der Teufel hatte es angedeutet: Er hatte bereits Seelen eingefangen und würde nicht aufhören, seine Macht auszuweiten.

Dies ist der Ort, an dem ich mich seiner annehme ...

Es ist dieser Ort – der Megalith – an dem etwas geschehen würde. An dem der Teufel einen Plan schmieden oder von jemandem Besitz ergreifen wollte. An dem Tag vor Vollmond, oder einen Tag danach.

Die fehlenden Puzzleteile zu ihrer Vision lieferte der Mann, dem ein Fragment seiner Seele abhandengekommen war – Michael Sallin. Ein Zufall? Vermutlich nicht, denn die Geister hatten leichtes Spiel mit Sallin. Seine Unvollständigkeit machte ihn labil und manipulierbar.

Ihre Visionen, verknüpft mit Sallins Botschaft, ergaben folgendes Bild: Sie, die Schamanin Charlotta Rheintaler, sollte sich opfern, sollte zu einem Kipppunkt werden, sonst würde der Fürst der Finsternis triumphieren. Sie sollte den Megalithen im Wald aufsuchen, um …?

Was würde sie dort erwarten? Den Plan des Teufels erkennen, um ihn dann durch ihren Tod zu vereiteln? Das ergab keinen Sinn, doch die Toten wollten es so, sie hatten ihre Gründe.

Vielleicht, so spekulierte Charlotta, wollte der Teufel dem personifizierten Bösen zur Macht verhelfen, wie er es bereits schon einmal getan hatte. Wie waren seine Worte gewesen?

Dies ist der Ort, an dem ich mich seiner annehme …

Den, den ihr den Antichristen nennt …

Der Antichrist! Ein mächtiger Widersacher Gottes. Immer wieder erschien er als ein Werkzeug Satans, um die Menschen zu täuschen und in die Irre zu führen.

Der Todesmarsch von 1945: Das Nationalsozialistische Regime hatte die Toten aus dem Vahlendorfer Wald auf dem Gewissen, und die Neo-Nazis gewannen aktuell wieder an Stärke. In vielen Ländern, auch in Deutschland.

Der Teufel würde alles daransetzten, die Völker

dieser Welt zu spalten, um einen neuen Krieg zu provozieren. Wenn es jemanden gab, der dies zu verhindern versuchte, dann die Opfer der nationalsozialistischen Schreckensherrschaft. Doch die Geister der Toten brauchten ein Medium, um die Machenschaften des Bösen zu bekämpfen.

Eine Schamanin wie sie!

Natürlich gab es keine Beweise für ihre These. Sie hatte die gesamte Geschichte in einem tranceartigen Zustand erlebt – nichts davon war real gewesen. Als Schamanin glaubte sie an Spiritualität und Magie, an gute und böse Geister und die Kräfte der Natur, doch Gott, der Teufel oder der Antichrist spielten im Schamanismus keine Rolle.

Nachts wälzte sich Charlotta im Bett von einer Seite auf die andere. Es waren diese Gedanken, die sie nicht mehr losließen. Ihre Visionen, die Botschaft, Michael Sallin und der Teufel, der Megalith und die Nazis: In ihrem Kopf drehte sich ein Karussell der Irritationen. Zweifel kamen auf, um dann wieder zu verblassen. So ging es hin und her, bis der Schlaf sich ihres verunsicherten Geistes bemächtigte.

Bullshit, dachte Charlotta, als sie am nächsten Morgen vor dem Spiegel stand. Objektiv betrachtet alles totaler Quatsch. Der Teufel spukte hier schon seit Jahrhunderten umher – in alten Sagen und dunklen Mythen. Alle wussten das, und selbst Sallin, der erst seit Kurzem in Vahlendorf wohnte, dürfte schon davon gehört haben. Da lag es nahe, dass in all den Träumen und Visionen auch der Fürst der Finsternis in Erscheinung treten würde.

Es ist alles nur ein Zufall, eine Hysterie oder eine falsche Erinnerung an Träume, in denen alles Mögliche geschehen könnte. Und die Drogen, die sie konsumiert hatte, um die Vision herbeizuführen, machten alles nur noch schlimmer.

Von wegen erfahrene Schamanin ..., dachte sie zerknirscht.

Mit seriösem Schamanismus hatte das nichts mehr zu tun. Für einen kurzen Moment war sie dem Aberglauben und der dunklen Magie verfallen. Sie war ihren eigenen Überzeugungen untreu geworden. Ihre Erwartungen hatten sich auf Sallin übertragen – einen ahnungslosen Außenstehenden, der ihre Hilfe benötigte. Sie trug Verantwortung für ihren Klienten. Was war geschehen, dass sie ihre Aufgaben derart sträflich vernachlässigt hatte?

Charlotta ging hart mit sich selbst ins Gericht – und schloss einen Kompromiss.

Das Wohl von Sallin hatte Priorität. Die geplante Heilungsreise stand im Fokus ihrer Bemühungen, ohne dabei auf die mysteriöse Botschaft einzugehen, die er ihr übermittelt hatte. Die Vervollständigung seiner Seele war das Ziel – nichts anderes.

Falls er überhaupt noch Interesse daran hatte?

Ihre Probleme waren nicht die Seinen. Sie konnte es nicht verantworten, ihn in etwas hineinzuziehen, mit dem er nichts zu tun hatte.

Sie war die Schamanin, die Geister sprachen zu ihr, und sie sollten ihren Willen bekommen. Sie würde die Visionen nicht ignorieren. Sie würde den Megalithen aufsuchen, allein und bei Vollmond, doch ein Nachtlager würde sie dort nicht aufstellen.

Schon oft hatte Charlotta dem Megalithen einen Besuch abgestattet, schließlich dauerte es zu Fuß kaum eine Stunde, um in zu erreichen, und auch diesmal würde es ein herrlicher Spaziergang durch den Vahlendorfer Wald werden.

Und der Teufel? Würde sie ihm begegnen?

Nein, natürlich nicht, nichts dergleichen würde geschehen. Es würde kein Zusammentreffen mit dem Fürsten der Finsternis geben, kein Opfertod, um die Apokalypse zu verhindern, und keine schwarze Magie, um das Böse anzulocken.

Und sie selbst: Wie alle anderen würde sie eines Tages sterben. Doch nicht, um die Pläne des Teufels zu durchkreuzen, sondern ohne einen besonderen Grund. Einfach so. Nach einem langen erfüllten Leben.

Irgendwann …

11.

Rechtsextremismus und Frauenhass: Eine explosive Mischung, warnte der Referent. Wir sind *zu wenige*, die anderen *zu viel*. Ein Argument, das gewaltbereite Nazis häufig vorbringen, wenn es um die hohe Geburtenrate muslimischer Einwanderer geht, dozierte der Mann im dunkelblauen Anzug mit erhobenem Zeigefinger am Rednerpult.

Freimann hörte nur mit einem Ohr zu.

Der Kriminalkommissar aus Lübeck saß neben einer angespannt wirkenden Petra Maltow – der Dorfpolizistin aus Vahlendorf – im großen Sitzungssaal des Landeskriminalamtes Kiel.

Das LKA Kiel hatte zu einer internen Informationsveranstaltung geladen. Der Saal war rammelvoll, die Luft stickig und Freimann ahnte schon vor Beginn der Pflichtveranstaltung, dass er den ganzen Tag keine Gelegenheit bekommen würde, einen Schluck zu trinken. Selbst den sonst so unauffälligen Flachmann in der Jackentasche hatte sich der frustrierte Ermittler verkniffen.

Zu viele hochkarätige Zeugen …

Mahnende Wortfetzen bahnten sich einen Weg zu seinen abstehenden Ohren.

»Der rechte Terror ist in Schleswig-Holstein …«

»… mehr als die Hälfte … Netzwerke … rechtsextreme Szene … gewaltbereit … braune Revolution.«

Während der Referent mit der solariumgebräunten Haut seinen Vortrag über die rechte Szene in Schleswig-Holstein herunterspulte, musste Freimann an die beiden ermordeten Frauen denken, die sie letztes Jahr im Wald bei Vahlendorf gefunden hatten. Schon damals wurde vermutet, dass eine neue Neonazi-Gruppierung dahinterstecken könnte, doch es gab weder Beweise noch Zeugen.

Plötzlich, fast ein Jahr später, überschlugen sich die Ereignisse. Mit einer Spur von Stolz in der Stimme verkündete der Referent, dass es dem Verfassungsschutz gelungen war, einen Informanten in der Szene zu platzieren, der die damalige Theorie bekräftigte. Und es kam noch dicker: Die neue Gruppierung konnte sich fast unbemerkt zu einer schlagkräftigen Terrorzelle formieren – gewaltbereit und ausgestattet mit Waffen, Sprengstoff und genügend Geld, um geplante Aktionen auch in die Tat umzusetzen.

Ein unsichtbares Netzwerk mit klarer Kommandostruktur und internationaler Vernetzung, das von Tarnfirmen, IT-Experten, Hackern und Security-Personal geschützt wurde: der Albtraum jeder Sicherheitsbehörde.

Ihre Ziele: Widerstand gegen das verhasste System, Anschläge, Revolution, Umsturz, Aufbau einer faschistischen Gesellschaft. Es gab finanzielle und materielle Unterstützung – auch aus dem osteuropäischen Ausland. Die Schießausbildung fand in Tschechien statt; Anleitungen zum Bombenbau kursierten im Darknet.

Einem Gerücht zufolge wurde die rechte Zelle von einem geheimnisvollen, charismatischen Anführer geleitet, der mit äußerster Brutalität vorging. Die Identität des Mannes, von dem nur der Tarnname *Alphawolf* bekannt war, blieb ebenso im Dunkeln wie die seiner Gefolgsleute.

Tarnname Alphawolf, ging es Freimann durch den Kopf. *Typischer Nazi-Name. Die hatten schon immer ein Faible für Wölfe.*

Das nervöse Getuschel im Saal verstummte, als über das Schicksal des Informanten berichtet wurde, dessen Leiche vor wenigen Wochen aus der Trave geborgen wurde.

»Obwohl es unserem Mann gelungen war, die Existenz der Zelle zu belegen und erste Fakten zu liefern, nahm er wichtige Informationen über die Identitäten der Mitglieder und ihrer Unterstützer mit ins Grab. Es bleibt unklar, ob es ihm überhaupt gelungen war, in das Innere der Zelle vorzudringen.«

Mit seinem Tod ist der Informationsfluss abgerissen, berichtete der Referent mit brüchiger Stimme. Die Behörden waren in Alarmbereitschaft versetzt. Vielleicht gibt es sogar Sympathisanten in den eigenen Reihen, die die Ermittlungen behindern, so die Hypothese einiger Sachverständiger.

Stille erfüllte den Saal.

Bestechliche Polizisten hatte es immer gegeben, doch seitens den Behörden wurde Korruption oft bagatellisiert.

Freimann blinzelte zu Maltow hinüber.

Vielleicht hatte sie etwas Alkoholisches in ihrem Rucksack? Er verwarf den Gedanken daran sofort wieder und blickte in die Runde der Anwesenden. Die

Stuhlreihen waren gefüllt mit Polizeiführungskräften aus den nördlichen Bundesländern, politischen Verantwortungsträgern, BKA-Beamten, Vertretern des Verfassungsschutzes und des Bundesnachrichtendienstes, leitenden Polizeibeamten aus Hamburg und Berlin, Mitglieder der Mordkommissionen und des Staatsschutzes, Sachverständigen und einigen geladenen Journalisten. Komplettiert wurde die Veranstaltung durch Polizeibedienstete, die bereits an früheren Fällen mit rechtsextremistischem Hintergrund mitgearbeitet hatten – so wie er und Petra Maltow.

Sie ermittelten damals unter Führung des BKA im Fall der beiden Frauen, die im Vahlendorfer Wald stranguliert aufgefunden wurden. Freimann erinnerte sich nur ungern daran. Das BKA hatte sie damals zu bloßen Befehlsempfängern degradiert, und er befürchtete, dass es diesmal nicht anders sein würde, zumal sich am Horizont etwas abzuzeichnen schien, das der Demokratie ernsthaft schaden könnte.

Die Rechten mit ihren extremistischen Ausprägungen gewannen an Einfluss, das war auch an Freimann nicht spurlos vorübergegangen, obwohl er nur selten die Nachrichten verfolgte. Frust, Unzufriedenheit, Neid, Angst, Verblendung: Die Gründe für den Erfolg rechter Gruppierungen waren breit gestreut und viele Menschen hatten das Gefühl, ihre Meinung nicht mehr frei äußern zu können. Freimann hatte bereits vor geraumer Zeit beschlossen, sein Interesse an der Politik auf ein Minimum zu reduzieren und sich bei Diskussionen herauszuhalten.

»Hör dir das an«, flüsterte ihm Maltow mit vorgehaltener Hand zu. »Die Rechtsextremen bereiten sich auf einen Bürgerkrieg vor. Das ist doch …!«

Freimann nickte nur kurz. Er war sich bei seiner Kollegin nicht sicher, ob der Gedanke an einen Bürgerkrieg ihr Angst machte oder ob sie ihn als spannende Unterbrechung ihres eintönigen Alltags betrachtete. Denn so viel war bekannt: Die dienststeifrige Single-Frau hatte einen Hang zum Pathetischen.

Der Redner am Pult kam in Fahrt.

Die neuen Rechten geben sich ein bürgerliches Erscheinungsbild, bekam Freimann zu hören. Nichts Neues, dachte er gelangweilt, doch dann, einige Wortfetzen später, wurde er hellhörig.

»Im rechten Spektrum ist der Hass gegen Frauen ein weit …«

Aus dem Augenwinkel bemerkte er, wie Maltow energisch den Kopf schüttelte. Sie schien außer sich.

»… Hass auf Feminismus … Misogynie … verachten Muslime, Juden und Frauen … Männer in der Incel-Bewegung radikalisieren sich …«

»Was ist Misogynie?«, fragte Maltow etwas zu laut. Der Vordermann strafte sie mit einem strengen Blick ab.

Freimann hatte sich beruflich hochgearbeitet. Er besaß einen Realschulabschluss und interessierte sich für Fußball, alkoholische Getränke und das Angeln, wobei Angeln und Fußball momentan in den Hintergrund getreten waren. Er hatte keine Ahnung, was *Misogynie* war, und zuckte mit den Schultern.

Wie auf ein geheimes Kommando hin übernahm der Referent am Stehpult den Job.

»Misogynie, der krankhafte Hass von Männern gegenüber Frauen, ist gerade in der rechtsextremen Szene ein zu wenig beachtetes Tatmotiv …«

Wow, so wird ein Schuh draus, dachte Freimann erstaunt, Rechtsextremismus und Frauenhass: Eine explosive Mischung. Plötzlich wurde ihm die Tragweite der Situation bewusst, und er musste an den eingeschleusten Informanten denken, der seine Recherchen mit dem Leben bezahlt hatte.

Die Morde an den beiden Feministinnen passten ins Bild, und wenn die Informationen dieser Veranstaltung tatsächlich stimmen sollten, dann hatten sie hier im Norden der Republik ein echtes Problem mit einem unsichtbaren Neonazi-Netzwerk. Vielleicht mit Außenwirkung auf das gesamte Land?

Im schlimmsten Fall erwartete sie ein regelrechtes Horrorszenario. Der Mann am Rednerpult verbreitete Pessimismus, als würde der Untergang des Abendlandes eingeläutet werden.

Es musste jederzeit mit einem rechtsterroristischen Anschlag gerechnet werden, so sein Resümee. Bombenattentate gegen Politiker oder Ausländer waren genauso wahrscheinlich wie Morde an Juden oder Frauen – insbesondere an jenen aus dem feministischen Lager.

Verdammt, dachte Freimann. Jetzt ein Cognac und den Rest des Tages auf dem Sofa verbringen. Vielleicht noch einen Schwarz-Weiß-Western aus den Sechzigern, und dann den ganzen Mist vergessen …

12.

Zeit zum Nachdenken. Sie blickt über die Kronen der Bäume hinaus auf die dichten Wolkenfelder, die sich aus Osten näherten. Der Wetterbericht hatte keinen Regen angesagt, auf einen Schirm hatte sie verzichtet, doch der Vahlendorfer Wald war immer für eine Überraschung gut. Sie würde dennoch nicht umkehren, denn der Megalith war nicht mehr weit entfernt.

Eddie kam ihr in den Sinn. Die Beziehung lief bereits seit Monaten nicht mehr sonderlich harmonisch.

Sie hatte Eddie Wegner vor Jahren bei Marecki kennengelernt, der Spedition bei Mölln, in der sie als Buchhalterin arbeitete. In Teilzeit, denn einen Teil ihres Lebensunterhaltes verdiente sie als Schamanin – ihrer eigentlichen Berufung.

Beziehungen in der Firma waren immer problematisch, war sich Charlotta bewusst, und ein gemeinsamer Haushalt kam ohnehin nicht in Frage, doch Eddie, der patente LKW-Fahrer, war sehr aufmerksam, charmant und humorvoll gewesen. Am Anfang. Jetzt hatte sie das Gefühl, einem fremden Mann gegenüberzustehen.

Sie erinnerte sich: Nachdem sich die ersten Wochen stürmischer Verliebtheit gelegt hatten, reagierte Eddie zunehmend reserviert, wenn es um den Schamanismus ging.

Mit der Zeit nahmen die Differenzen zu. Er gab vor, sich Sorgen zu machen, hatte Fragen, wollte wissen, wer ihre Kunden waren, und reagierte misstrauisch, wenn sie von Geistern oder imaginären Welten sprach, die sie auf ihren schamanischen Reisen besuchte.

Vielleicht wäre es besser gewesen, ihn frühzeitig über ihre spirituelle Affinität zu informieren, stattdessen hatte sie sich vorgenommen, seine bodenständige Seele behutsam damit zu konfrontieren. Der falsche Weg, wie sich nun herausstellte. Glücklicherweise saßen sie nicht zusammen in einem Büro.

Es wird sich ausschleichen, dachte sie frustriert. Irgendwann werden sie einen Punkt erreicht haben, an dem sich die Beziehung von alleine aufgelöst hat. Sie könnte die schmerzliche Entwicklung abkürzen, ihn vor vollendete Tatsachen stellen, doch im Moment fehlte ihr die Kraft für diesen endgültigen Schritt.

Mal sehen, was die Geister dazu sagen ... ging es Charlotta durch den Kopf.

Sie blieb stehen und ließ den Wald auf sich wirken. Ihr Schal flatterte im Wind, zwischen den Wolken kämpfte sich die Sonne hindurch und in den Baumwipfeln vernahm sie ein geheimnisvolles Rauschen. Sie hörte die Vögel singen, die Äste knacken, das Laub rascheln und die Geister flüstern. Sie sog die Atmosphäre des Waldes in sich ein, die klare Luft, das Plätschern des Baches, den Duft von Moos und der zerklüfteten Rinde uralter Bäume.

Die Spiritualität des Waldes ließ sich mit Händen greifen. So als wäre die Zeit stehengeblieben, seit die

Menschen der Frühzeit hier ihre Rituale praktizierten. Sie hatten Gräber und Steinkreise angelegt, Opfer gebracht und Geister beschworen, die auch heute noch ihre Spuren hinterließen.

Doch die Einzigartigkeit des Waldes war bedroht.

Auf ihrem Weg zum Megalithen war sie einem Archäologen-Team begegnet, das sich tief in den Waldboden grub, um die Ruhe der Toten zu stören.

Charlotta mied den Kontakt mit den Wissenschaftlern, die ihrer Meinung nach nur an spektakulären Funden interessiert waren, mit denen sie prahlen konnten. Misstrauisch beobachtete sie die Ausgrabungsstätte und beschleunigte ihre Schritte. Niemand hatte die Geister befragt, ob der Wald bereit war, die Geheimnisse preiszugeben, die in seiner Tiefe ruhten.

Die gierigen Knochensammler hatten auch nicht davor zurückgeschreckt, in ihren Garten einzudringen, da dort einer der Ritualorte vermutet wurde. Doch Charlotta war es zum Leidwesen der Archäologen gelungen, den Zugriff vorerst abzuwehren.

Sie würden keine Ruhe geben und ihren Namen in den Dreck ziehen, war ihr bewusst. Seit jeher gab es Ressentiments gegen die rothaarige Schamanin, Beleidigungen und feindselige Anspielungen. Die hinter vorgehaltener Hand verbreiteten Verleumdungen reichten von der verschlagenen Hexenfrau über die betrügerische Heilerin mit dem Kräutergarten bis hin zur esoterischen Spinnerin oder gar der »geilen Schlampe«, die angeblich einen Pakt mit dem Teufel geschlossen habe.

Sie ignorierte die üblen Gerüchte, schließlich wurde

immer gelästert, doch die Archäologen nutzten das Gerede, um Stimmung gegen sie zu machen, wie Eddie behauptete.

Da waren die Myrmekologen anders.

Ein seltsames Volk, diese Ameisenforscher. Pedantische Biologen – Frauen und Männer –, die durch den Wald streiften, um Ameisenhügel zu inspizieren, die manchmal gewaltige Ausmaße erreichten. Oft gruben sie ganze Nester aus, um die Insekten unter Laborbedingungen zu studieren.

Einer von ihnen war Charlottas Kunde gewesen. Der Biologe Andreas Hohlmut, der, wie sich später herausstellte, nur zu ihr gekommen war, um an einem Ayahuasca-Tee-Ritual teilzunehmen. Das Getränk wird aus Pflanzen gebraut, die im Amazonasbecken wachsen. Die Droge dient der Bewusstseinserweiterung und wird oft von Schamanen im Ausland eingesetzt, ist hierzulande aber verboten.

Charlotta hatte abgelehnt, zumal ihr die Zutaten für das berauschende, jedoch nicht ganz ungefährliche Gebräu fehlten, worauf Hohlmut nach einigen Sitzungen enttäuscht fernblieb.

Kurz darauf krabbelten Ameisen in ihrem Haus – viele Ameisen. Vielleicht ein Zufall, doch Charlotta glaubte an einen Racheakt des gekränkten Forschers. Trotz seiner Attraktivität fand sie ihn von Anfang an unsympathisch. Hohlmut sah blendend aus, hatte aber etwas Verschlagenes im Blick. Einer dieser Typen, die eine toxische Veranlagung hatten und dazu neigten, bösartige Dinge zu tun, wenn sie nicht ihren Willen bekamen.

War er ein toxischer Mensch, vielleicht sogar ein Psychopath? Oder war er lediglich ein zielstrebiger Wissenschaftler, der vom Nobelpreis träumte?

Sie erinnerte sich, wie schwärmerisch er von den Sklavenhalter-Ameisen gefachsimpelt hatte, deren Hügelnester im Vahlendorfer Wald zu finden waren.

Wie hießen die Biester noch?

Blutrote Raubameise ... glaubte Charlotta sich zu erinnern.

Als Charlotta den Megalithen auf einer kleinen Lichtung vor sich entdeckte, verblasste die Erinnerung an den smarten Biologen mit der dunklen Psyche.

Da stand er, vermutlich schon seit Tausenden von Jahren. Grauschwarz mit einer kupferfarbenen Spitze, von kupfernen Adern durchzogen, zerfurcht und majestätisch, ein verwitterter Stein voller Flecken und Moos, berührt von unzähligen Händen, die über seine raue Oberfläche glitten, weil es Glück bringen sollte. Eine geheimnisvolle Energie schien von ihm auszugehen, der man sich nur schwer entziehen konnte.

Der Fünf-Meter-Fels zeigte wie ein mahnender Finger zum Himmel, so als würde er eine Botschaft verkünden, die sich nicht ignorieren ließ.

Charlotta staunte immer wieder, obgleich sie das Relikt aus der Vergangenheit schon des Öfteren besucht hatte. Der Ort hatte etwas Magisches. Sie spürte die Kraft der Natur, die Bedeutungslosigkeit von Zeit und Raum und die unendliche Energie der Schöpfung. Sie spürte die Geister und die Seelen der Toten aus der jenseitigen Welt. Hier lebte der Schamanismus, dies war ein Kraftort, ein Portal in die geistige Welt. Der

Stein und alles um ihn herum war beseelt.

Charlotta setzte sich ins Gras und wartete.

Sie nutzte die Zeit zur Meditation. Oft kamen neugierige Besucher vorbei, doch heute schien das Interesse an dem Megalithen gering zu sein.

Selbst der Teufel lässt sich nicht blicken, dachte sie mit einem Anflug von Selbstironie. Was hatte sie erwartet? Ein übersinnliches, schauriges Ereignis, das ihr Leben für immer verändern würde? Dunkle Mächte, die nach der Weltherrschaft griffen, oder tatsächlich den leibhaftigen Teufel, der mordend und brandschatzend durch den Wald streifte?

Nach einer Stunde des Wartens machte sich Enttäuschung in ihr breit. Es ist alles wie erwartet, dachte Charlotta hin- und hergerissen, schließlich hatte sie die Angelegenheit als »Quatsch« abgetan, doch insgeheim war er da – der Wunsch nach einer spirituellen Erklärung für das visionäre Phänomen.

Hier war niemand: Weder Teufel noch Leichen, keine Schlangen, kein Hund und auch kein blutroter Vollmond.

Sie wollte gerade gehen, da stand ihr auf der anderen Seite der Lichtung ein zähnefletschender, muskulöser Hund gegenüber. Ein Dobermann, kam es ihr angsterfüllt in den Sinn; ein gefährliches Tier mit enormen Kräften. Sein schwarz-braunes Fell glänzte in der Sonne, seine Ohren waren aufgestellt und mit den Augen fixierte er sie wie eine potenzielle Beute, jederzeit zum Angriff bereit.

Plötzlich fand die beschauliche Idylle ein jähes Ende. Sie hatte ihre Visionen in den Wind geschlagen, um im nächsten Moment eines Besseren belehrt zu werden. Dieser Hund war real. Ein Zufall? Vielleicht, doch das half ihr jetzt nicht weiter, denn die Angst, die sie in sich wachsen spürte, war von bedrückender Intensität. Das Herz schlug ihr bis zum Halse, ihre Zähne klapperten und in ihrem Kopf sah sie grauenvolle Bilder, in denen der Hund seine Zähne in ihren blutüberströmten Hals schlug.

NEIN! Bitte nicht …!

Charlotta blickte sich panisch um. Weglaufen war keine Option, das Tier würde sie in null Komma nichts einholen. Es gab auch keinen geeigneten Baum, auf den sie hätte klettern können. Hinlegen und zusammenkauern, kam es ihr in den Sinn, doch als der Dobermann mit lautem Bellen und kraftvollen Bewegungen zum Spurt ansetzte, blieb sie wie erstarrt stehen.

Da waren Schlangen, ein bellender Hund und …

Die Vorhersage …!

Sollte sich Sallins düstere Vision bewahrheiten? Sie musste sterben? Zerfleischt von einem monströsen Hund, der sie im nächsten Moment anspringen würde, um seine Zähnen tief in ihr Fleisch zu schlagen.

13.

Die hünenhafte Gestalt mit der schwarzen Kapuzenjacke und der abgewetzten Jeans stand im Schatten einer Buche, die kaltblauen Augen auf *Eron* geheftet. Der große, muskulöse Mittdreißiger mit der Undercut-Frisur grinste breit und steckte zwei Finger in den Mund.

Dem gellenden Pfiff folgte ein lautstarker Befehl.

Eron … hierher … sofort!

Der Dobermann gehorchte aufs Wort. Mit eingezogener Rute kehrte er um und setzte sich neben seinen Besitzer, der ihn mit einem Hundekeks belohnte.

Auf der anderen Seite der Lichtung gestikulierte eine rothaarige Frau heftig mit den Armen und rief dem Hundehalter vorwurfsvolle Anschuldigungen entgegen, die er nicht verstand, da sich ihre Stimme förmlich überschlug.

Martin Siegert wartete.

Der selbstständige Tischler ging oft mit dem Hund in den Wald, ohne ihn anzuleinen. Es war dieses Gefühl von Freiheit, Macht und Provokation, das er liebte und auf das er nicht verzichten wollte.

Eine Eigenschaft, die ihn von den meisten seiner Kameraden unterschied. Schließlich konnte er sich darauf verlassen, dass *Eron* seine Befehle befolgte. So wie auch andere seine Befehle befolgten. Bedingungslos bis zur Selbstaufgabe.

Manchmal trafen sie sich im Schutz der Dunkelheit bei dem Megalithen, um den Schwur zu erneuern, den sie bei ihrem Leben geleistet hatten, doch heute war er allein unterwegs. Der Fels war etwas Besonderes, eine germanische Kultstätte, ein Symbol für ihren Widerstand, ein Zeichen für die Revolution und den Umsturz, der unausweichlich war. In einer nicht allzu fernen Zukunft.

Der Megalith wischte sie weg, seine Zweifel und Ängste. Hier war sie präsent: die Kraft ihrer Ideologie. Greifbar wie ein Schutzschild, das er vor sich trug. Der Fels war mehr als nur ein Stein, er versprühte eine spirituelle Energie, die ihn als Anführer in dem bestätigte, was er tat. Die ihn in seiner Bestimmung bestätigte.

Dieser Wald gehörte dem Megalithen. Und ihm, dem Anführer der Gruppe. Es war sein Territorium, hier ließ er sich von niemandem Vorschriften machen.

Doch die Provokationen hatten auch ihre Kehrseite. Im Moment war Unauffälligkeit das oberste Gebot. Gerade jetzt, wo sich die Bewegung zu formieren begann, mussten sie vorsichtig sein. Dennoch war es wichtig, Stärke zu zeigen – nach innen und nach außen. Die richtige Balance war das Geheimnis, das ihnen die Kraft gab, um das große Ziel zu erreichen.

Fast immer war es ihm gelungen, die Angst der Menschen einzuschätzen. Viele ließen sich von ihm einschüchtern. Sie hatten etwas zu verlieren, oder es mangelte ihnen an Selbstbewusstsein, doch einige zeigten auch ihre Zähne. Menschen, von denen man es nicht erwartet hätte. Frauen, insbesondere Feministinnen, gehörten zu den problematischen Fällen, die sich nicht so einfach manipulieren ließen. Hier war Vorsicht geboten.

In seinen Reihen wurde Kampfesmut propagiert, zum Erhalt der deutschen Volksgemeinschaft, doch es war unklug, die gemeinsame Sache leichtfertig zu gefährden. Denn hier lag eine der größten Stärken seiner verschworenen Gemeinschaft: Sie wurden unterschätzt. Man hielt sie für verblödet und naiv. Niemand glaubte, dass sie in der Lage wären, ein funktionierendes Netzwerk aufzubauen, um die Nation zu schützen und zu bewahren.

Ein folgenschwerer Irrtum!

Feinde, die mit Verachtung auf seinesgleichen herabsahen, gab es genug. In hartnäckigen Fällen war es von Vorteil, Zeit zu gewinnen. Schließlich hatte jeder einen Schwachpunkt, der ihm früher oder später zum Verhängnis werden konnte. Auch Schlampen, die mit Ausländern schliefen und deren Kinder gebaren, oder linke Feministinnen. Und falls nicht, gab es andere Methoden, um das lästige Ungeziefer loszuwerden. Einige von ihnen hatten das bereits am eigenen Leib zu spüren bekommen. Wie die beiden Publizistinnen aus dem feministischen Lager, die sich bei ihren Recherchen die Finger verbrannt hatten. Allerdings war es ein Fehler gewesen, ihre Leichen im Ritualwald zu vergraben. Ein bedauerlicher Fauxpas, den seine Leute nicht noch einmal begehen würden.

Die seltsam gekleidete Frau mit den roten Haaren kam angestiefelt. Er sah die Angst in ihren Augen und gleichzeitig einen resoluten Trotz, zu dem sie sich zu zwingen schien. Immerhin, sie war angriffslustig. Das gefiel Siegert, der lässig mit verschränkten Armen dastand.

Die Spannung lag greifbar in der Luft.

Sie stellte ihn zur Rede – aus sicherer Entfernung. Dabei war sie alles andere als dominant. Ihr Unmut wirkte aufgesetzt, so als habe sie Angst vor den Konsequenzen ihres Handelns, und vor dem Hund, den sie misstrauisch beäugte.

Die bunt gekleidete hieß Rheintaler, erfuhr er im Laufe ihres Protestes. Sie beschwerte sich, machte ihm Vorwürfe und forderte eine Entschuldigung ein, die er geschickt umging. Stattdessen versuchte er, das Gespräch auf die Faszination des Waldes, auf seine Geheimnisse und die des Megalithen zu lenken. Und die Freiheit für alle, die auch für Hundehalter und ihre Tiere gelten musste.

Während sie weiterpöbelte, hatte Siegert Gelegenheit, die aufgebrachte Frau näher zu betrachten. Sie hatte den Megalithen nicht ohne Grund aufgesucht, so seine Vermutung, denn ihr Äußeres ließ auf eine esoterische Gesinnung schließen. Dies war der Angriffspunkt für seine Manipulationen.

Im Gegensatz zu vielen seiner Kameraden hatte Siegert einen unauffälligen Werdegang. Keine Vorstrafen, keine Schlägereien und trotz einer schwierigen Kindheit nach dem Schulabschluss eine Ausbildung zum Tischler. Skrupellosigkeit, fehlendes Mitgefühl und ein manipulatives Durchsetzungsvermögen ermöglichten ihm Dinge, von denen andere nur zu träumen wagten.

Das Kind hatte sogar einen Namen: Er hatte sich selbst analysiert und erkannt, dass er ein »verdeckter Narzisst« war.

Er war einer von denen, die in der Lage waren, seine wahre Natur zu verbergen, um nach Macht zu streben und seine Mitmenschen zu manipulieren.

Warum nicht?, dachte Siegert amüsiert, Skrupel und Schuldgefühle waren schlechte Ratgeber auf dem Weg zu Macht und Ehre.

Es dauerte nicht lange, dann wusste er, dass sie eine Schamanin war. Sie praktizierte in ihrem Haus, am Rande des Waldes, unweit von Vahlendorf.

Siegert war fasziniert; der Vorfall nahm eine unerwartete Wendung. Er versuchte gar nicht erst, sie auf seine Seite zu ziehen, schließlich gab es genügend Parallelen zwischen der esoterischen Szene und dem Okkultismus seiner Ideologie. Stattdessen keimte die Idee in ihm auf, die Schamanin auf Katrin anzusetzen.

Katrin gehörte nicht zum Netzwerk, sie wusste wenig von seinen Aktivitäten und interessierte sich nicht für Politik, und das war gut so. Dennoch würde er viel riskieren, um ihr zu helfen, denn Katrin war seine jüngere Schwester.

Er hatte nie ernsthaft Lust darauf gehabt, sich um Katrin zu kümmern, doch seit der Fehlgeburt und der damit verbundenen Trennung von ihrem Partner litt sie unter Depressionen. Der Mann hatte sie während ihrer Schwangerschaft im Stich gelassen und sich der Verantwortung entzogen.

Zuerst ignorierte Siegert die Signale ihres Leidens, für das es seiner Meinung nach keinen Grund gab –

schließlich floss starkes germanisches Blut in ihren Adern. Doch nach ihrem ersten Suizidversuch wurde er hellhörig. Er hatte ohnehin nie verstanden, warum sie auf diesen Typen hereingefallen war, der keine normalen Kinder zeugen konnte, und setzte einige seiner Leute auf Katrins Ex-Freund an. Eine Lektion, die der Drückeberger nicht vergessen würde.

Als Siegert von den Einzelheiten der Fehlgeburt erfuhr, begriff er in vollem Umfang, was seine Schwester durchgemacht hatte. Es muss ein Albtraum gewesen sein. Zwillinge, von denen eins wie ein Monster aussah, das den Anderen bereits im Mutterleib getötet hatte, selbst aber unfähig war, nach der Geburt zu überleben – das übertraf sogar seine Vorstellungskraft.

Katrin war zweifellos traumatisiert, und er würde ihr helfen, sobald sich eine Gelegenheit dazu ergab. Die Revolution verlangte Selbstdisziplin und Härte, doch für seine Schwester – und nur für sie – würde er einige seiner Vorsätze über Bord werfen. Blut war dicker als Wasser, das galt auch unter ihresgleichen.

Die regelmäßigen Sitzungen beim Psychiater, dem außer Psychopharmaka nichts einzufallen schien, halfen Katrin nicht weiter. Stattdessen verfiel sie durch die Tabletten zunehmend in einen anhaltenden Dämmerzustand.

Siegert hielt nichts von diesen Maßnahmen – weder von den Sitzungen noch von den verschriebenen Medikamenten. Er war überzeugt, dass alternative Heilmethoden seiner Schwester besser helfen könnten, zumal ihre Erkrankung rein psychischer Natur war.

Und da kam die Schamanin ins Spiel.

Er hatte einiges gelesen über schamanische Heilungsrituale. Hierbei wurden Selbstheilungskräfte aktiviert, um die Seele des Erkrankten wieder ins Gleichgewicht zu bringen. Das war ganz in seinem Sinne, lag doch der Schlüssel zum Erfolg seit jeher in der Selbstdisziplin. Probleme ließen sich bewältigen und Ziele erreichen, wenn die innere Einstellung stimmte. Das könnte auch bei Katrin funktionieren.

Wie lauteten die Versprechungen doch gleich? Mit Schamanenkraft aus der Depression herauskommen, die Verletzungen der Seele heilen und aus eigener Kraft zurück ins Leben finden.

Katrins Verhalten war von einer gewissen Unberechenbarkeit geprägt, doch Siegert war sich sicher, seine Schwester für den Schamanismus begeistern zu können. Schließlich war sie alternativen Methoden gegenüber immer aufgeschlossen gewesen.

Dann reiß dich zusammen und gewinne ihr Vertrauen, ermahnte er sich innerlich.

Nachdem er den verbalen Angriff der Schamanin kommentarlos hingenommen hatte, rechtfertigte er seine scheinbare Gedankenlosigkeit mit den Sorgen um die erkrankte Schwester. Die Rothaarige berührte sich selbst spontan am Hals. Ein Hinweis, dass sie angespannt war, doch langsam schien sie sich zu beruhigen. Mit zunehmendem Interesse lauschte sie seinen Ausführungen, wobei er es mit der Wahrheit nicht immer so genau nahm.

Je weniger die Schamanin von ihm und seinem Umfeld wusste, desto besser. Er rückte den Ex-Freund von Katrin als Übertäter ins Rampenlicht, verheimlichte die grauenvollen Einzelheiten der Fehlgeburt und fragte ganz offen nach einer Behandlungsmöglichkeit.

Die Rheintaler packte der Ehrgeiz, er konnte es deutlich am Aufblitzen ihrer Augen sehen. Wenn sie so etwas wie eine Berufsehre hatte, dann war die Falle zugeschnappt. Plötzlich war sie lammfromm und nachdenklich. Durch das Leiden seiner Schwester war er vom Täter zum Opfer mutiert. Ein Psycho-Spiel, das dem gefühlskalten Anführer gefiel.

Er hatte gewonnen und die Frau für seine Zwecke eingebunden. Außerdem hatte er seiner Schwester die Teilnahme an einer alternativen Therapie ermöglicht – vielleicht mit Erfolg.

Blockaden lösen, das war ihr Vorschlag für die erste Sitzung, die bereits in der kommenden Woche stattfinden sollte.

Siegert grinste.

Klar doch, Blockaden lösen klang gut. Das Gleiche hatte er auch vor, nur in viel größeren Dimensionen.

14.

Immer wieder hatte er die Entscheidung hinausgezögert, doch plötzlich, aus einer Laune heraus, hatte Sallin vor einigen Tagen den Zettel mit der Telefonnummer herausgekramt, um die Schamanin aufzurufen. Jetzt bereute er seinen Entschluss.

Nach dem Heilungsritual, das in der vergangenen Nacht stattgefunden hatte, war Sallin in eine tiefe Depression versunken. Fröstelnd lag er im Bett, unfähig, nur die einfachsten Dinge des Alltags zu erledigen, und zermarterte sich das Gehirn. Immer wieder gingen ihm die Ereignisse des gestrigen Tages durch den Kopf.

Charlotta hatte ihm erläutert, was passieren könnte, wenn sich seine Seele wieder vervollständigen würde. Längst verdrängte Traumata könnten sich einen Weg an die Oberfläche seines Bewusstseins bahnen, und unvorhersehbare Ereignisse könnten eintreten. Da die Zeremonie unter ihrer professionellen Kontrolle ablief, war die Gefahr einer psychischen Beeinträchtigung jedoch gering – ein schwacher Trost.

Trotz der Warnung hatte er sich in der letzten Nacht bei der Schamanin eingefunden, um das Wagnis einzugehen. Vielleicht, so seine Hoffnung, gab es wieder eine Begegnung mit Leif.

Bevor es losging – der dicke Frührentner aus dem Café hatte ihn bereits vorgewarnt –, musste Sallin im

Wald hinter Charlottas Haus kurz vor Mitternacht eine Ritualgrube ausheben. Ein hartes Stück Arbeit, das die Schamanin mit einem Handscheinwerfer beaufsichtigte.

Sallin mühte sich redlich ab.

Die Anstrengung war bereits ein fester Bestandteil des Rituales, wie er ahnte. Während Charlotta ein kleines Feuer entfachte, warf er die Schaufel beiseite und legte sich demonstrativ in die Mulde. Der Schweiß stand ihm auf der Stirn.

Als Grube konnte man den Aushub nicht bezeichnen, doch die Schamanin schien zufrieden zu sein. Sie begann, ihn singend und summend zu umkreisen, und schlug dabei beständig auf ihre große, mit hellbraunem Fell bespannte Trommel.

Sallin hörte das Feuer knistern.

Er sah den Sternenhimmel über sich, er sah Schatten, die zwischen den Bäumen tanzten, und er hörte den Gesang der Schamanin. Seltsame Verse und geheimnisvolle Beschwörungsformeln hallten wie Echos durch das düstere Gehölz.

Sein Körper zuckte im Takt der Trommel und er schmiegte sich hinein in den feuchten Waldboden. Eine wohlige Wärme durchströmte ihn, alles wirkte vertraut und harmonisch, als ob er hier bereits seit einer Ewigkeit läge. Er spürte die Geister des Waldes, ihre Präsenz, und er spürte, dass alles um ihn herum lebendig war und eine Seele besaß.

Die Schamanin beugte sich herab, flößte ihm eine bräunliche Flüssigkeit ein und führte ihre Hände über seinen Körper.

Du bist *ent-geistigt*, flüsterte sie ihm eindringlich zu. Du hast ein Fragment deiner Seele verloren, doch die Geister werden es dir zurückbringen und deine Seele wieder vervollständigen.

Sallin bemerkte, wie sie sich zwei kleine Gegenstände – möglicherweise Wurzelstücke oder Nüsse – in den Mund steckte.

Ihr Gesicht war ganz dicht über dem seinen; ihre Lippen berührten seine Stirn, er spürte ihren Atem. Er hörte saugende und würgende Geräusche, abwechselnd die Trommel oder eine Rassel und immer wieder hingebungsvolle Beschwörungsformeln, die die Schamanin durch die Gegenstände in ihrem Mund hindurchpresste.

Die Umgebung begann sich zu drehen, er schloss die Augen und fiel durch einen Tunnel mit weißen, wolkigen Wänden. Plötzlich krümmte sich der Tunnel wie in einer Achterbahn steil nach oben.

Zu den Sternen, dachte er, vielleicht ist *sie* dort? Oben im Himmel. Trotz ihrer sinnlosen Tat, die ihrer Religion zufolge als Sünde galt. Doch er glaubte nicht an den Himmel oder die Hölle. Hatte *sie* daran geglaubt? Er wusste es nicht.

Sein Körper schien sich schneller zu bewegen, links und rechts flogen Bilder von seltsamen Kreaturen an ihm vorbei. Vögel aus Stroh, ein Hund mit dem Kopf eines Nilpferdes und riesige, galoppierende Ameisen, an deren Hinterleib ein Pferdeschweif wippte.

Der Tunnel wandte sich nach links, wieder nach rechts, dann steil bergauf, und plötzlich wurde er herauskatapultiert. Sallin fühlte sich unendlich leicht, schwebend und behütet von der völligen Schwärze, die sich um ihn herum ausbreitete. Ein Regenbogen am Horizont erregte seine Aufmerksamkeit und zog ihn magisch an. Er bewegte sich darauf zu, spürte festen Boden unter seinen Füßen und stand plötzlich vor einer weißen Tür.

Das Herz schlug ihm bis zum Halse, in der Ferne hörte er Trommelschläge und die Rufe eines Waldkauzes. Die Tür wirkte vertraut, wie die Badezimmertür in dem Haus, in dem er schon lange nicht mehr wohnte. Früher hatte er sie oft geöffnet, doch dann …!

Etwas stimmte nicht mit dieser Tür. Seine Hand zitterte, ihm wurde bewusst, dass sich etwas Schreckliches dahinter befinden könnte.

Doch es könnte auch eine Chance sein.

Niemand zwang ihn dazu, diese Tür zu öffnen. Plötzlich standen zahlreiche Türen um ihn herum, keine sah aus wie die andere und hinter jeder von ihnen verbarg sich eine Möglichkeit, die ihm gefallen könnte – oder auch nicht.

Doch hinter der Tür, die er als Erstes erblickt hatte, verbarg sich die Erinnerung, die ihm abhandengekommen war. Es war so, es könnte so sein – nein, er spürte intuitiv, dass es so war. Etwas Entscheidendes war damals geschehen, und hier würde er die Antwort finden.

Die ständigen Umzüge und seine Wanderungen durch das Watt – beides hatte Priorität. Auf diese Weise gelang es ihm, die innere Balance zu bewahren. Jetzt würde er diese emotionale Stütze für seine Seele vielleicht nicht mehr benötigen.

Nur die Tür öffnen, ein kleiner Schritt, hineinge-
hen, sehen und hören, etwas geschehen lassen, die
Erinnerung greifen, sie begreifen und verinnerlichen,
dann aufatmen, aufwachen und wieder der sein, der er
einmal war.

Sallin öffnete die Tür.

Er ging hinein.

Das Feuer knisterte leise, der Klang der Trommel
hämmerte unaufhörlich in seinem Kopf, das Jaulen der
Schamanin glich dem eines Wolfes, und die Erde unter
ihm schien ihn zu verschlingen. Die Geister des Waldes verschwanden im Dunkel der Vahlendorfer Nacht.
Sallin lag in der Ritualgrube und schrie hinauf zu den
Sternen.

15.

Wochen später. Der Nebel in seinem Kopf begann sich zu lichten. Es würde dauern, hatte sie gesagt, ein steiniger Weg mit Höhen und Tiefen. Der Schock saß tief. Die Erkenntnisse, die er bei der Heilungsreise gewonnen hatte, musste er allein bewältigen. Ohne die Hilfe der Schamanin. Denn *sie*, Charlotta Rheintaler, in ihrer Eigenschaft als Heilerin, würde weder richten noch verurteilen. Dennoch war es wichtig, der Realität ins Auge zu sehen, auch wenn die Konsequenzen unangenehm waren.

War es wichtig?

Vorher – mit unvollständiger Seele – war es ihm besser gegangen. Vielleicht hatte sie recht, und der Erfolg würde sich noch einstellen, doch wie sollte er jetzt mit dem Gedanken leben, etwas so Schreckliches getan zu haben. Wenn er es überhaupt getan hatte?

Seine Erinnerungen konnten immer noch falsch sein. Nach der Heilungsreise war sein psychischer Zustand katastrophal gewesen, und eine Fantasie war reine Fiktion, ob die Seele nun vollständig war oder nicht.

Sallin dachte nach. Was war hinter dieser Tür in jener Nacht geschehen? Er lag in Trance in einem Erdloch, in Gedanken öffnete er die Tür und sah … sich selbst. Seine Ahnungen hatten sich bestätigt: Es war tatsächlich das Badezimmer in seinem eigenen Haus gewesen, dessen Tür er gesehen hatte.

Alexa lag in der Badewanne, er stand daneben. Wieder sah er das Blut, das ihren nackten Körper wie zähfließender Sirup umspülte, den leeren Blick ihrer Augen, den seltsam verdrehten Körper, doch diesmal stoppte er das Bild. In Gedanken drehte er die Zeit zurück wie einen Videofilm und beobachtete Alexa bei den Vorbereitungen zu ihrer Tat.

Sie war allein. Im Haus herrschte Totenstille.

Sie hatte den weißen Bademantel angezogen und einen Karton aus dem Schrank geholt. Darin befanden sich Stumpenkerzen, Teelichter, ein Feuerzeug, bunte Girlanden, Luftballons, Klebeband, eine Schere und jede Menge Fotos von Leif, der vor einem halben Jahr an einer Überdosis Heroin gestorben war. In Schwarz-Weiß und jedes so groß wie ein DIN-A4-Blatt.

Ihre Bewegungen waren langsam, aber präzise.

Sorgfältig schmückte sie das Badezimmer, klebte Bilder an die Wände, entzündete Kerzen und ging dann in die Küche, um das rasiermesserscharfe Tranchiermesser zu holen. Zurück im Bad hängte sie den Mantel an den Haken und ließ warmes Wasser in die Wanne einlaufen. Mit verträumtem Blick betrachtete sie den Wasserstrahl, hielt ihre Hand darunter, summte ein Kinderlied aus glücklichen Tagen und legte sich dann nackt in das lauwarme Wasser, das ihren Körper bis zu den Brüsten umspielte. Sie griff nach dem Messer, schnitt eine ihrer Pulsadern auf, als würde sie etwas Lebloses sezieren, und betrachtete fasziniert die klaffende Wunde, aus der das Blut hervorquoll.

Dann ließ sie die Hand ins Wasser gleiten, schloss die Augen, und …

Er stand wieder im Badezimmer, hörte im Hintergrund die Trommel der Schamanin und blickte in die Augen seines Doppelgängers, auf dessen Netzhaut sich der Körper seiner Frau spiegelte, in dem noch das Leben pulsierte. Ihre Haut war blass, die Augen geschlossen und ihr Brustkorb hob und senkte sich. Noch schien ein Funken Leben in ihr zu glimmen. Er sah, wie sich sein Ebenbild zu ihr hinabbeugte und die Hände auf ihre Schultern legte.

Dann drückte er zu …!

NEIN! Hier stimmte etwas nicht! Er hatte Alexa nicht umgebracht, das war undenkbar. Die Schamanin hatte ihm etwas in sein Gehirn eingepflanzt, das dort nicht hingehörte. Eine falsche Erinnerung? Wenn das verlorengegangene Fragment seiner Seele eine dunkle, bösartige Seite haben sollte, dann …

Nein, er wollte den Gedanken daran nicht zu Ende denken. Es gab keinen Grund, an sich zu zweifeln. Er hatte nichts dergleichen getan. Niemand hatte ihren Suizid in Frage gestellt, niemand hatte ihm Vorwürfe gemacht. Er war unschuldig, nein, im Gegenteil: Er war ein Opfer. Das Leben hatte ihm übel mitgespielt, es hatte ihn verraten.

Nach Leifs Tod dominierte der Hass zwischen ihnen – über Monate hinweg. Die gegenseitigen Schuldzuweisungen, die Verachtung, diese unerbittliche Zerfleischung ließ Bilder in seinem Kopf entstehen, die heute wieder zum Vorschein kamen. Aber es

waren nur Bilder, keine vollendeten Taten. Eine Aneinanderreihung von Gedanken, die keinesfalls das ver-
lorene Fragment seiner Seele symbolisierten.

Stattdessen, er war sich sicher, war es der Rausch
der plötzlichen Befreiung von Alexa gewesen und das
unerwartete Gefühl des Triumphes, das ihn damals
angekotzt hatte. Gefühle, die ihm zuwider waren und
die er dennoch empfand. Diese unerwünschten, ab-
scheulichen Gefühle waren das verlorengegangene
Fragment, das er aus seiner Seele verbannt hatte, davon war er überzeugt. Nicht der angebliche Mord an
ihr. Es entsprach nicht seiner Natur, einen Mord zu
begehen.

Mit Alexas Suizid gab es keinen Krieg mehr zwischen ihnen, keine Schuldzuweisungen, keine Hölle,
doch die Freude über die neu gewonnene Freiheit
fühlte sich verabscheuungswürdig und erbärmlich an.
Er hatte das Gefühl verdrängt – bis heute.

Jetzt war der Spuk vorbei.

Er erinnerte sich. Die Schamanin hatte die Zeremonie beendet, ihn aus der Trance erweckt und in aus-
schweifenden Worten erläutert, was zuvor geschehen
war. Doch ihre Worte drangen nicht zu ihm durch.
Übermannt von den Eindrücken der Visionen war er
unfähig gewesen, sich zu konzentrieren. Dann ging sie
ins Haus, er war ihr gefolgt, und die Schamanin hatte
Tee gekocht.

Vielleicht war er wütend gewesen? Oder verwirrt?

Das Ritual hatte nicht die Realität hervorgebracht,
sondern nur Bilder, die wie Dämonen in seinem Kopf
herumspukten. Trugbilder über etwas, das ihm viel-

leicht in den Sinn gekommen war, das er aber nie getan hatte. Sicher hatte er der Schamanin Vorwürfe gemacht, während sie Tee tranken, sie zur Rede gestellt und ihre Fähigkeiten angezweifelt. Oder worüber hatten sie gesprochen? Er erinnerte sich nicht.

Dann war er gegangen.

Jetzt, da er die wahren Zusammenhänge seines Traumas kannte, wollte er die falsche Erinnerung, die ihm die Schamanin eingepflanzt hatte, wieder loswerden. Er glaubte nicht daran, dass sie es mit Absicht getan hatte, doch irgendetwas war schiefgelaufen bei dieser Heilungsreise, die keine Heilung brachte, sondern nur das Chaos.

Sallin nahm sich vor, den Schaden zu reparieren. Er würde die Schamanin so bald wie möglich aufsuchen und sie auffordern, den alten Zustand wiederherzustellen. Er würde lieber für den Rest seines Lebens mit einer unvollständigen Seele leben, als den Gedanken daran zu ertragen, die Mutter seines verstorbenen Sohnes ermordet zu haben.

16.

Der Motor des alten Volvo heulte auf, während Freimann den Gang einlegte und entschlossen auf das Gaspedal drückte. Er ignorierte das Knirschen des Getriebes und wischte sich den Schweiß von der Stirn.

Freimann war stinksauer.

Gleich bei Dienstbeginn hatte ihn Kastorf in sein Büro zitiert, um die neue Einsatzlage zu besprechen. Ab sofort sollte er täglich nach Vahlendorf fahren, um die Dorfpolizistin Petra Maltow in einem Vermisstenfall zu unterstützen. Als wenn sein Chef zu ahnen schien, dass er aufgrund seines Alkoholproblems nicht mehr in der Lage war, seine Arbeit in der Mordkommission zu verrichten.

Im Rahmen der Amtshilfe, hatte der beleibte Dienststellenleiter gesagt, während der Bürostuhl unter seinem Gewicht von weit über einhundert Kilo umzukippen drohte.

Amtshilfe? Von wegen! Will der Dicke auf diese Weise meine Diensttauglichkeit testen?, fragte er sich verunsichert. Und wenn ja, was würde als Nächstes kommen?

Kur, Reha oder Frühpensionierung?

Auf jeden Fall Mobbing vom Feinsten.

Mit Petra Maltow würde er zurechtkommen, schließlich kannte er die erfahrene Dorfpolizistin schon seit Jahren. Allerdings nervte ihn ihr ständiges

Gequatsche über Geister und der Hype, den sie um den Wald machte, in dessen Boden noch so manche Leiche vermutet wurde.

Auch die Einwohner von Vahlendorf gingen ihm auf die Nerven. Eigenartige Leute, die im Bann des Waldes zu stehen schienen und diesen Felsblock verehrten, von dem behauptet wurde, dass der Teufel ihn vor langer Zeit dort aufgestellt hatte.

Diese Spinner leiden allesamt unter Wahnvorstellungen und Realitätsverlust ...!

Petra sollte lieber eine Kontaktanzeige aufgeben, um sich einen netten Kerl zu suchen, überlegte Freimann frustriert und nahm einen Schluck aus dem Flachmann, den er vorsichtshalber im Handschuhfach deponiert hatte.

Laut vor sich hin summend, dachte er nach.

Obwohl Vahlendorf in ihrem Zuständigkeitsbereich lag, beschäftigte sich die Lübecker Mordkommission normalerweise nicht mit Vermisstenfällen. Doch vielleicht gab es einen Personalnotstand? Oder wollte Kastorf ihn ruhigstellen? Und wenn ja, warum? War es seine mangelnde Motivation, seine unzureichenden Leistungen oder sein nachlässiges, vom Alkohol gezeichnetes Erscheinungsbild?

Vielleicht war er nicht vorsichtig genug gewesen, spekulierte Freimann, und die Kollegen redeten hinter vorgehaltener Hand über seinen Alkoholkonsum. Dann hätte auch Kastorf Wind davon bekommen.

Doch wenn sein Chef etwas geahnt hätte, hätte er ihn zum ärztlichen Dienst beordern müssen – und nicht auf einen verfluchten Einsatz, bei dem er jeden

Tag alkoholisiert am Steuer saß, um zum Dienst zu fahren.

Als Freimann den Volvo vor der Vahlendorfer Polizeistation parkte, stand Maltow bereits grinsend im Türrahmen, die Arme vor der Brust verschränkt. Wie immer sah sie wie aus dem Ei gepellt aus. Das Gesicht der vierunddreißigjährigen Polizistin war leicht gerötet, der Lippenstift etwas zu stark aufgetragen.

»Ich hab dich schon erwartet, Max. Erst mal einen Kaffee?«, rief sie ihm winkend zu.

»Aber bitte mit Schuss!«, konterte Freimann, noch während er ausstieg. Bei Petra ließ er es darauf ankommen. Vermutlich ahnte sie ohnehin, dass er trank, sagte aber nichts. So spielten beide ein Spiel voller Andeutungen, ohne die Ernsthaftigkeit der Angelegenheit zu thematisieren.

Maltow reagierte nicht auf seine Bemerkung. Gemeinsam gingen sie in das kleine Büro, und Freimann ließ sich in einen der alten Bürostühle fallen.

»Wie hat der BSV Mölln gespielt?«, fragte er sinnierend.

Maltow blickte in das aufgedunsene Gesicht des Kriminalkommissars, so als wollte sie sagen, Max, sehe ich so aus, als wäre ich hier das Mädchen für alles?

»Woher soll ich das wissen?«

Sie drückte ihm einen Becher Kaffee in die Hand und setzte sich an ihren Schreibtisch, der so aufgeräumt aussah wie der Rest des Raumes.

»Ist ja auch scheißegal«, sagte Freimann, obwohl sein Gesicht das Gegenteil ausdrückte. »Watt'n eigentlich los hier?«

»Charlotta Rheintaler ist verschwunden.«

»Die Hexe von Vahlendorf?«

»Du kennst sie?« Maltow blickte verdutzt drein. »Hätte ich nicht gedacht.«

»Nur was man so hört«, relativierte Freimann, der sich nicht in die esoterische Ecke stellen lassen wollte. »Ist doch die einzige Schamanin hier in der Gegend, stimmt's?«

»Das ist korrekt«, bestätigte Maltow mit verschwörerischer Miene. »Obwohl …? In Salem soll es angeblich auch noch eine Frau geben, die … na egal.«

In ihrem Gesicht spiegelte sich Ratlosigkeit.

»Jedenfalls ist die Rheintaler seit zwei Wochen wie vom Erdboden verschluckt. Die kennt hier fast jeder, im Lokalblatt wurde auch darüber berichtet. Wahrscheinlich hat der Wald sie mit Haut und Haaren gefressen.«

Freimann verzog das Gesicht. »Fang bloß nicht schon wieder mit diesem Geister-Scheiß an. Vermutlich war sie nur von irgendwas genervt und ist spontan verreist.«

»Der Wagen steht vor dem Haus. Außerdem waren ein paar Spaziergänger bei mir auf der Wache, die sie in der Nähe des Megalithen gesehen haben wollen. Von da an verliert sich ihre Spur.«

»Man kann auch mit dem Bus verreisen«, maulte Freimann übellaunig. Er war kurz davor, nach einem Magenbitter zu fragen. Stattdessen würgte er den Kaffee hinunter, der besser als erwartet schmeckte.

»Wer hat denn die Meldung überhaupt angezeigt?«

110

»Der Arbeitgeber. Spedition Marecki bei Mölln. Und außerdem …«

»Was macht sie denn bei Marecki?«, unterbrach Freimann Maltow.

»Buchhalterin in Teilzeit«, antwortete Maltow einsilbig. »Außerdem arbeitet ihr Freund Eddie Wegner bei Marecki als Fahrer. Er war bei der Vermisstenmeldung dabei.«

Freimann legte die Stirn in Falten.

»Hm, was genau hast du jetzt schon veranlasst?«

»Du denkst wohl, ich sitze den ganzen Tag hier untätig herum, was?«

Nach einer gefühlten Ewigkeit antwortete Freimann lässig: »Stimmt, genau das hab ich bisher immer gedacht.«

Maltow lächelte gequält.

»Die Handy-Ortung ergab nichts. Zuletzt hatte sie von Marecki aus telefoniert, seitdem ist Funkstille. Ausgeschaltet oder Akku leer: Was weiß ich. Zudem war ich in ihrem Haus. Eddie Wegner hat einen Schlüssel. Er hat aufgeschlossen, ich habe das Haus durchsucht: Fehlanzeige.«

»Wer ist Eddie Wegner?«

Maltow verdrehte die Augen.

»Na, der Freund von der Rheintaler, der ebenfalls bei Marecki arbeitet. Als LKW-Fahrer. Hörst du mir eigentlich zu?«

»Hm, ach so … na ja«, murmelte Freimann und trommelte mit den Fingern auf den Tisch. »Die beiden leben also nicht zusammen?«

»Mensch, Max, deine Auffassungsgabe ist phänomenal. Nee, Wegner lebt in Mölln. Das Paar trifft sich mal hier, mal dort.«

»Um was zu tun?«, frotzelte Freimann.

Maltow reagierte nicht auf den verstaubten Witz ihres Kollegen. Sie zog ihren Lippenstift nach und presste kurz die Lippen zusammen.

»Was schlägst du also vor, Max? Du bist doch hier der Profiler aus der Großstadt. Rufen wir das SEK oder doch lieber gleich die Beamten vom BKA?«

Freimann überlegte eine Weile, dann meinte er: »Wir fahren nochmal zu ihrem Haus und schauen uns um. Vielleicht hast du etwas übersehen. Oder sie ist ohnehin wieder da und meditiert vor sich hin.«

Und vielleicht hat sie noch ne Flasche Korn im Keller … ging es Freimann durch den Kopf.

»Wenn du meinst«, sagte Maltow widerwillig und kramte in der Schreibtischschublade. »Ich habe mir den Schlüssel von Wegner aushändigen lassen. Gegen Quittung natürlich.«

»Natürlich …« Freimann quälte sich aus dem Stuhl.

»Wo wohnt die Schamanin denn?«

»Eichenstraße, letztes Haus direkt am Wald. Ist nicht weit, aber unheimlich. Von da aus kann man die Geister im Wald hören.«

Freimann stöhnte.

»… und manchmal sogar den Teufel persönlich.«

17.

Als das Polizisten-Duo das hölzerne Haus am Rande des Waldes erreichte, zogen dunkle Wolken am Himmel auf, die Regen ankündigten. Freimann konnte nicht glauben, dass sich ausgerechnet jetzt das Wetter gegen sie zu verschwören schien.

Er schaute Maltow gequält an: »Hast du die Wolkenfront bestellt?«

»Na ja, die Geister spüren unsere Präsenz. Offensichtlich sind wir nicht willkommen.«

Als sie den Streifenwagen verließen, fielen erste Tropfen, so groß wie Erbsen, auf sie herab. Freimann hastete durch den verwunschenen Garten, warf einen skeptischen Blick auf das düstere Haus und wunderte sich über die zahlreichen bunten Tücher, die um die Bäume gewickelt waren. Ihm fiel ein verdreckter, schwarzer Golf auf, der sich in einem Carport befand, den man durchaus als einsturzgefährdet bezeichnen konnte.

Maltow fluchte lautstark, da sie den Schlüssel nicht in das Schloss der Haustür bekam. Als sie endlich im Flur standen, atmete Freimann tief durch. Seine Hand zitterte, kalter Schweiß bildete sich auf seiner Stirn.

»Ich geh mal in den Keller«, befand er nervös.

»Es gibt keinen Keller«, sagte Maltow und schüttelte sich. »Hier riecht alles irgendwie nach … Räucherkerzen und Leder, findest du nicht auch?«

Freimann blickte sich enttäuscht um. »Dann überprüfst du oben alles, ich schaue mich hier mal um.«

»Oben war ich letztes Mal schon, aber bitte.«

Während Maltow im oberen Geschoss lautstark herumpolterte, schaute sich Freimann in der Küche um. Nichts! Vielleicht gab es eine Bar im Wohnzimmer? Fehlanzeige! Im Arbeitszimmer wurde er endlich fündig. In einem alten Schreibtisch befand sich eine Flasche Rotwein – halb voll –, die er in einem einzigen Zug leerte.

Ein wohliges Gefühl der Wärme breitete sich in ihm aus, das Zittern verschwand, er atmete tief durch. Das würde eine Zeitlang vorhalten, dachte er erleichtert und steckte sich einen Hustenbonbon in den Mund, um den Geruch zu neutralisieren.

»Hier oben ist immer noch nichts«, hörte er Maltow deprimiert rufen.

»Was ist mit dem Dachboden?«

Keine Antwort.

»Hallo, was ist mit dem …?«

»Dann komm hoch und helfe mir mit der Leiter«, brüllte die Kollegin nach einer gefühlten Ewigkeit. Den Geräuschen nach zu urteilen, war sie kurz davor, sich ernsthaft zu verletzen.

»Aha, da warst du also noch gar nicht! Von wegen alles durchsucht …«

Die hölzerne Klappleiter war störrisch. Nach einigen Versuchen gelang es ihnen gemeinsam, die Metallbügel der Leiter in die Halterung an der Dachluke einzurasten. Freimann stieg hinauf, schlug die Luke mit Nachdruck auf und hielt sich die Hand vor Augen. Staub rieselte auf seinen kahlen Kopf und rutschte ihm in den Nacken hinein.

»So ein Scheiß, hier ist vielleicht ein Dreck!«

Hustend betrat er den Dachboden und tastete nach einem Lichtschalter. »Werfe mir mal deine Taschenlampe hoch, Petra.«

Im Lichtstrahl sah er den Staub tanzen. Zahllose winzige Partikel, die sich funkelnd und scheinbar schwerelos durch den Raum bewegten.

Der Dachboden war voll von Gerümpel, doch es gab auch interessante Objekte. Freimann bemerkte zahlreiche Skulpturen und Masken aus Holz. Geschnitzte Kunstwerke: alt, fremdländisch, geheimnisvoll und faszinierend zugleich. Vielleicht kulturelle Schätze voller handwerklicher Raffinesse, die einen beachtlichen Wert hatten. Er tippte auf Herkunftsländer in Afrika, Asien, vielleicht auch Südamerika. Die Sammlung schien international zu sein.

Er sah furchteinflößende Fratzengesichter, Götterbildnisse, Ritualmasken und Masken von grotesken Mischwesen – halb Mensch, halb Tier –, die den Dachboden zu Dutzenden bevölkerten. Sie schienen ihn aus der Dunkelheit anzustarren. Freimann fühlte sich plötzlich wie ein Eindringling, der es gewagt hatte, die Totenruhe dieser Skulpturen zu stören. Vielleicht würden sie ihn verfluchen, und er würde den Rest seines Lebens vom Pech verfolgt werden. Oder er würde Prostatakrebs bekommen. Sein Vater war an der Krankheit gestorben und …

Er schüttelte den Gedanken daran ab.

»Was ist denn da oben?« Maltows Stimme klang ungeduldig, beinahe flehend.

Freimann leuchtete jeden Winkel des Speichers aus.

»Eine Menge Müll«, rief er hustend hinunter. »Und eine Sammlung alter Skulpturen.«

Nach einer Weile fügte er hinzu: »Könnte aber auch billiger Touristenramsch sein.«

Er wirkte erleichtert, als er wieder im Flur stand, mit einem Blick in den Spiegel, der mannshoch an der Wand hing. Angewidert wandte er sich von seinem Spiegelbild ab.

»Nichts!«, sagte er mit schweißbedeckter Stirn und klopfte sich den Staub von der Kleidung.

»Warst du denn im Erdgeschoss schon durch?«, fragte Maltow und blieb auf Abstand, um der Staubwolke zu entgehen.

»Nein«, antwortete Freimann genauso matt, wie er sich fühlte.

Sie gingen hinunter, um weiterzusuchen. Freimann hatte ein schlechtes Gewissen. Es war zum Aus-der-Haut-Fahren, denn er wollte Maltow gegenüber um keinen Preis zugeben, dass er sich hier lediglich auf der Suche nach Alkohol befand. Im Moment war ihm das Schicksal der Schamanin völlig egal, und ohne den Rotwein, der übrigens kaum mehr als eine Pfütze gewesen war, hätte er sich längst unter irgendeinem Vorwand aus dem Staub gemacht.

Die Situation fühlte sich erbärmlich an.

Das Gefühl kam ihm bekannt vor. Anna hatte ihm oft Vorhaltungen gemacht, sie war verzweifelt gewesen und nicht nur einmal hatte sie gedroht, ihn zu verlassen. Immer war es der Alkohol gewesen, der zwischen ihnen stand. Das schlechte Gewissen kam und ging, ganz so, wie es seine Sucht erlaubte.

Anna hatte den Reigen des Selbstbetruges lange durchgehalten, voller Hoffnung, alles würde sich zum Besseren wenden. Schließlich gab es Phasen, in denen sich sein Zustand scheinbar stabilisierte.

Letztlich hatte sie aufgegeben.

In Gedanken sah er ihr Gesicht vor sich: ausgemergelt, mit dunklen Augenringen, müde, blass und eingefallen. Ich bin eine Co-Alkoholikerin, waren ihre Worte gewesen. Die letzten Jahre hatten sie aufgezehrt. Ein schleichender Prozess, den er selbst anfangs gar nicht wahrgenommen hatte. Bis es zu spät war.

Natürlich würde sie wiederkommen. Immerhin hatte er feierlich versprochen, mit dem Trinken aufzuhören, wenn sie wieder bei ihm einziehen würde. Eine Illusion, der er nur allzu gerne Glauben schenkte. Doch er hatte bereits seit über einem Jahr nichts von Anna gehört. Sie war irgendwo, mit einem anderen Kerl in einer anderen Stadt, und würde ihm vermutlich keine Träne nachweinen.

»Dies hier ist wohl sowas wie ein Behandlungszimmer«, sagte Maltow, während sie die zahlreichen Fotos bewunderte, die an den Wänden des fensterlosen Raumes hingen.

Freimann murmelte etwas, das nach Zustimmung klang, und deutete auf die Liege, die offensichtlich für die Kunden der Schamanin vorgesehen war.

»Sieht ganz so aus. Diese Liege hier, die Trommel an der Wand, dann überall die Kerzen, Räucherstäbchen und dieses ganze esoterische Zeugs, mit dem sie den Leuten das Geld aus der Tasche zieht. Hier hat sie den Leuten den Verstand vernebelt.«

»Schamanismus ist keine betrügerische Masche«, warf Maltow konsterniert ein. »Die Rheintaler jedenfalls war, soweit ich weiß, eine seriöse Vertreterin ihres Fachs.«

»Hast dich wohl in den Fall eingelesen, Petra?«

»Na klar! Wenn eine Schamanin verschwindet, muss man ja wissen, womit man es zu tun hat.«

»Nämlich …?«

»Äh … Schamanen heilen mit spirituellen Kräften«, begann Maltow etwas unsicher. »Zum Beispiel durch das Aktivieren von Selbstheilungskräften. Und sie unternehmen Bewusstseins- und Seelenreisen in die sogenannte Nichtalltägliche Wirklichkeit und …«

»… mache ich auch andauernd«, witzelte Freimann und setzte sich eine imaginäre Flasche an den Mund.

Maltow ließ sich nicht aus dem Konzept bringen.

»… und in dieser anderen, geistigen Wirklichkeit verbindet sich der Schamane oder die Schamanin mit den Seelen von Pflanzen, Tieren und Elementen.«

»Und den Quatsch glaubst du?«

»Was ich hier glaube, spielt doch gar keine Rolle«, meinte Maltow unwirsch. »Aber vielleicht gibt es ja einen Zusammenhang zwischen ihrer schamanischen Tätigkeit und dem Verschwinden. In Trance erzählt der ein oder andere Kunde sicherlich vertrauliche Dinge und bereut es dann hinterher.«

Freimann verzichtete auf eine Antwort.

Er hielt nicht viel vom Übersinnlichen, doch aus

kriminalistischer Sicht war Maltows Argumentation nachvollziehbar. Sofern überhaupt von einem Verbrechen auszugehen war, denn er war sich nach wie vor sicher, dass es für das Verschwinden der Rheintaler eine normale Erklärung gab. Vielleicht ein Krankenhausaufenthalt oder ein neuer Lover, mit dem sie mal in Ruhe …

Die Trommel an der Wand fiel ihm ins Auge. Das Fell war kunstvoll bemalt. Verschnörkelte, farbige Linien, die ihn an einen blätterlosen Baum erinnerten.

»Wozu diese Trommel?«, fragte er neugierig.

Maltow bekam leuchtende Augen. »Durch das monotone Schlagen der Trommel wird das Gehirn des … äh … Patienten mit den Schwingungen der Theta-Wellen synchronisiert. Das sind spezielle Gehirnwellen. So gelangt man leichter in den meditativen Zustand.«

»In Trance?«

»Ja, genau.«

»Ich würde vermutlich nur einschlafen«, sagte Freimann und nahm die Trommel vom Haken, um sich das Instrument genauer anzusehen. In dem Moment fiel ein kleines, rotes Büchlein aus der Trommel heraus und landete direkt vor seinen Füßen.

Maltow starrte ihn an. »Ich fasse es nicht! Das habe ich übersehen. Scheiße!«

»Sieh mal einer an, ein Notizbuch«, freute sich Freimann, hob es auf und blätterte darin herum. Auf dem Deckblatt stand in Druckbuchstaben geschrieben: »*SCHAMANISCHE REISEN 2024*«.

Er ging ins Wohnzimmer, setzte sich auf ein riesiges, geblümtes Sofa und fing an zu lesen.

»Und was steht drin?« Maltow hüpfte aufgeregt wie ein Kind von einem Fuß auf den anderen; sie platzte förmlich vor Neugierde. »Irgendwelche Geheimnisse?«

Freimann genoss das Gefühl der Überlegenheit, er ließ sich Zeit mit der Antwort. »... Hm ... diverse Namen ...«, er machte eine Pause, »... und zu jedem Namen einige Bemerkungen. Das sind Aufzeichnungen über ihre Kunden.«

Maltow raufte sich die Haare. »Du hattest den richtigen Riecher, Max. Das wird uns bei der Lösung des Falls bestimmt weiterhelfen.«

Freimann winkte ab. »Mensch, Petra, du siehst Gespenster. Noch gibt es gar keinen Fall. Die taucht bestimmt wieder wohlbehalten auf. Und ist dann sauer, dass wir hier herumgeschnüffelt haben.«

»Vermutlich hast du recht«, schmollte Maltow kleinlaut. »Wer steht denn da drin? Bestimmt kenne ich den einen oder anderen.«

»... ein Claus Kreutzberg zum Beispiel ...«

»... der Bürgermeister, sieh an ...«

»Hartmut Renken, Andreas Hohlmut, Thomas Zweitlinger ... und so weiter ...«

Maltow hielt es nicht länger aus. Voller Neugierde riss sie Freimann das Notizbuch aus der Hand.

»... Michael Sallin, Rebecca Manthey, irgendeine Katrin und ... sogar über ihren Freund Eddie Wegner steht hier was.«

»Sieh mal an«, grinste Freimann, »Eddie ist Arbeitskollege, Liebhaber und sogar Kunde. Muss ja eine tolle Beziehung sein.«

Ein seltsames Gefühl des Neids breitete sich in ihm aus. Dieser Eddie war offensichtlich nichts Besonderes, nur ein LKW-Fahrer, dennoch vögelte er die Schamanin, die keine gewöhnliche Frau zu sein schien, sondern ein Medium, eine Heilerin oder etwas Ähnliches. Das war in etwa so, als wenn der Papst mit seiner Putzfrau …

Hör auf mit diesem Mist, verfluchte sich Freimann in Gedanken. *Scheiße, du brauchst bald dringend was zu trinken …*

»Sieht nicht so aus«, stellte Maltow fest, noch während sie in dem Büchlein las. »Hier steht sinngemäß drin, dass sie eigentlich keinen Bock mehr auf Eddie hatte. Und auf diesen Renken auch nicht, da der scharf auf ihr Grundstück war.«

»Hm …, überall dasselbe Elend«, sagte Freimann, mehr zu sich selbst. »Und von dieser Katrin haben wir keinen Nachnamen?«

»Nein. Und auch sonst keine weiteren Informationen über sie.«

»Mist!«

Maltow überlegte kurz. »Wir lassen uns einen Ausdruck vom Einwohneramt geben; so viele Katrins kann es ja hier in der Gegend nicht geben.«

»Wenn sie denn überhaupt gemeldet ist«, entgegnete Freimann eloquent.

»Hier stehen noch ein paar andere Dinge«, sagte Maltow fasziniert.

»Nämlich?«

»… hm … zum Beispiel, dass der Megalith im Wald

ein Portal in die geistige Welt sein soll. Da sind auch Notizen über ›böse Geister‹, die aus dem Wald kommen und jede Menge anderer esoterischer Kram.«

»Ach du Scheiße, schon wieder die Geister!«

»Du kennst doch unsere Attraktion, den Megalithen, oder?«

»Ich hab ihm sogar mal einen Besuch abgestattet. Ist allerdings lange her.« Freimann blickte sich irritiert um. »Was plätschert hier so?«

»Das kommt von dem Zierbrunnen da«, erklärte Maltow und deutete auf das kolossale Bauwerk am Rande des Wohnzimmers.

»Zierbrunnen?«, staunte Freimann und umrundete den aus roten Ziegeln gemauerten Brunnen, aus dessen Innerem das Plätschern zu kommen schien. »Ziemlich groß für so ein rein dekoratives Objekt.« Das Geräusch erinnerte ihn an einen geschmeidigen Edel-Wodka, der beim Einschenken langsam über die Eiswürfel floss. In seinem Mund sammelte sich Speichel.

»So groß wie Brunnen so sind«, konterte Maltow beiläufig.

Freimann stieg auf ein Podest und blickte neugierig in das Innere des Bauwerkes. Zwei schwarze, matt glänzende Metallplatten versiegelten den Schacht. Als er die Griffe an den Metallplatten bemerkte, fackelte er nicht lange. Er wuchtete die schweren Platten heraus und knallte sie lautstark auf den Boden.

Maltow zuckte zusammen. »Was machst du da, Max?«

Freimann sagte nichts. Gemeinsam standen sie wenig später am Rande des mysteriösen Bauwerkes und blickten hinein.

»Noch eine Sicherung aus Metall«, stellte Maltow überrascht fest. »Sieht schwer aus.«

Freimann kratzte sich am Kopf. »Das ist ein schmiedeeiserner Rost, durch den man durchgucken kann, wenn man Licht hätte. Und dahinter geht's richtig tief runter. Jetzt kann man in der Tiefe auch deutlich das Plätschern hören.

Außerdem ist da ein Echo … ein Echo …«

»Hm, stimmt, du hast recht«, bestätigte Maltow. »Ich sage jetzt gar nichts mehr.« Sie schüttelte den Kopf und räusperte sich.

Freimann rüttelte am Gitterrost. »Fass mal mit an, wir heben das Ding raus.«

Maltow biss die Zähne zusammen und packte an.

Sie hatte beim Durchsuchen des Hauses vollkommen versagt, da gab es nichts zu beschönigen. Ihr Selbstvertrauen war stark erschüttert, sie fühlte sich inkompetent und schlecht, zumal sie langsam eine Ahnung davon bekam, was sie in der Tiefe des Brunnens vorfinden würden. Vielleicht war die Rheintaler Opfer ihrer eigenen Unvorsichtigkeit geworden.

Sie sagte nichts, doch ihr Gesichtsausdruck sprach Bände. Freimann hingegen schien sich keine Gedanken zu machen. Er handelte einfach, emotionslos und pragmatisch, ohne einen Plan oder ein Konzept, dennoch mit Erfolg. Jedenfalls hier und heute.

Neben Frustration verspürte Maltow zunehmend auch einen gewissen Neid in sich aufkommen. Trotz der mangelnden Motivation und seinem Alkoholproblem hatte der versoffene Kriminalbeamte mehr oder weniger zufällig entscheidende Entdeckungen gemacht, die zur Lösung des Falles beitragen könnten.

Das ist ungerecht, dachte die pflichtbewusste Dorfpolizistin und nahm sich vor, ihre Fähigkeiten künftig effektiver einzusetzen.

»Taschenlampe!«, verlangte Freimann, der sich verdächtig weit über die Brüstung des Brunnens gebeugt hatte, in der schwarzen Tiefe des Gemäuers aber nichts erkennen konnte.

Maltow reichte ihm die schwere Maglite.

»Wow, da geht's bestimmt zehn Meter runter.«

Ein modriger Geruch kroch die Wände des Brunnens empor. Die Steine, vermutlich alt, viel älter als das Haus, glänzten im Lichtkegel der Taschenlampe. Feuchtes Moos breitete sich aus, Insekten krabbelten aus den Fugen. Freimann fühlte sich um Jahrhunderte in die Vergangenheit versetzt.

Es war eine gespenstische Szene, die ihn erschaudern ließ, als er *sie* plötzlich entdeckte. Im Schein des Lichtes offenbarte sich ihm am Grund des Brunnens eine grauenvolle Entdeckung: Ein Frauenkörper, übersät mit Abschürfungen, verdrehten Gliedmaßen und zahlreichen klaffenden Wunden an Körper und Kopf, lag in einer wässrigen Blutlache. Ihre weit aufgerissenen Augen schienen ihn anzustarren. Freimann verspürte das Verlangen, sich abzuwenden.

Ihr Antlitz ließ Raum für Spekulationen. Fast sah es so aus, als wäre der Teufel das Letzte gewesen, was sie gesehen hatte.

Sie muss während des Sturzes mehrere Male an die Seitenwände geschlagen sein, mutmaßte der Kriminalbeamte, nachdem sich sein einfältiges Gemüt an den Anblick der grotesk entstellten Leiche gewöhnt hatte.

»Ach du dicke Scheiße!«, platzte es aus Freimann heraus. Er hielt der Kollegin den Lichtstrahl der Taschenlampe direkt ins Gesicht.

»Schau dir die Sauerei da unten an, Petra. Glückwunsch, jetzt hast du deinen Fall.«

18.

Campus Lübeck, Institut für Rechtsmedizin. Freimann war deprimiert, Maltow voller Tatendrang. Beide hatten ein flaues Gefühl in der Magengegend, als sie den Sezierraum verließen, denn die Leiche hatte entsetzlich ausgesehen.

Der Tod der umstrittenen Schamanin Charlotta Rheintaler aus Vahlendorf hatte sich bereits wie ein Lauffeuer in der Gegend verbreitet. Jetzt lag der Untersuchungsbericht der Rechtsmediziner vor, und das Ergebnis der Obduktion ließ keinen anderen Schluss zu.

»Also eindeutig Mord!«, schlussfolgerte Petra Maltow, die Dorfpolizistin aus Vahlendorf, als sie das Gebäude auf dem Gelände des Universitätsklinikums verließen. »Kein Unfall. Meine Intuition hatte mich nicht getäuscht.«

Freimann verzichtete auf eine Antwort.

Todesursache und Reihenfolge der Verletzungen konnten präzise rekonstruiert werden: Die Rheintaler wurde mit einem harten Gegenstand bewusstlos geschlagen, anschließend erdrosselt und dann post mortem kopfüber in den tiefen Brunnen gestoßen, wodurch es zu zahlreichen weiteren Verletzungen kam. Der Todeszeitpunkt wurde auf den Dienstag vor vierzehn Tagen datiert, vermutlich in den Nachtstunden. Fremde DNA-Spuren am Leichnam konnten nicht

nachgewiesen werden; das Opfer wurde weder vergewaltigt noch in anderer Weise misshandelt oder
gefoltert.

Freimann hatte lange gehofft, dass die Rheintaler
wieder auftauchen würde, doch jetzt musste er sich
mit Maltow arrangieren, denn der Auftrag von
Kastorf, mit dem er gerade telefoniert hatte, war eindeutig gewesen: Aus dem Vermisstenfall war ein Tö-
tungsdelikt geworden. Zusammen sollten sie den Fall
lösen, und zwar umgehend, schließlich war er noch
Mitarbeiter der Mordkommission und die Maltow
hatte Ortskenntnisse.

Was Freimann stutzig machte, war das »*noch Mitarbeiter*« in Kastorfs Anweisung, die der Dicke wie üb-
lich in befehlsmäßiger Tonlage heruntergerattert hatte.

Offensichtlich ging man in der Polizeiführung davon aus, dass er scheiterte, um ihm den Vorruhestand
schmackhaft zu machen, dachte Freimann skeptisch.

Vielleicht nicht die schlechteste Idee …?

Aber auch ein Scheißabgang, zumal ihn die Zusammenarbeit mit Maltow unter Druck setzte. Die
Streberin würde sich totlachen, wenn er versagte.

»Und, wie gehen wir vor?«, fragte die Dorfpolizistin, als sie im Dienstwagen saßen. »Teilen wir uns auf,
oder …?«

»Auf keinen Fall!«, platzte es aus Freimann heraus.
»Keine Alleingänge. Nachher erschießt du hier noch
jemanden. Nein, wir fahren erst mal zu Marecki.«

»Du willst zuerst mit Eddie Wegner sprechen«?

»Ja, die Beziehung war ja so ziemlich im Eimer, wie
wir dem Notizbuch entnehmen konnten. Davon hat er

127

dir aber nichts erzählt.«

»Ich hatte ihn auch nicht danach gefragt«, räumte Maltow nuschelnd ein. »Wollen wir trotzdem …?«

Freimann starrte aus dem Fenster und schien in sich selbst versunken. Dann reagierte er schließlich: »Egal, wir fahren hin. Gib mir mal die Nummer von Marecki, ich melde uns an. Um diese Uhrzeit müsste Eddie von seiner Tour zurück sein, oder?«

Maltow schob sich ein Kaugummi in den Mund. »Ich denke schon, das kommt hin. Notfalls lassen wir eine Vorladung da.«

»Wir brauchen von jedem auf dieser Liste eine DNA-Probe«, sagte Freimann mit monotoner Stimme. »Nimm mal die Wattestäbchen mit.«

»Einige werden sich weigern«, meinte Maltow skeptisch.

»Und schick die Spusi nochmal zum Haus der Schamanin«, setzte Freimann erneut an. »Irgendwo könnte dieser Gegenstand rumliegen, mit dem man ihr auf den Kopf geschlagen hatte. Vielleicht haben wir ihn übersehen und es sind DNA-Spuren dran.«

Nach einem kurzen Zwischenstopp in Maltows Büro, einem Kaffee mit Schuss, einigen Telefonaten und einem alten Stück Pizza aus der Mikrowelle fuhren sie in Richtung Mölln.

Die Dorfpolizistin fuhr allzu vorschriftsmäßig, befand Freimann, doch er sagte nichts. Stattdessen blickte er sinnierend aus dem Seitenfenster und grübelte über seine Zukunft nach. Wenn es denn überhaupt eine gibt, dachte er schwermütig.

Nach vierzig Minuten Schweigen, die sich wie eine

Ewigkeit angefühlt hatten, lenkte Maltow den blau-silbernen VW Passat auf den Hof der Spedition.

Über dem aus roten Ziegeln erbauten Verwaltungsgebäude prangte in großen roten Buchstaben der Firmenname »Marecki«. Es roch nach Diesel und verbranntem Gummi. Mehrere Lastwagen standen auf dem Firmengelände, überall lagen Holzpaletten und unter einem kleinen Unterstand standen zwei Männer, die sich rauchend unterhielten. Skeptisch beobachteten sie die beiden Ankömmlinge.

Freimann und Maltow ignorierten sie und betraten das Gebäude, in dem ihnen ein penetranter Kaffeegeruch entgegenschlug.

»Sie wünschen?«, fragte eine junge Frau, deren Schreibtisch von Frachtpapieren überquoll. Sie trug Jeans, eine weiße Bluse und hatte ihr breitestes Lächeln aufgesetzt, das wie in Zeitlupe erstarb, als sie sah, dass die Polizei vor dem Tresen stand.

»Wir müssen mit Eddie Wegner sprechen«, brummte Freimann und fügte schnell hinzu: »Reine Routine, dauert auch nicht lange.«

»Der macht seinen Papierkram«, erwiderte die Büroangestellte entschuldigend, »den Gang da, letzte Tür rechts.«

»Danke.«

Maltow ging vor, klopfte an und erklärte dem erstaunt dreinblickenden LKW-Fahrer, worum es bei der polizeilichen Befragung ging.

Freimann nahm einen freien Stuhl in Beschlag und wunderte sich darüber, was die Rheintaler an dem unattraktiv aussehenden Mittfünfziger gefunden hatte.

129

Wegner hatte eine Halbglatze, dunkle Augenringe, einen schmalen Mund und trug einen ungepflegten Dreitagebart. Alles in allem hatte er die besten Jahre seines Lebens bereits lange hinter sich.

Freimanns Blick fiel auf das volle Glas, das auf dem Schreibtisch stand. Dem Geruch nach zu urteilen handelte es sich um Cognac.

»Ja, alles eine Riesenscheiße, das mit Charlotta, ich kann es immer noch nicht glauben. Hab mir aber schon gedacht, dass da einer nachgeholfen hat, denn sie war nicht der Typ für Suizid«, stöhnte Wegner und schenkte sich nach. »Wollen Sie vielleicht auch einen Cognac? Ich brauch das momentan.«

Während Maltow den Kopf schüttelte, nahm Freimann dankend an – unter dem kritischen Blick der Kollegin.

Die Männer prosteten sich zu.

»Nun mal Butter bei die Fische, Eddie«, eröffnete Freimann das Gespräch. »Sie waren doch sauer auf Charlotta, stimmt's? Sie wollte die Beziehung beenden, und das konnten Sie sich nicht bieten lassen! Da sind Sie dann abends zu ihr nach Vahlendorf gefahren, es kam zum Streit und dann ist es passiert. Ist ja auch nachvollziehbar, und …«

»WAS?«, schrie Wegner auf. »Was wollen Sie damit sagen? Ich hab damit nichts zu tun, absolut nicht.«

Vom Alkohol gelockert setzte Freimann nach: »Tun Sie mal nicht so unschuldig. Wir wissen, dass Sie eifersüchtig auf Charlottas Kunden waren und von dem Schamanismus ihrer Freundin gar nichts hielten.«

Wegner geriet in die Defensive.

»Na und, ich bin bodenständig und glaube nicht an Geister. Man kann ja seine Meinung sagen, oder etwa nicht? Deswegen bringe ich doch niemanden um.«

»Sie wussten doch vorher, dass Frau Rheintaler eine Schamanin ist, oder?«, meldete sich Maltow zu Wort. »Warum haben Sie nicht die Finger von ihr gelassen?«

Wegner antwortete nicht, stattdessen kaute er nervös an den Fingernägeln.

»Wo waren Sie denn am Dienstag, dem 29. August, in den Abendstunden?«, fragte Freimann und schielte nach der Cognacflasche.

Wegner wirkte niedergeschlagen. »Dienstags bin ich meistens bei Charlotta … gewesen. An dem Tag dann wohl auch, aber glauben Sie mir, ich …«

»Und? Was ist geschehen? Gab es Streit?«

»Nein, mein Gott«, beteuerte Wegner. »Ich musste frühzeitig gehen, da sie noch einen Termin hatte. Da ging es ihr bestens. Wir haben uns nur unterhalten, mehr nicht.«

»Worüber?«

»Über … uns, ja, es gab ein paar Probleme, aber wirklich nichts Weltbewegendes … und, na ja, über diesen Renken. Unangenehmer Typ, der nur seine Karriere im Kopf hat. Der würde über Leichen gehen, um den Fund seines Lebens zu machen. Charlotta hasste diese Typen.«

»Wer ist Renken?«, fragte Freimann und schielte zu Maltow hinüber.

»Den Namen *Renken* haben wir auch gefunden«, mischte sich die Dorfpolizistin ein. »Allerdings war er

131

wohl kein Kunde bei der Rheintaler?«

»Hartmut Renken? Nee, nie im Leben. Den hätte Charlotta nicht mal ins Haus gelassen«, eiferte sich Wegner. »Der Typ gehört zu den Archäologen, die hier im Wald alles umgraben, um irgendwelche steinzeitlichen Sensationen ans Tageslicht zu befördern. Der fühlt sich unter seinesgleichen als was Besseres, weil er sogar Archäogenetiker ist und die DNA von archäologischen Funden untersucht. Seitdem er bei Charlotta abgeblitzt ist, lässt er keine Gelegenheit aus, um sie als Hexe zu verleumden.«

»Was wollte er denn von Charlotta?«, fragte Freimann und hielt Wegner das leere Glas entgegen.

Wegner schenkte nach. »Angeblich befindet sich in Charlottas Garten einer von diesen Ritualorten. Den wollte Renken natürlich ausheben, ohne Rücksicht auf Verluste. Ich war dabei, als der Typ angestiefelt kam. Er stand da, groß, kantiges Gesicht, stechende Augen, stützte sich auf eine Schaufel und schwadronierte im Befehlston los: ›Das Gelände hier muss näher untersucht werden. Wir vermuten eine Ritualstätte von größter Bedeutung in Ihrem Garten.‹ Was glauben Sie, wie Charlotta reagiert hat? ›Sie können mich mal kreuzweise‹, brüllte sie ihm entgegen. ›Nur über meine Leiche. Hier gräbt keiner was um, ist schon schlimm genug, dass ihr die Geister des Waldes nicht in Ruhe lasst.‹ Tja, Renken drohte ihr mit geballter Faust. ›Werden wir ja sehen‹, fluchte er zähneknirschend. ›Wir kommen mit einer behördlichen Genehmigung zurück!‹ Die haben wir dann aber nie zu sehen bekommen. Jetzt kann er sich vermutlich ohne

Genehmigung über den Garten hermachen«.

»Schöne Geschichte. Werden wir überprüfen«, bemerkte Freimann schroff. »Klingt aber nach einem Ablenkungsmanöver.«

»Fragen Sie Kreutzberg, den Bürgermeister. Der hat auch immer Ärger mit den Archäologen.«

»Inwiefern?«, fragte Freimann und leerte das Glas in einem Zug.

Maltow schüttelte den Kopf und kam Wegner zuvor. »Kann ich bestätigen«, sagte sie und schob das Kaugummi in die andere Backe. »Der Wald ist auch ein Naturschutzgebiet, darauf nehmen die Archäologen kaum Rücksicht. Claus Kreutzberg hat mir da schon einiges berichtet, einschreiten sollte ich aber bisher nicht.«

Freimann blickte aus dem Fenster. Ein riesiger Truck fuhr durch die Hofeinfahrt. Er überlegte, ob der LKW-Führerschein, den er vor einer Ewigkeit bei der Bundeswehr gemacht hatte, noch gültig war, denn dann könnte er seinen Job kündigen, als Fahrer anheuern und einfach davonfahren, um …

Freimann begann seine Gedanken zu ordnen.

»Dann haben Sie sicher auch nichts gegen eine DNA-Probe einzuwenden?«, fragte Freimann genervt und sagte übertrieben theatralisch: »Wenn Sie ohnehin unschuldig sind.«

Wegner riss den Mund auf und hielt ihn Maltow demonstrativ entgegen.

»Ok, Eddie, Sie halten sich bitte zu unserer Verfügung«, sagte Freimann schließlich. »Wir haben bestimmt noch einige Fragen. Und wenn Ihnen noch was einfällt, rufen Sie meine Kollegin hier …«, er deutete auf Maltow, »… in Vahlendorf an.«

»Hat Frau Rheintaler noch Verwandtschaft, die benachrichtigt werden müsste?«, fragte Maltow mit pflichtbewusster Miene.

»Hm, weiß ich gar nicht«, druckste Wegner herum. »Mir hat sie nie was von irgendwelchen Verwandten erzählt. Sie war schon eine geheimnisvolle Frau.«

19.

Das Rathaus von Vahlendorf war eine einzige Baustelle. Maltow ging durch einen langen, mit Malerutensilien vollgestellten Flur und redete ununterbrochen. Freimann, der vor Kopfschmerzen keinen klaren Gedanken zustande brachte, folgte ihr mit unsicheren Schritten. Die Geräusche von Schuhabsätzen hallten in seinen Ohren wie Kanonendonner.

»Das Gebäude war sanierungsbedürftig, zu klein und entsprach nicht mehr den Anforderungen …«

Die Tür vor ihnen öffnete sich.

Freimann hatte jetzt schon keinen Bock mehr, denn er hasste diese Dauergrinser, die immer gut gelaunt waren, egal was passierte. Und Claus Kreutzberg, der Bürgermeister von Vahlendorf, schien einer dieser Typen zu sein.

Vor ihnen stand ein kleiner, dicker Mann mit hochrotem Gesicht und deutlich ausgeprägten Geheimratsecken, der vor Energie zu platzen schien.

Der ist ständig auf der Überholspur, lebt ungesund und kippt dann mit sechzig tot um, dachte Freimann neidisch.

»Bitte, kommen sie rein, nehmen sie Platz«, sagte Kreutzberg und fuchtelte mit den Armen. »Gut, dass sie vorher angerufen haben. Kaffee, Wasser …?«

Maltow winkte ab.

Freimann runzelte die Stirn »Falls Sie einen Obstler hätten … hab gestern was Fettes gegessen.«

Kreutzberg nickte eifrig, zauberte eine Flasche Birnengeist aus dem Schiebetürenschrank und füllte zwei Schnapsgläser. »Klar doch, immer im Angebot, wohl bekomm's.«

»Sie wissen ja, worum es geht, Herr Bürgermeister?«, eröffnete Freimann das Gespräch und schüttelte sich händereibend, nachdem er den Hochprozentigen hastig in sich hineingekippt hatte.

Kreutzberg faltete die Hände über dem Bauch und nickte bedächtig. »Ein Mord in unserer Gemeinde, noch dazu auf so grausame Weise. Die arme Frau Rheintaler … schrecklich …«

»Sie gehörten auch zu ihren Klienten!«, mischte sich Maltow ein. »Darf man fragen, weswegen?«

Kreutzberg lächelte. »Sie denken, ich habe bei ihr an irgendwelchen Ritualen teilgenommen?«

»Etwa nicht …?«, bemerkte Freimann trocken.

»Nein, eigentlich nicht«, entgegnete Kreutzberg aufrichtig. »Ein Bürgermeister ist wie ein Radargerät. Ich empfange viele Signale aus der Gemeinde und bei der Rheintaler gab es sowas wie einen Knotenpunkt.«

»Sie meinen, sie hat aus dem Nähkästchen geplaudert? Über andere Klienten?«

»Natürlich nicht, sie war eine seriöse Schamanin, aber es gab immer einen regen Austausch zwischen uns.«

»Und haben Sie bei diesem Austausch auch Dinge erfahren, die einen Mord rechtfertigen würden?«, bohrte Freimann weiter.

Kreutzberg reagierte entrüstet. »Was denken Sie von mir? Nein, keine Anfeindungen oder sowas, sonst wäre ich damit natürlich zur Polizei gegangen. Es ging nur um harmlose Gesprächsthemen. Schutz der Natur, Sommerfest, Veranstaltungen, Aktivitäten und sowas.«

»Aber es gab doch immer Ärger mit den Archäologen?«, ließ Freimann nicht locker. »Offensichtlich sogar Drohungen.«

»Da muss ich Ihnen leider recht geben«, antwortete Kreutzberg betrübt. Sein Gute-Laune-Modus war plötzlich verschwunden – zumindest vorübergehend. »Die Forscher bombardieren uns hier im Rathaus mit Anfragen und wollen Ausnahmegenehmigungen für ihre Grabungen. Ich kann ja verstehen, dass sie die archäologischen Schätze im Waldboden heben wollen, aber wir müssen alles berücksichtigen. Umweltschutz, Tierschutz, den Tourismus, Privateigentum, die Jägerschaft …«

»Das ist verständlich«, unterbrach ihn Freimann. »Die Rheintaler hatte jedenfalls ziemlichen Ärger mit den Typen, nicht wahr?«

»Ja, schon, aber glauben Sie mir: Diese Leute wollen nur ihren Job machen. Sehr ehrgeizig, aber niemand von denen ist kriminell.«

»Wir werden der Sache auf den Grund gehen«, sagte Maltow und strich sich durchs Haar.

»Apropos Jägerschaft: Werfen Sie auch mal einen Blick auf Norbert Pankert«, empfahl Kreutzberg nachdenklich. »Das ist einer von den Jägern, der ein Revier im Ritualwald gepachtet hat. Eiskalter Geschäftsmann, der einen gerne mal über den Tisch zieht. Hat eine Zimmerei hier im Ort.«

Freimann wurde hellhörig. »Trauen Sie dem Mann denn sowas zu?«

»Wer weiß schon, wozu Menschen in der Lage sind?«, antwortete Kreutzberg nebulös.

»Dies ist eine Mordermittlung«, sagte Freimann etwas ungehalten. »Sie werden doch einen Grund für Ihre Anschuldigung haben?«

»Keine Anschuldigungen«, ruderte Kreutzberg zurück, »nur ein Hinweis. Pankerts Firma arbeitet nicht so seriös, wie man es erwarten könnte; die Rechnungen sind fehlerhaft, es wird gepfuscht ... viel Ärger also.«

»Hat die Rheintaler ihn auch mal beauftragt?«

»Hat sie«, bestätigte der Bürgermeister. »Und die Rechnung hat sie nie vollständig bezahlt. Aus gutem Grund, wie sie mir sagte.«

»Dann werden wir diesen Pankert mal unter die Lupe nehmen«, versprach Freimann und blickte zu Maltow, die ihm eifrig zunickte. »Wir sind dann soweit durch ... äh ... falls Sie noch einen Obstler für mich hätten?«

Während Maltow ungeduldig mit dem Fuß auf den Boden tippte, schenkte Kreutzberg grinsend nach.

»Wir bräuchten ja noch einen DNA-Abstrich«, erinnert Maltow kopfschüttelnd, gerade als sie den Raum verlassen wollten.

»Selbstverständlich«, antwortet Kreutzberg pflichtbewusst. »Immer zu Diensten.«

138

20.

Als Freimann am nächsten Morgen die Polizeistation von Vahlendorf betrat, lag bereits ein minutiös ausgearbeiteter Terminplan auf dem Schreibtisch.

»Für die kommenden Ermittlungen«, verkündete Maltow stolz mit glänzenden Augen.

»Scheiß Terminplan«, frotzelte Freimann übellaunig, der im Wagen noch schnell einen Flachmann gekippt hatte. »Wir nehmen es so, wie es kommt – ohne Plan. Was hast du herausbekommen, Petra?«

»Na dann bitte, du Schlaumeier!«, kam es bissig zurück. Maltow kaute schmollend an ihrem Bleistift. »Hartmut Renken, dieser Archäologe, buddelt heute im Wald herum und Norbert Pankert, der Jäger, befindet sich in seinem Betrieb in der Moorstraße.«

»Ok, dann fahren wir erst einmal zu Renken. Mit dem hatte sie vermutlich den größeren Ärger.«

»Vermutlich …?«

»Du bist nicht meiner Meinung?«, fragte Freimann, während er sich Kaffee in einen der bunten Becher goss.

»Ja, doch, im Grunde schon«, räumte Maltow zögernd ein. »Allerdings glaube ich, dass Eddie Wegner lügt … oder nur die halbe Wahrheit sagt. Schließlich hat er Renken als skrupellosen Verleumder dargestellt und auf diese Weise von sich selber abgelenkt.«

»Stimmt«, pflichtete ihr Freimann bei. »Eddie steht noch ganz oben auf unserer Liste. Trotzdem sollten wir uns anhören, was Renken zu sagen hat. Allerdings: Der Wald ist groß. Woher wissen wir, wo er sich gerade aufhält?«

»Die Teams müssen immer genau angeben, wo sie gerade Ausgrabungen durchführen«, erklärte Maltow mit erhobenem Daumen. »Ich habe mir vom Ordnungsamt erklären lassen, wo sie heute sind.«

»Sehr gut!«

»Die letzten paar hundert Meter müssen wir dann allerdings doch zu Fuß gehen.«

»Scheiße!«

Zwei Stunden später stapfte Freimann fluchend durch die Vegetation. »Wie weit noch?«

»Da vorne sehe ich schon das rot-weiße Absperrband flattern«, besänftigte ihn die Dorfpolizistin mit stoischer Ruhe.

Als sich das Duo der Ausgrabungsstätte näherte, baute sich ein bärtiger Zwei-Meter-Mann mit einem Schlapphut auf dem Kopf vor ihnen auf. Er trug ein kariertes, kurzärmeliges Hemd, eine braune Cordhose und schwarze, kniehohe Gummistiefel. Sein verwirrter Gesichtsausdruck deutete auf eine mögliche geistige Beeinträchtigung hin.

»Stopp, das Areal hier … ist abgesperrt«, sagte er nervös und bohrte sich in der Nase. »Ausgrabungsarbeiten! Nehmen Sie bitte einen … anderen Weg. Bitte!«

Maltow schüttelte angewidert den Kopf. »Wir sind von der Polizei und müssten Herrn Renken sprechen.«

»Doktor Renken?«

»Ja, meinetwegen auch Doktor. Und können Sie mal bitte aufhören, sich in der Nase zu bohren. Das ist ja ekelhaft …«

Der Hüne verschwand ohne ein Wort, den Finger immer noch in der Nase. Freimann musste grinsen, während sie warteten.

»Sie wollen mich sprechen?« Der Mann vor ihnen war nicht minder groß als der Schlapphutträger. Er hatte ein kantiges Gesicht, volles schwarzes Haar und einen stechenden Blick, mit dem er die Polizisten von oben bis unten musterte.

»Mein Name ist Maltow, Polizeistation Vahlendorf, und das hier ist mein Kollege Freimann von der Kripo.«

Freimann musste immer noch grinsen. Er war kurz davor, einen Lachanfall zu bekommen.

»Ich hab mir schon gedacht, dass Sie hier irgendwann auftauchen«, sagte Renken und wischte sich den Schweiß von der Stirn. »Es geht um die Schamanin, hab ich recht?«

»Die Sie als Hexe diffamiert haben«, forderte ihn Freimann heraus.

»Wer sagt das?«, konterte Renken mit verkniffenen Augen.

»Sie haben ihr doch gedroht, als sie keine Grabungen auf ihrem Grundstück zulassen wollte, oder?«

»Hat ihr Freund, dieser Wegner, das so erzählt? Der Mann ist ein Spinner, krankhaft eifersüchtig, nehme ich an. Das ist völlig überzogen. Im Gegenteil, ich habe ihr ein Angebot gemacht.«

141

»Das da wäre?«, fragte Maltow sichtlich überrascht.

»Die Grabungserlaubnis im Garten gegen einige Sanierungsarbeiten an ihrem renovierungsbedürftigen Haus. Wir hätten da alle mit angepackt.«

Freimann ließ einen lautstarken Pfiff ertönen. »Wie selbstlos von Ihnen.«

»Ob Sie es glauben oder nicht«, verteidigte sich Renken, »aber das wäre es uns wert gewesen. Schließlich wird im Garten der Schamanin eine kleine Grabanlage aus der Jungsteinzeit vermutet. Ein Fund von unschätzbarem Wert, der unbedingt gehoben werden muss.«

»Einen Haufen Knochen?«, giftete Freimann zurück.

»Hören Sie, Herr Kommissar«, ereiferte sich Renken gereizt. »Archäologen und Forensiker arbeiten hier zusammen, um jahrtausendealte menschliche Überreste zu analysieren. Das ist hochwissenschaftliche Arbeit. Insektenbefall der Fundstätte, Pollenanalyse, radiologische Untersuchungen und die forensische DNA-Sequenzierung durch Knochenproben: All das liefert uns wertvolle Informationen, die von allergrößter Bedeutung sind. Immerhin geht es hier um die Vergangenheit der Menschheit.«

Freimann nickte. »Mag alles sein, aber das gibt Ihnen nicht das Recht, sich gewaltsam Zugang zu verschaffen.«

»Niemand von unserem Team hat in irgendeiner Weise Gewalt angewendet. Das Paar war voreingenommen. Unsere Arbeit wurde generell abgelehnt; angeblich würden wir die Ruhe der Toten stören. Bei der Schamanin kann ich eine derartige Argumentation ja noch verstehen, obwohl das unwissenschaftlich ist, aber ihr Freund Wegner hat meiner Meinung nach nur eine Show abgezogen. Der wollte sich durchsetzen, um Eindruck zu schinden, obwohl er eher einen bodenständigen Eindruck machte.«

»Sie waren ansonsten nie bei Frau Rheintaler?«

»Nein!«

»Auch nicht am Dienstag, dem 29. August?«

»Natürlich nicht. Da war ich auf einem Archäologie-Symposium in Berlin.«

Freimann räusperte sich. »Kann das jemand bezeugen?«

»Na klar, ich lasse Ihnen eine Liste zukommen.«

»Und Ihr Kollege, der uns vorhin …«, Maltow deutete auf den Schlapphutträger im Hintergrund, »… auf so unappetitliche Weise empfangen hat, war der auch auf dem Symposium?«

Renken machte eine wegwerfende Handbewegung.

»Sie müssen entschuldigen, aber Bertram leidet an Rhinotillexomanie. Er kann an solchen Veranstaltungen nicht teilnehmen.«

»Rhino… was?«, fragte Freimann sichtlich irritiert. »Ist das eine Krankheit?«

»In der Tat«, bestätigte Renken sachlich. »Zwanghaftes Nasenbohren. Eine äußerst seltene Diagnose. Außerdem wurde bei ihm eine geistige Behinderung diagnostiziert. Es gab Komplikationen bei der Geburt.«

Maltow schüttelte sich.

»Na, das erklärt ja einiges«, sagte sie und fügte

schnell hinzu: »Ich glaube, wir sind hier erst mal fertig, Max? Oder war noch was?«

»Wer gehört denn alles zu Ihrem Team?«, wollte Freimann wissen. Es fiel ihm schwer, den Blick von Bertram abzuwenden, der sich etwas abseits an einen Baum gelehnt hatte und sporadisch in der Nase bohrte. Der Hüne mit dem Schlapphut wirkte nervös; sein Blick wanderte unruhig umher.

»Wir sind ein kleines Team«, antwortete Renken und deutete auf das abgesperrte Areal, in dem die Grabung stattfand. »Ich selbst, Bertram und zwei Studenten, die sich hier gelegentlich etwas dazuverdienen.«

Bertram, der das Gespräch mitgehört hatte, sagte: »Wir müssen sie alle aus dem Wald holen – die Toten. Bevor er kommt und alles zunichtemacht.«

Freimann sah ihn verwundert an. »Wer kommt?«

»Der Teufel!«

Für einen Moment herrschte Stille.

Renken zuckte mit den Schultern. Dann sagte Freimann: »Apropos, wir benötigen dann noch die DNA-Abstriche von Ihnen, Herr Renken, und Ihrem Team.«

Stöhnend zog Maltow das Set mit den Wattestäbchen aus der Jackentasche. »Na dann wollen wir …«

»Das können Sie gleich wieder einpacken«, sträubte sich Renken mit Nachdruck. »Als Wissenschaftler weiß ich, wie schnell es bei solchen Untersuchungen zu Verunreinigungen kommen kann. Auf diese Weise wurde schon so mancher Unschuldiger zum Verdächtigen, insofern weigere ich mich.«

Maltow überlegte einen Moment. »Und die anderen vom Team ...?«

»Auch im Namen meiner Leute«, fügte Renken energisch an. »Keine DNA-Proben.«

»Dann kommen wir mit einem richterlichen Beschluss zurück«, blieb Maltow professionell. »Aber wir benötigen die Namen und Adressen aller Teammitglieder.«

Renken hob die Augenbrauen. »Tun Sie das! Ich habe ein unerschütterliches Alibi, mal sehen, was Ihr Richter dazu sagt?«

Freimann verzog das Gesicht und murmelte: »Na gut, wir melden uns bei Ihnen, Herr Renken ... äh, Doktor Renken. Halten Sie sich bitte weiterhin verfügbar.«

21.

Die Gaststätte war gemütlich eingerichtet. Alte Eichenmöbel, schummerige Beleuchtung und im Hintergrund Schlagermusik aus den Sechzigern. Hinter dem Tresen standen zahlreiche Flaschen mit Hochprozentigem auf einem Regal – einige von ihnen bereits angebrochen.

Freimann fühlte sich gut. Er hatte ein Schnitzel mit Pommes bestellt, dazu Bier und Korn. Maltow stocherte genervt in einem Tomatensalat herum und warf einen argwöhnischen Blick auf die alkoholischen Getränke ihres Kollegen. Doch sie sagte nichts.

»Und, was hältst du von diesem Renken?«, fragte Freimann undeutlich, während er sich die Gabel voller Pommes in den Mund schob.

Maltow antwortete nicht. Sie wirkte abwesend und schien einen Punkt an der Decke zu fixieren.

Freimann ignorierte die Kollegin, bestellte lautstark ein zweites Bier und setzte seinen Monolog fort. »Also, ich fand den Typen gar nicht so übel. Klang doch alles plausibel und wissenschaftlich, was er so zu sagen hatte. Ich glaube nicht, dass Renken einen Mord begehen würde, nur um an die Grabungsstätte heranzukommen. Nein, zumal das Grundstück nach ihrem Tod nicht automatisch für Grabungen freigegeben wird, und außerdem ...«

»Wollen wir nach dem Essen zu Norbert Pankert?

146

Sein Laden liegt hier um die Ecke. Oder … was ist mit diesem Andreas Hohlmut?« Maltow schien aus ihrem Tagtraum erwacht zu sein. Sie wirkte nervös und beunruhigt.

»War was?«, fragte Freimann mit zusammengekniffenen Augen. »Du hast mir gar nicht zugehört, Petra.«

»Nee, nee, alles gut«, murmelte die Dorfpolizistin mehr zu sich selbst.

Doch in ihrem Kopf war nichts gut – im Gegenteil. Sie konnte sich nicht erinnern, jemals etwas Vergleichbares erlebt zu haben. Sie hatte jegliches Zeitgefühl verloren. Da ihr Kollege immer noch seinen unappetitlichen Essgewohnheiten nachging – die Pommes in sich hineinschlang und mit Alkohol nachspülte –, konnte dieser furchterregende Tagtraum nicht lange angedauert haben. Doch ihrem Gefühl nach schienen es Stunden gewesen zu sein, in denen sie einer erniedrigenden Tortur hilflos ausgeliefert war.

Was sie am meisten erschreckte, war die bildgewaltige Präsenz der Erinnerung, die sich in ihr Gehirn eingebrannt hatte. Nein, »eingemeißelt« war der treffendere Ausdruck, denn sie war sich sicher, diesen Albtraum bis an das Ende ihrer Tage mit sich herumzuschleppen.

Sie lag in der Badewanne. Aus dem Nebenzimmer drang Musik, auf der Fensterbank brannten Kerzen und in der Luft lag Lavendelduft. Gelegentlich gönnte sie sich eine kleine Auszeit, um die Seele baumeln zu lassen. Entspannung pur. Die Gedanken kreisten, schöne Erlebnisse traten zutage und manchmal fantasierte sie sich in ferne Länder, in denen sie als Prinzessin sehnsuchtsvoll auf den tapferen Ritter wartete, der auf einem Schimmel angeritten kam.

Lautstarke Geräusche ließen sie zusammenzucken. Jemand schien sich mit brachialer Gewalt Zugang zur Wohnung zu verschaffen. Sie griff nach dem Handtuch, wollte das Handy auf dem Hocker erreichen, doch die Männer standen bereits im Badezimmer.

Drei, vier glatzköpfige, breitschulterige Schlägertypen, die nach Alkohol, Benzin und kalter Asche stanken. Sie fackelten nicht lange. Wortlos zerrten sie die in Todesangst schreiende junge Frau brutal aus der Wanne, banden der Zappelnden ein schmutziges Tuch vor den Mund und schleppten sie ins Schlafzimmer. Panisch vor Angst versuchte sie, sich aus dem Klammergriff ihrer Peiniger zu befreien, doch gegen die riesigen Männer mit Pranken groß wie Bärentatzen hatte sie keine Chance.

Überall sah sie muskelbepackte, tätowierte Arme, die ihren nackten Körper auf dem Bett platzierten. Schemenhafte Fratzen mit großen Augen und buschigen Augenbrauen, aber ohne Münder und Nasen starrten sie gierig an. Entsetzt bemerkte sie das seltsame hölzerne Gestell auf ihrem Bett. Sie musste davor niederknien; ihren Oberkörper drückten die Männer bäuchlings darauf, fesselten sie daran und fixierten ihre Hände auf dem Rücken.

In dieser entwürdigenden Position streckte sie den Männern ihr nacktes Gesäß entgegen. Maltow ahnte, was jetzt geschehen würde. Wahnsinnig vor Angst versuchte sie, dass Gestell mit der Kraft ihres Körpers zu Fall zu bringen, um sich in eine liegende Position zu rollen, doch die gesamte Konstruktion war am Bett fixiert. Kaum wurde ihr die Ausweglosigkeit ihrer Lage bewusst, stand einer der Muskelmänner mit heruntergelassener Hose hinter ihr, um sein riesiges, erigiertes Glied in sie hineinzurammen. Mit schmerzverzerrtem Gesicht nahm sie seine harten, rhythmischen Stöße entgegen, keuchend vor Panik, Anstrengung und Scham.

Nach einer gefühlten Ewigkeit, in der sie am liebsten gestorben wäre, legten sich die Schmerzen. Ihre Vagina produzierte Feuchtigkeit und sie spürte so etwas wie sexuelle Erregung, die kontinuierlich anstieg, obwohl sich alles in ihr dagegen sträubte.

Die Lust in ihr schwoll mit jedem Stoß an, sie schloss die Augen und wartete sehnsüchtig auf die ekstatischen Wellen, die ihren Körper in regelmäßigen Abständen durchfluteten. Der Mann steigerte das Tempo; seine Stöße wurden härter und kraftvoller, während er ihr gleichzeitig mit der flachen Hand auf den Po schlug. Ein anderer griff nach ihren hin- und her wippenden Brüsten, massierte sie und zog daran. Währenddessen lachte er und flüstertet ihr obszöne Worte ins Ohr, die ihr Verlangen wie Brandbeschleuniger verstärkten.

In ihrem Körper schienen Explosionen stattzufinden. Ihre Erregung gipfelte in zahlreiche langanhaltende Orgasmen, deren Intensität so stark war, dass sie spitze Schreie der Entzückung von sich gab.

Die Wollust raubte ihr die Sinne.

Bald stand einer der anderen Männer hinter ihr. Die Männer fickten sie abwechselnd. Immer wieder, ohne Unterbrechung. Dabei gaben sie grunzende Laute von sich, während Maltow sich selbst lautstark stöhnen hörte, bis sie das Bewusstsein verlor.

NEIN! Die Erinnerung an den Tagtraum musste falsch sein, schoss es ihr erbittert durch den Kopf. Niemals würde sie bei einer Vergewaltigung Lust empfinden. Es war ein gewalttätiger Akt der Erniedrigung. Ekel, Scham, Hass, Wut, Rachegefühle – all das würde sie heimsuchen, doch Wollust und Ekstase?

Nein, völlig undenkbar. Das war sie nicht. Keine Frau würde bei einer Vergewaltigung Lust empfinden.

Und dennoch war es so gewesen, oder ...?

Sie hasste sich dafür, hätte ihre Gedanken daran am liebsten sofort gelöscht oder verändert, doch der Tagtraum blieb unverändert in ihrem Gedächtnis haften – wie eingepflanzt. Selbst die euphorischen Gefühle der Geilheit waren so präsent wie die Rückblicke an glückliche Kindheitstage.

Was ihr Gehirn jetzt benötigte, war eine Erklärung für das Phänomen. Es musste etwas Plausibles konstruieren – unbedingt. Einen Anker, an dem sie sich festhalten konnte, einen Verantwortlichen, dem sie die Schuld für ihre unerklärliche Lust in die Schuhe schieben konnte.

Vielleicht war es der Fall, an dem sie gerade arbeiteten?

Der Wald und seine Geister ...!

Ja, natürlich, es war das Böse, das sie umgab. Der Teufel war zurückgekehrt, sie hatten ihn aufgeweckt, so musste es sein. Vielleicht waren es die Archäologen, die die Ruhe des Waldes gestört hatten? Oder die Biologen mit ihren Ameisen? Die Schamanin hatte Kontakt zu den Geistern gehabt, jetzt war sie tot. Ein Mörder lebte unter ihnen!

Sie alle hatten den Teufel angelockt.

Der Teufel …!

Seit dem Tod der Schamanin kroch die Pestilenz seines Atems aus dem Wald heraus in die Häuser des Ortes. Geister und Dämonen waren seine Vorboten, ihre Boshaftigkeit fuhr in die Köpfe der Menschen.

Auch in ihren Kopf?

Es gab keine andere Erklärung. Schon seit Jahrhunderten rankten sich dunkle Mythen und Legenden um den Vahlendorfer Wald, dessen Erde mit dem Blut zahlloser Menschen getränkt war. Hier war sie präsenter als anderswo: die dunkle Magie.

Der Tod der Schamanin schien ein Vorzeichen zu sein. Er kündigte etwas an, das noch viel schrecklicher war als alles, was sie bisher erlebt hatten. Der Teufel schickte seine Visionen. Albtraumhafte Szenen, die ihr den Schlaf rauben würden.

Sie brauchte sich nicht zu schämen für das, was in ihrer Vorstellung geschehen war. Es entsprach nicht ihrer Natur, sondern das abgrundtief Böse hatte es ihr eingepflanzt. Wie einen aggressiven Tumor, der in ihrem Gehirn wucherte.

»Das könnte eine Erklärung sein!«, flüsterte sie zaghaft, um den Gedanken abzuschütteln.

»Was ist los?«, wollte Freimann wissen, nachdem er den dritten Korn in sich hineingekippt hatte.

»Nichts, gar nichts«, antwortete Maltow mit fester Stimme. »Also Max, was nun? Norbert Pankert oder

Andreas Hohlmut? Wo wollen wir hin?«

Freimann überlegte nicht lange. »Pankert.«

»Ok, er steht zwar nicht in dem Notizbuch der Schamanin, aber seine Zimmerei liegt in der Moorstraße, also gar nicht weit weg von hier. Ich kenne eine Abkürzung.«

»Für eine Abkürzung ist mir kein Umweg zu weit«, sagte Freimann lallend mit einem Grinsen im Gesicht und knallte das leere Korn-Glas geräuschvoll auf den abgewetzten Holztisch.

22.

Draußen vor der Gaststätte schüttelte sich Maltow heftig und klopfte die Uniform aus, als wolle sie den Albtraum, der unvermittelt über sie hergefallen war, wie lästige Spinnenweben loswerden, in denen sie sich verfangen hatte.

Freimann warf ihr einen kritischen Blick zu, sagte aber nichts.

»Ein kleiner Verdauungsspaziergang?«, fragte Maltow zögerlich, obwohl sie die Antwort bereits zu kennen glaubte. »Zu Fuß sind es gut zwanzig Minuten zur Moorstraße.«

»Können wir uns nicht leisten«, wiegelte Freimann ab. »Der Zeitfaktor ist ein entscheidender Punkt bei Mordermittlungen.«

Maltow schüttelte grinsend den Kopf, als sie in den Streifenwagen einstiegen. Es war reine Bequemlichkeit, ging es ihr durch den Kopf. Der versoffene Kollege scheute jede Art von Anstrengung – das war alles. Auf Dauer würden ihn die mangelnde Bewegung und der Alkoholkonsum umbringen.

Sie ließ das Seitenfenster ein Stück weit herunter, denn Freimann stank nach Alkohol. Außerdem schien seine Dusche defekt zu sein, anders waren seine penetranten Ausdünstungen nicht zu erklären.

Als sie in den von Reihenhäusern gesäumten Moorweg einbogen, kam plötzlich Nebel auf. Fluchend reduzierte Maltow die Geschwindigkeit.

»So eine Scheiß-Suppe hatten wir hier ja noch nie. Wo kommt der Nebel denn so plötzlich her?«

»Ich hab's gesehen«, kommentierte Freimann gleichgültig. Ihn schien der Nebel nicht zu stören. »Ist doch gemütlich, wenn man so eingelullt wird.«

»Nicht weit vom Moorweg beginnt der Wald«, stellte Maltow verschwörerisch fest, »sieht so aus, als wenn der Nebel aus dieser Richtung kommt.«

Freimann schmollte zurück. »Immer dieser Scheiß-Wald! Können wir das Thema nicht mal ausklammern?«

Sie fuhren jetzt im Schritttempo und Maltow bemerkte, dass viele Hauswände mit Symbolen, Zeichen und Zahlen beschmiert waren: sternförmige Pentagramme, umgedrehte Kreuze und Zahlenkolonnen. Wortlos stupste sie Freimann an, doch der Kriminalbeamte schien in sich selbst versunken zu sein.

»Siehst du das nicht?«, giftete sie ihn an. »Das sind doch Hexenzeichen. Zum Beispiel die drei Sechsen da an der Hauswand: die Zahl des Teufels!«

»Mensch, Petra, du steigerst dich da in was rein«, erwiderte Freimann amüsiert. »Das ist ein Dumme-Jungen-Streich, was sonst?«

Maltow fühlte sich bloßgestellt. »Na du musst es ja wissen, Max.«

»So langsam geht mir dieser ganze Hokuspokus auf den Sack.«

»Und was ist mit dem Nebel?«, beschwerte sich Maltow, die immer noch den verstörenden Tagtraum im Kopf hatte, in dem sie auf so entwürdigende Weise

154

vergewaltigt wurde. »Dumme Jungs mit Nebelmaschinen, oder was?«

»Na, ein plötzlich aufkommendes Wetterphänomen. Sowas kann doch mal vorkommen. Wann sind wir eigentlich da?«

»Da vorne ist es gleich«, erwiderte Maltow gereizt. Sie nahm sich vor, nicht weiter darüber zu reden.

Freimann nickte und verzog keine Miene.

Als beide ausstiegen, bemerkte Maltow, dass sich das Firmenschild des Betriebes in einem desolaten Zustand befand. Der Schriftzug »Zimmerei Norbert Pankert« war kaum noch lesbar.

Keine ansprechende Visitenkarte, dachte sie enttäuscht.

Das Gebäude sah aus wie ein gewöhnliches Wohnhaus. Hinten auf dem Grundstücke stand ein großer, hölzerner Schuppen, der zahlreiche Baumaterialien beherbergte: Bretter, Balken, Dämmstoffe, Sperrholz, Beschläge, Holzschutzmittel und vieles mehr.

Sie klingelten, doch niemand öffnete.

Freimann ging um das Haus herum und ließ seine markante, tiefe Stimme erklingen.

»Herr Pankert? Jemand zu Hause?«

»Ich bin hier hinter dem Schuppen«, kam es bissig zurück. »Komme gleich …«

Freimann und Maltow warteten geduldig und vertrieben sich die Zeit mit Spekulationen über die wirtschaftliche Situation der Zimmerei. Alles hier sah so aus, als ob der Laden seine besten Tage bereits lange hinter sich hatte.

»Angeblich hat Pankert Spielschulden«, flüsterte

Maltow hinter vorgehaltener Hand.

»Was kann ich denn für Sie tun?«, erkundigte sich Pankert, der plötzlich vor ihnen stand und sich eine selbstgedrehte Zigarette anzündete. Der Mann in dem hellbraunen Flanellhemd war um die fünfzig, trug zum vollen, ergrauten Haar einen langen Bart und erinnerte Freimann an die Bergsteigerlegende Reinhold Messner.

»Wir ermitteln im Fall Rheintaler«, kam Maltow Freimann zuvor. »Sie hatten doch mal von Frau Rheintaler einen Auftrag erhalten, nicht wahr? Renovierungsarbeiten an ihrem Haus.«

»Ach, diese Schamanin«, antwortete Pankert und nahm einen tiefen Zug von der Zigarette. »Tschuldigung, über Tote soll man ja nicht schlecht reden, aber die dumme Kuh hatte nicht alle Tassen im Schrank. Erst sollten wir den Dachstuhl reparieren, dann blieb ich auf den Lohnkosten für meine Männer sitzen.«

»Wie viele Leute haben Sie denn?«, begann Freimann den Inhaber der Zimmerei zu befragen.

»Zwei.«

»Wir brauchen die Namen und Adressen. Außerdem müssen wir wissen, wo Sie am Dienstagabend, den 29. August, waren und …«, er machte eine Pause, »… eine DNA-Probe bräuchten wir dann auch noch.«

Pankert lachte.

»Ich gestehe«, sagte er übertrieben dramatisch, »ich konnte diese Hexe eh nicht leiden, außerdem schuldete sie mir noch Geld. Sie sagte damals: ›Das war so nicht abgesprochen, so viel zahle ich nicht, Sie können mich ja verklagen.‹ Also habe ich die Hexe natürlich umgebracht. Aus Rache. Ein tolles Motiv, aber die Kohle hat es mir trotzdem nicht eingebracht.«

Maltow rümpfte die Nase. »Ist das jetzt ein Geständnis, Herr Pankert?«

»Natürlich nicht! Allerdings glaube ich nicht, dass ich für den 29. August ein Alibi habe, denn in der Regel bin ich abends allein zu Hause.«

»Sie sind nicht verheiratet?«, wollte Freimann wissen. Ihm stand der Schweiß auf der Stirn; ohne einen Schluck würde er nicht mehr lange durchhalten.

»Meine Frau ist früh verstorben«, antwortete Pankert tonlos. »Motorradunfall ...«

Freimann lächelte bedauernd. »Ihre Firma läuft nicht besonders gut, nicht wahr? Sie haben Schulden. Da kann man schon sauer werden, wenn die Kunden nicht zahlen. Vielleicht haben Sie die Kontrolle verloren, und ...«

»Sie sind auf dem Holzweg, Herr Kommissar«, fiel ihm Pankert ins Wort. »Ich brauche Geld, da haben Sie recht, aber durch den Mord hätte ich keinen Cent mehr in der Tasche gehabt. Sie sollten sich lieber mal bei diesen Ameisenforschern umhören. Da gibt es einen Typen, den man als Psychopathen bezeichnen könnte. Solche Leute sind unberechenbar.«

Freimann wurde hellhörig. »Und woher haben Sie diese Informationen?«

»Ich hab ein Jagdrevier im Ritualwald. Da buddeln auch die Ameisenforscher immer herum. Da bekommt man vieles mit, glauben Sie mir. Von anderen Jägern, Forstarbeitern und so weiter. Ich bin diesem Typen auch schon mal persönlich begegnet; er hat diesen

157

durchdringenden, verschlagenen Killerblick.«

»Seien Sie vorsichtig mit solchen Beschuldigungen«, belehrte ihn Maltow. »Das kann leicht auf üble Nachrede hinauslaufen. Paragraf 186 Strafgesetzbuch.«

»Na, sonst soll man bei der Polizei doch immer alles aussagen, was man weiß«, gab sich Pankert naiv.

»Schon gut«, sagte Freimann beschwichtigend. »Und hat dieser ... Psychopath mit dem Killerblick auch einen Namen?«

»Hochmut ... oder so ähnlich«, sagte Pankert und fügte hinzu: »Aber das haben Sie nicht von mir. Solche Typen haben einen ausgeprägten Rachesinn.«

Freimann warf Maltow einen vielsagenden Blick zu. »Hm ... was Sie nicht sagen, Herr Pankert. Na, wir ermitteln sowieso in alle Richtungen, da brauchen Sie sich keine Sorgen zu machen.«

»Wir brauchen dann noch die Namen der Mitarbeiter und den DNA-Test«, schaltete sich Maltow dazwischen und zückte den Kugelschreiber.

Pankert gab sich kooperativ. »Wir gehen in mein Büro«, sagte er knapp, »folgen Sie mir.«

»Mach du das mal, Petra«, sagte Freimann mehr zu sich selbst. »Ich vertrete mir in der Zwischenzeit etwas die Beine.«

Er fühlte sich elend. Wie so oft, wenn er nichts zu trinken bekam. Doch diesmal war es nicht nur das Verlangen, das Zittern, die Magenschmerzen oder der Schweiß auf seiner Stirn. Nein, diesmal breitete sich etwas in ihm aus, das er bisher nur vom Hörensagen kannte: eine handfeste Panikattacke.

Der Druck auf seiner Brust wurde unerträglich. Eine diffuse Angst durchströmte seinen Körper und lähmte seine Gliedmaßen. Ihm wurde übel, sein Herz raste und das Atmen fiel ihm schwer.

Freimann stand wie angewurzelt da und befürchtete, auf der Stelle tot umzufallen. Wie ein Wellenbrecher war die Attacke über ihn hereingebrochen. Unangekündigt und brutal, so als hätte ihm jemand eine Betonplatte auf die Brust gedrückt.

Mühsam schleppte er sich in die Werkstatt in der Hoffnung, etwas Alkoholisches aufzutreiben. Doch außer einigen alten Flaschen, die dem Geruch nach Chemikalien enthielten, konnte er nichts Trinkbares finden.

Freimann war die typischen Reaktionen seines Körpers auf den Alkoholentzug gewohnt, doch das hier fühlte sich vollkommen anders an. Vielleicht waren tatsächlich dieser verfluchte Wald und seine Geister dafür verantwortlich. Könnte es am Ende doch etwas Wahres an Maltows Geschwätz geben?

Dieses Kaff und seine Bewohner waren ihm schon immer unheimlich gewesen; jetzt schien alles zu eskalieren. Der Teufel war zurückgekehrt, und das Unheil nahm seinen Lauf – so behauptete es jedenfalls seine Kollegin, die er bisher für normal gehalten hatte.

Erst der mysteriöse Mord an der Schamanin, dann die Hexenzeichen an den Häusern und der plötzlich aufkommende Nebel: alles nur Zufall? Es fühlte sich an, als läge ein Fluch über der Gegend.

Oder hatte er sich von der zunehmenden Hysterie anstecken lassen, die sich scheinbar immer weiter ausbreitete? Hexen und Mythen hatte es schon immer gegeben. Hier in Vahlendorf hatten solche Dinge Tradition, genau wie im Harz oder im Bayrischen Wald. Kein Grund also, die Nerven zu verlieren.

Freimann dachte nach.

Der Alkoholentzug lässt dich verrücktspielen. Du musst dich zusammenreißen, sonst fängst du auch noch an zu spinnen. Mach Feierabend, setz dich in deinen Volvo, fahr nach Hause und gönn dir erst mal einen Cognac. Dann leg dich hin, denke an nichts, versuche zu schlafen und morgen hast du wieder einen klaren Kopf. Dann ist der Spuk vorbei und der Wald wieder das, was er schon immer war: eine Scheiß-Ansammlung von Bäumen, Pflanzen und Tieren. Noch ahnte er nicht, dass die Nacht alles andere als erholsam werden würde.

23.

Freimann stand auf einem menschenleeren Strand – den Blick landeinwärts gerichtet. Die Sonne stand hoch am Himmel und unter seinen Füßen brannte der Sand so heiß, dass er auf der Stelle zu treten begann. Riesige Möwen bevölkerten das Areal, offenbar auf der Suche nach etwas Essbarem.

Vielleicht würden sie mir die Augen aushacken, dachte er verunsichert, als sich die Anzahl der Gefiederten zu vervielfachen schien. Die Bedrohung jagte ihm eine Heidenangst ein. Mit ruckartigen Bewegungen liefen sie um ihn herum, schnappten nach seinen Füßen und gaben dabei seltsame Laute von sich, die denen von geifernden Hyänen ähnelten.

Freimann hatte nicht den Mut, sich umzudrehen und wegzulaufen. Dem ohrenbetäubenden Lärm nach zu urteilen, musste die tosende Brandung hinter ihm gewaltige Ausmaße haben. Die Wellen schienen sich aufzutürmen, unaufhaltsam näher zu kommen, ihn zu holen, zu verschlingen und am anderen Ende des Ozeans wieder auszuspucken wie den Kadaver eines angefressenen Wals.

Seine Angst steigerte sich ins Unermessliche. Der Schweiß rann von seiner Stirn und sein Herz schlug ihm bis zum Hals.

Die Möwen waren das kleinere Übel. Er trat mit den Füßen nach ihnen, brüllte verächtliche Flüche in den orkanartigen Wind und flüchtete auf die Dünen, die sich ihm im gleißenden Sonnenlicht wie funkelnde Berge aus Edelsteinen darboten.

Durch kniehohe Gräser lief er eine Anhöhe hinauf, um sich einen Überblick zu verschaffen. Freimann staunte nicht schlecht, als er den Scheitelpunkt der Düne erreicht hatte. Das Meer lag ruhig, die Möwen zogen am Himmel ihre Kreise und der Orkan hatte sich in einen lauen Sommerwind verwandelt.

Aus dem Augenwinkel heraus bemerkte Freimann einen Schatten, der hinter einer Düne verschwand. Er war nicht allein. Er war sich sicher, jemanden gesehen zu haben, einen Mann oder eine Frau, und er folgte der Erscheinung.

Hallo, bleiben Sie stehen … wer sind Sie?

Doch der feine Sand erschwerte seine Bemühungen. Freimann kam kaum von der Stelle, er zerrann unter seinen Füßen wie eine Aneinanderreihung flüchtiger Augenblicke.

Freimann bekam Durst. Seine Kehle war so trocken wie grobkörniges Schleifpapier. Er brauchte dringend etwas zu trinken. Das Verlangen nach Alkohol weckte in ihm Kräfte, von denen er geglaubt hatte, dass sie längst verschüttet seien. Er musste diesem Schatten folgen. Vielleicht gab es dort etwas zu trinken?

Mühsam kämpfte er sich durch die Dünen, dann stand sie plötzlich vor ihm. Die Frau, die ihn verlassen hatte. Ihre langen Haare flatterten im Wind, ihr Gesicht schien wie aus Stein gemeißelt. Sie sah aus wie früher, als das Leben noch unbeschwert und voller Möglichkeiten war.

Anna ..., was machst du hier ...?

Kommentarlos drehte sie sich um und ging. Neugierig folgte er ihr, bis sie vor einer alten Fischerhütte standen, vor deren Wänden sich Bündel von Netzen und Holzkisten stapelten.

Sie ging hinein, ohne sich umzudrehen, doch Freimann blieb unschlüssig vor der Hütte stehen.

Nein, du folgst ihr nicht, dachte er trotzig. *Sie wird zu dir zurückkehren, du läufst ihr nicht hinterher.*

Plötzlich hallten Schüsse durch die Dünen.

Er hielt sich die Ohren zu. Immer wieder knallte es, dazwischen Schreie und Hilferufe, erbärmliches Flehen und Wimmern.

NEIN! NEIN! ... Hilfe ... bitte ...! NEIN!

Eine zerlumpte, blutüberströmte Gestalt stürzte die Düne hinab und blieb vor seinen Füßen liegen. Aus starr geöffneten Augen blickte ihm das Entsetzen entgegen.

»Achte ... auf die ... TRAP-Sequenz!«, röchelte ihm der Mann mit letzter Kraft entgegen.

TRAP-Sequenz ...?

Auf der Düne sah er plötzlich eine Kolonne. Männer und Frauen, zerlumpt, kraftlos, elendig und vom Tode gezeichnet. Daneben Uniformierte mit Waffen, die die Gefangenen mit gellenden Schreien antrieben. Immer wieder ertönten Schüsse, einige der Gefangenen wurden von Gewehrkolben niedergestreckt, andere fielen vor Erschöpfung um und rollten die Düne hinab. Ihre dünnen Gliedmaßen brachen mit knackenden Geräuschen, und ihre geschundenen Leiber blieben seltsam verrenkt im Sande liegen.

Freimann war wie erstarrt, unfähig, dem brutalen Vorgehen der Soldaten etwas entgegenzusetzen. Auf ihren Uniformen sah er Hakenkreuze und Totenkopf-Symbole. Die SS-Totenkopfverbände! Die Bewacher der Konzentrationslager.

Es ist einer dieser Todesmärsche, dachte er mit einem Anflug von Panik. Schlagartig wurde ihm klar, dass dies ein Traum sein musste, denn die Todesmärsche der Nazis hatten vor über siebzig Jahren stattgefunden. Was es nicht besser machte, denn die Spur der KZ-Gefangenen führte damals auch durch den Vahlendorfer Wald.

Der ganze spirituelle Scheiß war ihm seit jeher egal. Im Gegenteil, er hasste den Hype um die Geister im Ritualwald und den Teufel, der angeblich dort gehaust haben soll, doch jetzt, in diesem Traum, regten sich Zweifel in ihm.

Er hatte keine Erfahrungen mit Albträumen und stellte schockiert fest, dass sich die Angst in ihm zu manifestieren drohte. Sie raubte ihm die Luft zum Atmen. Selbst im Traum waren diese grauenvollen Erlebnisse unerträglich, sodass es ihm sicherer erschien, Zuflucht in der Fischerhütte zu finden.

Der Raum, in dem er sich wiederfand, sah völlig anders aus, als es die Hütte von außen vermuten ließ. Er glich fast einer Halle. Der Fußboden besaß ein schachbrettartiges Muster, die Wände waren grau gestrichen und auf jeder Seite befand sich eine Tür. Die spärliche, schummerige Beleuchtung erschwerte es Freimann, sich zu orientieren.

Er entschied sich für die Tür an der gegenüberliegenden Seite. Mit hallenden Schritten durchquerte er die Halle, immer zwanghaft darauf bedacht, nur die dunklen Felder des Schachbretts zu betreten.

Er öffnete die schwere Tür aus Eichenholz und betrat den dahinterliegenden Raum. Hier wähnte er sich in einem Hexenhaus. Unter einem großen, goldenen Kessel, der von der Decke herabhing, flackerte ein Feuer. Alte, knorrige Möbel standen kreuz und quer, und an den Wänden hingen Regale, in denen sich allerlei Gefäße mit Tinkturen, Tierkadavern und geheimnisvollen Substanzen befanden. Einige davon waren offensichtlich mit Alkohol gefüllt, in dem unappetitliche *Dinge* konserviert waren.

Alkohol …!

Freimann überlegte, ob er eines der Gefäße öffnen sollte, um den Inhalt zu trinken, doch …

Doch der Gedanke an das *Etwas*, das sich im Alkohol befand, ließ ihn erschaudern.

Er ging einige Schritte weiter, plötzlich stand seine Kollegin Petra Maltow vor ihm. Sie sah aus wie ein Geist, und Freimann wich erschrocken zurück.

»Was machst du denn hier?«, fragte er unsicher und war sich gleichzeitig der Sinnlosigkeit seiner Frage bewusst, denn Maltow war nur eine Projektion in seinem Traum.

»Er ist wieder da!«, flüsterte sie unheilschwanger.

»Wer?«, fragte Freimann, der annahm, dass er die Kollegin wieder verschwinden lassen könnte, denn schließlich war es sein Traum und nicht der ihre.

»Der Teufel …«, sagte sie mit zitternder Stimme. »Er haust jetzt wieder im Ritualwald. Er wird uns alle ins Verderben stürzen.«

»Du musst dich irren. Es gibt keine Geister … und auch den Teufel nicht.«

»Er hat dir *Ghul* geschickt. Vielleicht wird Ghul dich fressen, Max. Er hat immer einen großen Appetit.«

»Wer ist dieser Ghul?«, fragte Freimann verwundert.

»Ghul ist ein Dämon. Er hat eine Flasche Schnaps dabei, Max. Wenn du betrunken bist, hat er leichtes Spiel. Dann beißt er dir den Kopf ab und verschlingt den Rest in null Komma nichts. Er ist nicht wählerisch; er nimmt, was er kriegen kann.«

»Und wie erkenne ich den Dämon?«, wollte Freimann mit heiserer Stimme wissen.

»Er kann seine Gestalt verändern, doch du kannst ihn an den Füßen erkennen. Die bleiben immer gleich. Es sind Eselshufe.«

Feine Schweißperlen bildeten sich auf Freimanns Stirn. Hatte er nicht das Klacken und Scharren von Hufen vernommen?

»Und wo ist er? Dieser Ghul?«

»Er steht genau hinter dir, Max.«

24.

Der Vollmond stand hoch am Himmel. Ein kühler Wind pfiff durch die Baumkronen, und im Unterholz grunzten Wildschweine, die nach einer Gelegenheit suchten, sich die Bäuche vollzuschlagen.

Siegert ignorierte die Tiere. Er war mitten in der Nacht aufgestanden, um *seinem* Ruf zu folgen, ohne zu wissen, wer sich hinter der mächtigen Stimme verbarg, die von ihm Besitz ergriffen hatte. Ein verlockendes Verlangen hatte ihm den Schlaf geraubt, ein Gefühl wie ein unaufhaltsamer Sog, der seine Gedanken immer wieder auf ein Ziel lenkte: den geheimnisvollen Megalithen.

Der Teufelsstein übte eine unwiderstehliche Faszination auf ihn aus. Schon immer hegte er eine Leidenschaft für das steinerne Relikt aus der Vorzeit, um das sich viele Mythen rankten. An dieser Kultstätte war es noch greifbar: das Germanentum. Hier konnte man sie spüren: die Energie, die daraus floss, die Reinheit der Ideologie, die der Megalith symbolisierte und an die er so fest glaubte wie an den Sieg, den sie eines Tages zweifellos erlangen würden.

Der Traum war von berauschender Klarheit. Die Stimme hatte deutlich zu ihm gesprochen und ihn aufgefordert, den Stein aufzusuchen, um Instruktionen entgegenzunehmen. Noch in dieser Nacht sollte er aufbrechen.

Siegert war es nicht gewohnt, Befehle entgegenzunehmen – im Gegenteil. Doch die Intensität der Stimme hatte ihn erschaudern lassen. Es lag eine monströse Beharrlichkeit darin, die keinen Widerspruch zuließ. Er war sich sicher: Die Konsequenzen wären fürchterlich, sollte er sich widersetzen.

Ohne Zögern war er aufgebrochen. Den Hund ließ er zurück. Nachts verwandelte sich der sonst so furchtlose Dobermann in ein verängstigtes, jaulendes Schoßhündchen.

Kaum hatte er das Haus verlassen, verflüchtigte sich seine anfängliche Skepsis. Diese Nacht hatte etwas Magisches, einen Hauch von Aufbruch. Nichts würde mehr so sein wie früher. Das Gefühl erinnerte ihn an die Zeit nach der Wende.

Aufgewachsen in Mecklenburg-Vorpommern, kam er bereits früh mit der NPD in Berührung. Die rechtsextremistische Partei – die erste ihrer Art im Land – konnte sich schnell im Osten Deutschlands als neue politische Kraft etablieren. Die Zusammenarbeit mit der aufkeimenden Neonazi-Szene funktionierte ausgezeichnet, und die Polizei schenkte der Bewegung zu jener Zeit noch wenig Beachtung. Viele Beamte waren auf dem rechten Auge blind und sympathisierten mit dem Rechtsextremismus, der sich am Ende der Neunzigerjahre in den östlichen Bundesländern ausbreitete.

Eine intensive und euphorische Zeit, in der der Grundstein für die heutige Organisation gelegt wurde, die nun unter seiner Führung stand.

Die Erinnerung verblasste.

Siegert beschleunigte seine Schritte. Er kannte den Weg zum Megalithen, der von haushohen, bedrohlich wirkenden Fichten gesäumt wurde. Zwischen den Bäumen schimmerte ihm eine undurchdringliche Schwärze entgegen, die etwas Böses zu verbergen schien. Er genoss das Gefühl der aufkommenden Angst, die wie die Fahrt in einer Geisterbahn auch etwas Unheimliches, Prickelndes und Amüsierendes an sich hatte.

Spontan musste er an Katrin denken.

Ihr Zustand bereitete ihm Sorgen, ja vermutlich musste er sich sogar eingestehen, dass sie so etwas wie seine Achillesferse war. Die Fehlgeburt, die Depressionen, der Suizidversuch: Die Aneinanderreihung fataler Ereignisse hing wie ein tonnenschweres Gewicht an seiner Seele, obgleich er sich keine Schwäche eingestehen wollte. Schließlich war es ihm vor einigen Wochen gelungen, Katrin davon zu überzeugen, die Schamanin aufzusuchen. Vielleicht, so seine Hoffnung, könnte sie auf diese Weise in ein normales Leben zurückfinden – und ihm damit nicht länger zur Last fallen.

Ein Fehler, wie sich herausstellte, als er von dem gewaltsamen Tod der Frau erfuhr. Sollte er in dieser heiklen Phase der Vorbereitungen ins Visier polizeilicher Ermittlungen geraten, hätte das verheerende Auswirkungen auf die Organisation und das Projekt »Schlittenfahrt«.

Zuerst lief alles wie geschmiert. Katrin war einverstanden gewesen, an der ungewöhnlichen Therapie teilzunehmen. Er hatte ihr Geld zugesteckt, um die Schamanin zu bezahlen, und die ersten schamanischen

Sitzungen standen unter einem guten Stern, doch eines Abends war sie wie ausgewechselt bei ihm erschienen. Ihr Körper zitterte, ihre Stimme versagte, und in ihren Augen konnte er lesen, dass etwas Schreckliches geschehen sein musste.

Irgendwann stammelte sie unverständliche Sätze, und nachdem er ihr eine der Beruhigungspillen verabreicht hatte, erzählte sie ihm unter Tränen, was in der Sitzung geschehen war.

Das Ritual für eine *Seelenrückholung*.

Die Begründung der Schamanin erschien einleuchtend: Das Trauma der Fehlgeburt hatte bei Katrin dazu geführt, dass die Erinnerung daran abgespalten wurde, zusammen mit einem Teil ihrer Seele – offenbar ein Schutzreflex. Siegert war sich nicht ganz sicher, ob diese Art der Verdrängung nicht ein sinnvoller Mechanismus war, musste sich aber eingestehen, dass ihre selbstzerstörerischen Depressionen auf die Dauer auch nicht zu ertragen waren. Ein Trauma sollte aufgelöst, nicht verdrängt werden, hatte Siegert in einem Fachartikel gelesen.

Trotzdem kamen ihm Zweifel.

Der Schamanin war es in der letzten Sitzung offenbar gelungen, den verlorenen Seelenteil zurückzuholen; und damit auch die Erinnerung an die Fehlgeburten und das akardiale Baby – den parasitären Zwilling.

Ein Schock für Katrin, die die Missbildung in ihrem Körper für eine Ausgeburt des Teufels hielt.

Siegert erinnerte sich:

In Katrins Bauch wuchsen Zwillinge heran. Einer von ihnen war vollkommen gesund, während der andere nur aus einer abnormen, nicht überlebensfähigen Gewebemasse bestand. Ein totes und zugleich lebendes Ding, auch als akardialer Zwilling bekannt – ohne Kopf, Organe, Oberkörper und Herz. Eine seltene Laune der Natur.

Den normalen Fötus bezeichneten die Ärzte als Pumpenzwilling, da sein Herz die Blutversorgung des todgeweihten Monsters sicherstellte. Eine enorme zusätzliche Belastung für das kleine Herz des Fötus, das auch sein eigenes wachsendes Gewebe mit Blut versorgen musste. Oft ist der Stress für das Herz des Gesunden zu viel, so dass auch der lebensfähige Zwilling im Mutterleib stirbt.

So war es bei Katrin gewesen, die nach der Todgeburt der Zwillinge fast den Verstand verloren hatte.

Die Seelenrückholung sollte ihr helfen, die Tragödie zu verarbeiten und ihren seelischen Zustand zu stabilisieren, doch zunächst war es ein Rückschlag gewesen. Katrin war am Boden zerstört, und Siegert befürchtete, dass die Erinnerung an die schrecklichen Ereignisse etwas Unberechenbares und Gewalttätiges in ihr freigesetzt hatte.

Dann könnte *sie* es gewesen sein, die die Schamanin getötet hatte – zumal ihre Zurechnungsfähigkeit stark eingeschränkt gewesen sein dürfte. Ihr Hang zu Wutausbrüchen, ihre Unberechenbarkeit und ihre maßlose Wut auf die Ungerechtigkeiten, die ihr im Leben widerfahren waren, rechtfertigte die Tat in ihren Augen, mutmaßte Siegert. Die Antidepressiva dämpften Katrins Temperament, dennoch war nicht auszuschließen, dass sie den Mord an der Schamanin begangen hatte. Der Todeszeitpunkt fiel in etwa mit Katrins letzter Sitzung zusammen. Sollte sich Siegerts Verdacht bestätigen, könnte er selbst in den Fokus polizeilicher Ermittlungen geraten.

Katrin war nirgendwo angemeldet und lebte abgeschieden in einer Datscha ganz in der Nähe seines Anwesens. Er hatte einige gefälschte Dokumente für sie organisiert, da sie wegen Betruges und Körperverletzung auf der Fahndungsliste der Polizei stand. Dennoch bestand immer die Gefahr, entdeckt zu werden.

Auch die Tatsache, dass sie sich angeblich nicht daran erinnern konnte, was unmittelbar nach der Sitzung bei der Schamanin geschehen war, sprach für ihre Beteiligung an dem Mord. Auf der anderen Seite war nicht abzusehen, welche Spuren die Behandlung in ihrem Geist hinterlassen hatte. Es war möglich, dass sie nicht sofort aus dem Zustand der Trance erwacht war oder dass die Erinnerung an die Fehlgeburt ihre Wahrnehmung beeinträchtigt hatte.

Dann sagt sie die Wahrheit …!

Siegert dachte an den metallischen Kerzenständer, von dem Katrin gesprochen hatte. Warum sie sich ausgerechnet an dieses auffällige Objekt erinnerte, das im Wohnzimmer der Schamanin stand und die Form eines Raubvogels hatte, blieb ihm ein Rätsel. Es sei denn, sie hatte den Kerzenständer als Waffe benutzt.

Für einen kurzen Moment spielte Siegert mit dem Gedanken, seine Schwester umzubringen. Seine Männer könnten die Leiche verschwinden lassen. Ihre Spur würde im Sand verlaufen, niemand würde die junge, alleinstehende Frau vermissen.

Der Gedanke daran entbehrt nicht eines gewissen Charmes, überlegte Siegert und kalkulierte die Risiken. Das Unternehmen »Schlittenfahrt« befand sich in der finalen Phase; der Termin für den Einsatz von »Thors Pfeil« rückte näher und es wäre fatal, wenn ihnen Katrin oder die Polizei in die Quere käme. Seine Hand wanderte zu der Glock, die er immer bei sich trug. Vor seinem geistigen Auge sah er, wie er die Waffe an ihren Kopf hielt und abdrückte. Er sah ihre von Ungläubigkeit geweiteten Augen und hörte, wie sie mit ihrem letzten Atemzug verwundert seinen Namen hauchte …

Siegert verwarf den Gedanken daran und ließ den Lichtkegel seiner Taschenlampe zwischen den Bäumen hindurch tanzen. Fast hätte er die Abzweigung verpasst, doch dann fiel sein Blick auf das verwitterte Schild, das ihm den Weg zum Megalithen wies.

Wenig später erreichte er das Monument, dessen zerfurchte Oberfläche in der Dunkelheit schimmerte. Nebel zog auf, die Luft wurde kalt, und Siegert zog fröstelnd den Reißverschluss seiner Jacke zu. Seine Schritte verlangsamten sich; ein mulmiges Gefühl des Unbehagens breitete sich in ihm aus. Er fing an zu zittern, seine Zähne klapperten, und der Schweiß rann ihm von der Stirn in die Augen.

Du hast eine Scheißangst, schoss es ihm durch den Kopf.

Unsicher blieb er blinzelnd stehen, um den Stein mit seiner Taschenlampe auszuleuchten, da zersplitterte die Glühbirne mit einem lauten Knall. Erschrocken ließ er die Lampe fallen und starrte in die Finsternis, unfähig, dem verlockenden Drang zur Flucht nachzugeben.

Langsam manifestierte sich eine grünlich schimmernde Gestalt aus der Dunkelheit. Imposant, groß, einen bestialischen Gestank verbreitend und mit einer Aura versehen, die einem Horrorfilm entsprungen schien.

»Hey, was treibst du hier? Bleib stehen, sonst verpasse ich dir eine Kugel. Ich habe eine Waffe dabei«, brüllte er dem Fremden entgegen, der keine Anstalten machte, der Aufforderung Folge zu leisten.

Das kalte Metall der halbautomatischen Waffe in seiner Hand verlieh ihm ein Gefühl der Überlegenheit, aber gleichzeitig spürte Siegert, dass etwas Übersinnliches, Okkultes in der Luft lag – etwas, gegen das er nichts ausrichten konnte.

Deine Waffe nützt dir hier gar nichts, stieß die Gestalt mit einer monströsen Stimme hervor, die ihn in seinen Grundfesten erschütterte. *Höre genau zu, was ich dir zu sagen habe …*

Siegert wich zurück. Ein unbekanntes, übermächtiges Gefühl der Angst ließ seine Muskeln versagen. Er stolperte und fiel auf den Rücken. Seine Blase konnte den Urin nicht halten und aus seiner Kehle drangen undefinierbare röchelnde Laute, die immer leiser wurden. Mit zitternder Hand richtete er die Waffe auf das albtraumhafte Wesen, das jetzt wenige Meter vor ihm stand.

Siegerts Augen weiteten sich.

Die Gestalt nahm Konturen an. Ihr Kopf hatte

174

nichts Menschliches an sich, sondern erinnerte Siegert an ein groteskes Mischwesen aus einem zahnbewehrten Tiefseefisch und einer zischenden Schlange, die ihn mit trüben, hervorstehenden Augen fixierte. Pulsierende rote Adern durchzogen die fahle Kopfhaut, die wie brüchiges Leder aussah. Neben den spitzen Reißzähnen und langen, krallenartigen Klauen fielen ihm Hufe auf, mit denen das furchterregende Wesen im Waldboden scharrte.

Das Grauen ließ ihn erstarren.

Siegerts Gehirn weigerte sich beharrlich, das Gesehene als Realität anzuerkennen. Er wähnte sich in einem schrecklichen Albtraum gefangen und befürchtete, jeden Augenblick voller Panik schweißgebadet aufzuwachen. Doch irgendetwas in ihm begann zu erkennen, dass dies kein Traum war. Etwas überaus Mächtiges hatte ihn zu dem Megalithen gerufen. Etwas, das nicht von dieser Welt zu sein schien.

Du scheißt dir ja gleich in die Hosen, hörte er das Wesen sagen. *Es hieß, du bist ein furchtloser Führer, der ein neues Reich aufbauen könnte …*

Siegert schloss die Augen, um sich zu sammeln. Er fokussierte seine Konzentration darauf, die Ereignisse um sich herum anzunehmen. Ob Albtraum oder nicht, er musste sich seiner Angst stellen, um sie zu überwinden. Vielleicht würde das Wesen ihn töten? Oder er könnte es überlisten? Die Angst ist kein guter Ratgeber, war eines seiner Prinzipien.

Mühsam rappelte er sich auf und steckte die Waffe in den Gürtel. Für einen Moment hatte er die Befürchtung, den Verstand zu verlieren, doch das Monstrum hätte ihn längst töten können, wenn das seine Absicht gewesen wäre.

In der Überlieferung galt der Wald und sein Megalith seit jeher als mythischer Ort, in dem die Geister ihr Unwesen trieben, und jetzt schienen sie in die reale Welt einzudringen.

Wenn dies ein Traum sein sollte, gab es keinen Grund, sich dem Gedankenexperiment zu entziehen. Es lag an ihm, den Traum in eigene Bahnen zu lenken.

Und wenn es die Realität war, die sich ihm hier präsentierte?

Angst würde ihm hier nicht weiterhelfen. Ihm blieb nichts anderes übrig, als der neuen Herausforderung die Stirn zu bieten. Eine Option bestand darin, die Perspektive zu wechseln. Aus der Bedrohung konnte eine Möglichkeit erwachsen. Schließlich musste es einen Grund dafür geben, dass ausgerechnet er dazu auserwählt war, dem Ruf der Geister zu folgen.

Wenn er tatsächlich ein Auserwählter war, dann zweifellos auch jemand Besonderes – eine Person, die anderen überlegen und zu Höherem bestimmt war.

»Wer bist du?«, presste er die Worte aus seinem Mund, überrascht von der eigenen Courage. »Hast du mich gerufen? Bist du ein Geist des Waldes?«

Viele Fragen, du armseliger Mensch. Mein Name ist Ghul. Ich bin ein Rache-Dämon und fresse nur Leichen. Gerufen hat ER dich, nicht ich. Ich bin nur sein Botschafter hier auf Erden. Seine Worte waren: Dies ist der Ort, an dem ich mich seiner annehme …

Siegert wurde schlecht. Magensäure schoss seine Speiseröhre hinauf, und seine mühsam errichtete Fassade begann zu bröckeln. Kaum hatte er sich mit der Situation arrangiert und konnte dem Blick in das furchterregende Gesicht des Dämons standhalten, offenbarte ihm das Monster, dass es nur ein Vorbote war.

Das ist grotesk, völlig absurd und ein schrecklicher Albtraum – nichts anderes, war er sich sicher. *Die schlimmste Nacht meines Lebens.*

»*Er*? Wer ... soll das sein?« In seiner Stimme schwang Angst mit, begleitet von einem unüberhörbaren Verlangen, *keine* Antwort auf seine Frage zu erhalten, sondern aufzuwachen, ohne Erinnerung an diese Nacht, den Megalithen und das Monster, das sich Ghul nannte.

Ghul antwortete nicht. Stattdessen deutete er mit seiner klauenbewehrten Hand auf den Megalithen.

Siegert konnte keinen klaren Gedanken mehr fassen. Wie gebannt starrte er mit weit aufgerissenen Augen auf den Stein, unfähig, seinen Blick abzuwenden.

Der Megalith begann zu glühen. Er pulsierte und verformte sich, bis an der Spitze eine schlundartige Öffnung entstand, aus der grauer Qualm hervorquoll. Siegert sah, wie sich etwas aus der Öffnung herauswand. Die schwarz-rote, ekelerregende Masse ließ keine festen Konturen erkennen. Etwas formte sich, zerfloss dann wieder, um erneut eine Gestalt anzunehmen, die noch furchtbarer aussah als die vorherige. Feuersäulen zuckten hervor, es donnerte, und ein giftgrüner, stinkender Qualm stieg aus dem Schlund hervor.

Die Gestalt der Kreatur wuchs weiter, ihre Größe quoll an und ihre Erscheinung verfestigte sich. Siegert, der sich in einem dem Delirium ähnlichen Zustand befand, konnte das Gebilde nur vage erkennen. Wie ein brennender Zelluloidfilm flackerten die Bilder vor seinen Augen.

Das Ereignis wurde von einem ohrenbetäubenden Geräusch begleitet, das unzähligen hassverzerrten Schreien glich – so laut und brutal, dass sein Körper zu vibrieren begann und er sich vor Schmerzen in seinen Eingeweiden krümmte.

Siegert fiel auf die Knie.

Das Wesen aus dem Megalithen breitete sich aus. Seine Gestalt näherte sich der Vollendung, seine Größe schien bis in den Himmel hineinzuwachsen. Der Anblick seines grotesk entstellten Gesichts war unerträglich, doch irgendetwas hinderte Siegert daran, seinen Blick abzuwenden. Trotz des unermesslichen Ekels, den er empfand, spürte er die Bösartigkeit und Verschlagenheit des diabolischen Geschöpfes, das nur der Teufel persönlich sein konnte, so Siegerts Vermutung.

Der Anblick wird mich umbringen, dachte er resigniert, und in diesem Moment sah er, wie seine Vermutung bestätigt wurde: Die Schreckgestalt schwebte über dem Megalithen und entfaltete zwei riesige schwarze Flügel. Der Kontrast zwischen ihrer Pracht und der abstoßenden Hässlichkeit des Wesens, an dem sie wuchsen, war in seiner Obszönität unerträglich.

Siegert begann zu schreien. Er schrie sich die Seele aus dem Leib, ließ sich auf die Erde fallen und hämmerte mit den Fäusten gegen seinen Kopf. Sein Schreien verwandelte sich in hemmungsloses Weinen, bis er schluchzend verstummte, das Gesicht in den feuchten Waldboden gedrückt.

Ghul beugte sich zu ihm herunter.

Siegert konnte den vermoderten Atem des Dämons riechen, als dieser ihm die Worte des Teufels ins Ohr flüsterte.

ER scheint einen Narren an dir gefressen zu haben. Was ich nicht verstehen kann, wenn ich dich hier so jämmerlich wehklagen sehe. Egal, falls du versagst, komme ich zu dir, um dich zu fressen, und diesmal mache ich eine Ausnahme. Ich werde nicht warten, bis du tot bist.

Siegert wagte nicht, den Kopf zu heben. Zitternd kauerte er sich zusammen und wünschte den Tod herbei.

Niemand kann dich ersetzen, flüsterte Ghul und schmatzte mit der Zunge. *Der Umsturz muss durch deine Hand geführt werden. Seine Macht kann dir Türen öffnen. Und ... du musst dich beeilen, denn die Kräfte des Waldes formieren sich ...*

Die Last der Worte schien ihn zu erdrücken, zu zerquetschen wie ein Insekt, als wäre seine Existenz so bedeutungslos wie der Flügelschlag einer Motte.

Stundenlang lag er dort auf dem feuchten Waldboden, wie gelähmt, unfähig, einen klaren Gedanken zu fassen. Um ihn herum herrschte Stille – der Teufel und sein Dämon waren verschwunden. Langsam wurde ihm bewusst, was in diesem schrecklichen Albtraum geschehen war. Oder war das alles real gewesen?

Es spielte keine Rolle, denn die Botschaft war eindeutig gewesen: Er sollte den Umsturz im Auftrag des

Teufels herbeiführen.

Die Aussichten auf Erfolg waren verführerisch, besonders wenn niemand Geringeres als der Teufel sich als Türöffner anbot. Doch Siegert war sich nicht sicher, ob er seine Seele verkaufen wollte, um die politischen Ziele der Organisation durchzusetzen.

Außerdem: Die rechten Kräfte im Land waren erstarkt, zahlreiche Verantwortungsträger hatten längst umgedacht, aber es würde Zeit kosten, um die Schaltzentren der Macht zu erreichen – Zeit, die er offensichtlich nicht hatte.

Irgendwann wachte er auf, ohne sich daran zu erinnern, wie er nach Hause gekommen war. Sofort stürzte er ins Badezimmer und übergab sich. Röchelnd würgte er einen zähen, schwarzgrünen Schleim hervor, zitternd, hustend, voller Abscheu vor sich selbst. Sein Blick fiel auf den Spiegel – doch er konnte sein Bildnis nicht ertragen. Er würde nie wieder in einen Spiegel blicken.

25.

Das Klingeln des Telefons riss Freimann aus seiner Lethargie. Nach der Panikattacke und dem grotesken Albtraum hatte er sich betrunken und war schließlich auf dem Sofa in seinem Wohnzimmer eingeschlafen – ein komaähnlicher Schlaf, in dem er sich dem Gefühl nach immer noch zu befinden schien.

Ein müder Blick aus dem Fenster signalisierte Freimann, dass es ihm irgendwie gelungen sein musste, Maltows Büro zu erreichen. Der Volvo stand draußen, völlig verdreckt, aber – so sah es jedenfalls aus – ohne nennenswerten Schaden. Er saß auf einem abgewetzten Drehstuhl vor dem Schreibtisch, auf dem er seit seiner Ankunft in Vahlendorf ein heilloses Durcheinander hinterlassen hatte. Freimann sah auf die Uhr: neun. Zeit für einen Drink.

Es klingelte erneut. Die Dorfpolizistin warf ihm einen kritischen Blick zu und nahm das Telefon ab.

»Es ist die Wellenberg von den Forensikern«, flüsterte sie Freimann verschwörerisch zu und hielt die Hand auf die Sprechmuschel.

Freimann wunderte sich über die Geheimnistuerei der Kollegin und nahm den Hörer entgegen. Sein Kopf schien zu platzen, jedes Wort wurde zur Qual. »Tag, Frau Wellenberg, was gibt's denn … Neues?«

»Wir haben das Tatwerkzeug gefunden, mit dem

181

Frau Rheintaler bewusstlos geschlagen wurde«, meldete sich Wellenberg, »und es sind noch DNA-Spuren daran.«

Die Stimme der Forensikerin glich einem Presslufthammer. Sie schien es gewohnt zu sein, laut und deutlich zu sprechen.

Vermutlich übernimmt sie zuhause beim Sex den dominanten Part, ging es Freimann durch den Kopf.

»Ich … gratuliere«, erwiderte Freimann zaghaft. »Wo lag es denn, und worum handelte es sich?«

»Eine Statue aus Messing«, tönte es laut aus dem Hörer. »Genauer gesagt, ein Kerzenständer in der Form eines Raubvogels. Zwanzig Zentimeter hoch und 1,2 Kilogramm schwer. Sieht seltsam aus. Ich schicke Ihnen ein Bild.«

Einige Sekunden herrschte Stille. Freimann musterte das Bild auf seinem Smartphone, das er nur ungern benutzte, und staunte. Ein goldener Raubvogel thronte auf einem runden Fuß, mit einem Kerzenständer auf dem Rücken – vielleicht ein Adler. Eine merkwürdige Konstruktion, dachte er, doch gut greifbar, um damit zuzuschlagen.

»Sieht seltsam aus. Wo wurde er gefunden?

»Im Brunnen. Unten steht das Wasser circa fünfzig Zentimeter hoch, da lag er zunächst unbemerkt drinnen.«

»Hm …, im Wasser! Und trotzdem ist noch DNA-Material vorhanden?«

»Ja, das ist heutzutage durchaus möglich, solange das Objekt nicht allzu lange im Wasser liegt«, dozierte Wellenberg, und in ihrer Stimme schwang Verachtung

mit. Freimann wusste, dass die adipöse Frau im weißen Kittel gerne austeilte, wenn sie sich im Vorteil
wähnte.

»Schon einen Treffer gelandet?«, wollte Freimann
wissen und ärgerte sich im selben Moment über seine
minimalistische Wortwahl.

»Fehlanzeige!«, antwortete Wellenberg knapp. »In
der Datenbank keine Treffer und auch die Proben, die
ihr uns bisher geliefert habt, sind negativ.«

»Die Ermittlungen laufen noch«, sagte Freimann
schwerfällig und rieb sich die Augen. »Uns fehlen
noch einige DNA-Proben.«

»Na dann, legen Sie sich mal ins Zeug«, schlug die
Forensikerin schnippisch vor. »Allerdings gibt es da
einen Punkt: Das Opfer wurde offenbar zuerst mit
dem Kerzenständer bewusstlos geschlagen, was zu
einem schweren Schädel-Hirn-Trauma führte, das aber
nicht tödlich war. Erst dann wurde die Frau erdrosselt.«

»Na und?«

»Das liegt doch auf der Hand«, schnauzte Wellenberg gereizt. »Es muss nicht zwangsläufig dieselbe
Person gewesen sein, die beide Taten begangen hat.
Können Sie mir folgen? Ja? Dann einen schönen Tag
noch.«

Die Leitung war plötzlich unterbrochen. Freimann
legte auf und schloss die Augen. Er fühlte sich wie ein
dummer Schuljunge, der die einfachsten Aufgaben
nicht begriff.

»Hallo, Max, was wollte sie?«, riss ihn Maltow aus
seinen Grübeleien.

Freimann setzte seine Kollegin im Schnellverfahren ins Bild und blickte zur Uhr an der Wand. Es war kurz vor zehn, bis zum Mittag würde er noch durchhalten. Spätestens dann brauchte er etwas zu trinken.

»Dieser Ameisenforscher steht doch auch im Notizbuch, Petra?«, fragte Freimann mit heiserer Stimme.

»In der Tat«, bestätigte Maltow und ließ den Kugelschreiber zwischen ihren Fingern kreisen. »Andreas Hohlmut. Myrmekologe und Biologe. Wenn er nicht in unserem Wald herumbuddelt, sitzt er in Schwerin in der Forschungsanstalt für Biologie.«

»Pankert hält den Mann für einen Psychopathen, außerdem steht er im Notizbuch der Schamanin«, überlegte Freimann laut, »dann sollten wir ihn als Nächstes vernehmen.«

»Ich rufe mal in Schwerin an«, verkündete Maltow und griff zum Hörer. »Vielleicht ist unser Ameisenmann in seinem Labor. Dann brauchen wir nicht schon wieder in den Wald.«

»Dann könnten wir in Schwerin zu Mittag einkehren«, sagte Freimann, und ließ den zweiten Teil des Satzes »um endlich auch was Alkoholisches zu trinken« unausgesprochen mitschwingen.

Während die Polizistin den Aufenthaltsort des Ameisenforschers abklärte, überfiel ihn eine tiefe Müdigkeit. Er schloss die Augen und ließ seinen Gedanken freien Lauf.

Resignation machte sich in ihm breit.

Der Wald …, alles in dieser verfluchten Gegend drehte sich ständig um den Wald und seine Geister, die dort angeblich hausen sollten. Er sah ihn vor sich: ein undurchdringliches grünes Dickicht, in dem seit tausenden von Jahren der Boden aufgerissen wurde, um Menschen und Tiere zu begraben. Ein mysteriöser Ort, der im Grunde genommen ein riesiger Friedhof war.

In Gedanken schwebte er über den Vahlendorfer Wald hinweg und sah, wie dort unten seltsame Dinge geschahen. Hexen stiegen auf ihre Besen. Sie flogen zwischen den Bäumen hindurch und stießen Flüche und Zaubersprüche aus. Ihr kreischendes Gelächter ging ihm durch Mark und Bein. Überall auf den Lichtungen wurden Rituale und Zeremonien abgehalten. Diejenigen, die daran teilnahmen, trugen unheimliche Fratzenmasken, Kopfschmuck aus Federn und blutbespritzte Gewänder. Ihre gebetsmühlenartigen Gesänge hallten durch die Tiefen des Waldes.

Kinder und Babys wurden geopfert. Sie wurden lebendig begraben oder mit langen Nadeln erstochen, um dann ihr Blut zu trinken.

Ein kalter Schauer durchzog Freimann. Die Tötungen widerten ihn an; er wollte nur noch weg, so schnell wie möglich. Schwebend zog er weiter über den Wald hinweg.

Zwischen hohen Fichten fiel ihm eine Gruppe von Menschen auf. Sie sahen harmlos aus, und er gesellte sich zu ihnen. Niemand beachtete den Betrunkenen, der den Gesprächen der Fremden entnahm, dass die Männer und Frauen aus Israel gekommen waren, um hier im Wald etwas zu vergraben.

Es sieht alles so anders aus …

Über zehn Jahre sind seitdem vergangen.

Nein, hier an dieser Stelle sind wir damals vorbeige-kommen. Ich erkenne es an dem Stein dort.

Dann wurde nicht weit von hier Jakob ermordet.

Ja, wir waren alle hier, ich erinnere mich auch.

Lasst uns die Tafel hier vergraben.

Tun wir es …

Ein Mann griff zur Schaufel, um eine Grube auszuheben. Die älteste Frau öffnete einen alten, schäbigen Koffer mit verrosteten Beschlägen und entnahm ihm eine dünne Bleiplatte von der Größe eines Blattes Papier, auf der zahlreiche Verse eingeritzt waren.

Die Gruppe begann zu singen. Freimann verstand kein Wort, doch er vermutete, dass sie auf Hebräisch sangen und dass es sich um ein religiöses Lied handeln musste.

Jeder von ihnen berührte die Platte und sprach einen Vers, dann knieten sie sich um die Grube herum und legten das Stück Metall vorsichtig hinein.

Wird es funktionieren?

Natürlich, Fluchtafeln gibt es schon seit Jahrtausenden. Sie haben immer ihren Zweck erfüllt.

Die Rache ist unser …

Zauberei und Aberglaube? Wird Gott unsere Verwünschungen dulden? Sind wir nicht auch Sünder?

Gott weiß, was uns angetan wurde …

Er wird die Handlanger des Teufels bestrafen!

Ja, das wird er … zur rechten Zeit wird unser Fluch zum Leben erwachen …

So möge es sein …

Freimann entfernte sich von der Gruppe. Er gehörte nicht zu ihnen, ja, es war ihm unangenehm, diese Menschen bei ihrer verborgenen Zeremonie zu beobachten. Er fühlte sich wie ein Voyeur, der die Geheimnisse anderer ausspionierte.

Fluchtafeln? Er hatte diesen Begriff bisher noch nie gehört. Dabei wurden die Tafeln in früheren Zeiten anscheinend oft eingesetzt, um einen Fluch oder eine Verwünschung auszusprechen. Zauberei und Aberglaube waren damals an der Tagesordnung, doch die Zeiten hatten sich geändert. Oder nicht?

Die Gruppe aus Israel hatte an den Todesmärschen teilgenommen, war Freimann sich sicher. Sie hatten überlebt und waren nun an den Ort ihres Traumas zurückgekehrt, an dem so viele ihrer Leidensgenossen gestorben waren. War dies ein Akt der Rache? Ein Fluch gegen die Nazis?

Wie lauteten die Worte des Mannes? *Über zehn Jahre sind seitdem vergangen.* Dann hatten sie die Tafel zwischen 1955 und 1960 vergraben, also vor gut sechzig Jahren. Seitdem war nichts geschehen, das als »Rache an den Nazis« bezeichnet werden könnte.

Der Fluch ist wirkungslos …?

Die Täter von damals waren entweder geflohen oder hatten sich unter einem anderen Namen eine neue Identität als unbescholtene Bürger zugelegt. Nur wenige waren tatsächlich bestraft worden. Heute, nach so langer Zeit, war fast die gesamte Generation verstorben.

So naiv konnten die Israelis nicht sein. Es musste einen anderen Grund geben?

Nachdenklich blickte er sich um. Der Wald war

verschwunden, stattdessen schien er in einer Flüssigkeit zu schweben. Blutpartikel schwammen um ihn herum. Es war eng und dunkel. Nur sein Gehör und der Tastsinn verrieten ihm etwas über seinen Aufenthaltsort.

Da waren Stimmen. Undeutlich und gedämpft, als müsste der Schall zahlreiche Hindernisse überwinden, um in seine Ohren zu gelangen. Im Hintergrund hörte er ein monotones Rauschen, das ihn an ein Radio erinnerte, das keinen Sender empfing. In unregelmäßigen Abständen vernahm er ein pumpendes Geräusch; zwei Töne kurz hintereinander.

Wo war er? Was war er? Freimann geriet in Panik, denn der Körper, in dem er sich befand, war unvollständig. Er konnte es fühlen. Da war kein Kopf, kein Oberkörper und somit auch keine Ohren. Eigentlich durfte er nicht hören, nichts fühlen, nichts tasten. Er war nur ein toter Klumpen Fleisch, der zu nichts fähig war. Dennoch kannte er seine wahre Natur.

Neben ihm befand sich ein weiteres Wesen. Er wechselte die Position, schlüpfte in den Körper des anderen, der ebenfalls in der Blase schwamm und der vollständig und gesund aussah – wie ein Embryo in einer Fruchtblase. Trotzdem ging es ihm schlecht, das konnte Freimann deutlich spüren, weil sein Herz den Fleischklumpen nebenan mit Blut versorgen musste.

Eine nutzlose Funktion, denn der andere lebte nicht. Er war nur eine Ansammlung von Zellen, ein todgeweihter Parasit, eine üble Laune der Natur, der denjenigen, der ihn am Leben erhielt, umbringen würde. Sie würden beide sterben – das Monster und sein

Wohltäter, der Zellklumpen und der Mensch.

Welche Ironie des Schicksals.

Freimann versank in den Tiefen seiner Vision.

Ekel und Faszination breiteten sich in ihm aus. Die Fluchtafel, er war sich sicher, stand im Zusammenhang mit der Erschaffung des Monsters, das gemeinsam mit dem Unversehrten in der Flüssigkeit einer Fruchtblase schwamm.

Vielleicht war dies das Ergebnis des Fluches? Eine Verwünschung, ein Zauber, der dafür sorgte, dass sich einer von ihnen zu einem Krüppel entwickelte, zu einem deformierten *Etwas*, das den Tod bringen würde – auch für den anderen.

War das der sehnlichste Wunsch der Todesmarsch-Überlebenden aus Israel? Das Ziel ihrer Rache? Sollte ihr Fluch sechzig Jahre später eine Missbildung erzeugen, die die Geburt eines Kindes verhindern würde, das ohne seinen Parasiten gesund auf die Welt gekommen wäre?

Doch was war der Zweck dieser ungeheuerlichen Grässlichkeit? Zahllose Opfer auf Seiten des jüdischen Volkes gegen nur eine Fehlgeburt?

Freimann öffnete den Mund. Die Flüssigkeit, in der er schwamm, schmeckte nach Cognac. Gierig schluckte er sie hinunter, sog den Inhalt der Blase in sich hinein, nur um dann erschrocken festzustellen, dass er ohne die schützende Flüssigkeit um sich herum sterben würde. Die Membrane schrumpfte, sie zog sich um seinen Kopf, vor seinen Mund, sie stülpte sich in seinen Rachen, schmiegte sich um seine Zunge, während er Luft holte.

Und keine bekam …

Stöhnend wachte er auf …

Er hatte die Arme vor der Brust verschränkt; der Kopf hing leblos nach vorne.

Die Stimme …?

Wer rief da so penetrant?

Hallo, Max, aufwachen, Hohlmut ist in Schwerin in seinem Labor.

Hmm …

Was ist denn los mit dir? Geht's dir nicht gut?

Was …?

Wir könnten jetzt fahren, Hohlmut weiß Bescheid; er erwartet uns …

»Schwerin? Ja, hm … ok, wenn wir da sind, muss ich aber unbedingt was trinken. Ich bin völlig ausgebrannt.«

26.

Quälende Gewissheit. Jetzt gehöre ich selbst zu ihnen – ein Zurückgelassener, vom Rest der Gesellschaft gemieden und misstrauisch beäugt. Einer, dem Sprachlosigkeit widerfährt und der am Rande des Spielfelds zu stehen scheint, wenn auch unfreiwillig. Wir, ich, alle aus dieser verfluchten Gemeinschaft hätten sich vor der Tragödie nie vorstellen können, wie es sich anfühlt, an diesem schicksalhaften Punkt anzukommen.

Dabei ist es ganz simpel.

Es geschieht einfach so, ohne nennenswerte Konsequenzen für den Raum, die Zeit und alles andere in diesem seltsamen Universum. So empfinde ich es, doch vermutlich, nein, ganz gewiss, ist diese Betrachtungsweise falsch.

Denn jeder Tod zieht Konsequenzen nach sich, und seien sie noch so geringfügig. Schließlich ist es ein immerwährender Kreislauf, in dem wir uns befinden, oder? Doch, ich bin mir sicher: Die Geister meiner Familie, und ihre Leiber, erfüllen jetzt einen anderen Zweck.

Meine Aufgabe besteht darin, dass ich …

Dass ich jetzt …! Ich weiß es nicht. Um mich herum existiert ein dichter Nebel, den ich nicht durchdringen kann. Ich sehe nur die Vergangenheit und betrachte in Gedanken dieses bedeutungsschwere Wort, das in großen, schwarzen Buchstaben über den Gezeiten unseres Lebens hing: KONTROLLE …!

Das war meine Aufgabe gewesen, meine Bestimmung – in jenen Jahren. Prioritäten setzen, Unheil verhindern, Feinde bekämpfen und Verbündete finden. Die Dinge unter Kontrolle halten, sie mit Sicherheit und Beständigkeit dekorieren und zwischen all den Untiefen dieses flüchtigen Lebens die Balance halten, ohne deren Existenz diese Familie auseinandergebrochen wäre. Das war der Part, den ich mir auf die Fahnen geschrieben hatte und der von mir erwartet wurde. Beschütze deine Familie. Ein Job, den man einfach stemmen musste.

Und dem ich nicht gerecht wurde, da sie trotz all meiner Bemühungen auseinandergebrochen ist. Denn plötzlich musste ich mir eingestehen, dass das Wort *Kontrolle* nicht mehr als eine leere Hülse ist. Es taugt lediglich dazu, eine Illusion zu erzeugen, in der wir uns sicher fühlen. Doch diese Sicherheit ist trügerisch, denn wir leben in einer asymmetrischen Welt voller Chaos, Turbulenzen und Unwägbarkeiten, die sich nicht kontrollieren lassen. Dabei wäre es mir möglich gewesen, die Illusion als solche zu erkennen, wenn ich nur die Signale der drohenden Katastrophe richtig gedeutet hätte.

Doch ich zog es vor, mich in der routinierten Bequemlichkeit des Alltages einzurichten, und ließ gleichgültig geschehen, dass sich die Dinge verselbstständigten.

Viele junge Seelen geraten in stürmisches Fahrwasser, sobald sich die pubertären Jahre des Übergangs ankündigen – so auch unser Sohn Leif.

Ein normaler Vorgang, dem man mit Gelassenheit begegnen sollte, der jedoch außer Kontrolle geraten kann, wenn die Umstände einen unglücklichen, unvorhersehbaren Verlauf nehmen. Dann ist schnelles, konsequentes Eingreifen die einzige Option, sofern es hierfür nicht bereits zu spät ist.

Manchmal allerdings sind es die Versäumnisse der Vergangenheit, die wie traumatisierende Erinnerungen in uns herumspuken und die unser Handeln lähmen, sodass sich Ereignisse nicht mehr beeinflussen lassen.

Sie geschehen einfach …

Nachdem wir Leif beerdigt hatten – es regnete an jenem Tag wie aus Kübeln –, brach der Krieg aus. Er wurde mit Waffen ausgefochten, für die es keinen Namen gibt. Erst jetzt, Jahre später, erkenne ich, dass Alexa nicht anders konnte. Die gegenseitigen Schuldzuweisungen, die Verachtung, diese unerbittliche Zerfleischung, mit der wir uns über Monate hinweg eine Hölle der Intimitäten erschufen und die uns in geisterhafte Zombies verwandelte, waren ihr Vehikel, um ihr unsagbares Leid in diese verhasste Welt hinauszuschreien.

Nach sechs Monaten erloschen ihre Schreie für immer.

»Ich muss mir heute meine Seele reinwaschen«, hatte sie an diesem Morgen gesagt, als ich das Haus verließ, um einer Arbeit nachzugehen, die mir keine Freude mehr bereitete.

Ich fand sie in der Badewanne, in einem See aus

Blut, das ihren nackten Körper wie zähfließender Sirup umspülte. Sie hatte den Raum mit Girlanden, brennenden Kerzen und Fotos von Leif geschmückt, auf denen er braun gebrannt und mit lockigen Haaren erwartungsvoll in die Welt hinausgrinste.

Meine unerwartete Erleichterung kotzte mich an. Für einen kurzen Moment spürte ich so etwas wie eine grenzenlose Freiheit. Es würde keinen Krieg mehr geben, keine Schuldzuweisungen, keine Hölle. Doch auch dieses kurze Gefühl der Befreiung war nur eine Illusion. Ich begann zu ahnen, dass ich sie immer in mir tragen würde – all jene Dämonen, die mir jemals begegnet waren. Ich beschloss, mich zu hassen.

Doch der Hass war nur ein Schatten, eine Trivialität zu dem, was mich seit Kurzem belastet. In den Tiefen meines Geistes versteckt sich eine grauenvolle Tat, die ich begangen haben soll.

Vielleicht hätte ich sie retten können, doch stattdessen soll ich ihr geholfen haben, die Tat zu vollenden. Mit Gewalt soll ich sie ins Wasser gedrückt haben. Eine Erinnerung, die die Schamanin in mir freigelegt hat. Oder sie hat mir diese Gedanken eingepflanzt, um mich zu verhexen?

Ist es eine falsche Erinnerung?

Eine Suggestion, die nichts mit der Realität zu tun hat? Mein Leben wurde ein zweites Mal zerstört.

Charlotta Rheintaler, die Hexe von Vahlendorf, trägt die Verantwortung für diese Katastrophe. Vielleicht war es keine Absicht, vielleicht ist ihr ein Fehler unterlaufen, doch sie hätte wissen müssen, dass der Schamanismus auch Risiken birgt. Starke emotionale

Reaktionen, psychische Belastungen und seltsame Praktiken können mehr Schaden als Nutzen anrichten. Wenn es stimmt, dass sie eine Anhängerin der dunklen Magie ist – ein Wolf im Schafspelz –, dann muss man ihrem Wirken ein Ende setzen.

Sie hat mein Vertrauen missbraucht, doch ich habe mich an ihr gerächt, ich habe sie gestoppt, denn ich habe sie …

Sallin starrte auf den Bildschirm. Wie in Trance hatte er den Text in die Tastatur gehämmert. Nur so, hoffte er, könnte er Klarheit gewinnen. Parallel dazu arbeitete er an einem Roman, in dem er seine Erlebnisse verarbeiten wollte.

Doch es funktionierte nicht. Sein Text geriet ins Stocken. Hatte er sie tatsächlich umgebracht? Er wollte sie erneut aufsuchen, um diese falsche Erinnerung an den Tod seiner Frau loszuwerden, und die Wut in ihm musste groß gewesen sein, doch sein Geist schien den Mord an der Schamanin zu verklären. Natürlich war er hingegangen, es war zum Streit gekommen, und dann hatte er sie erschlagen. Womit? Er sah die Szene im Geiste vor sich, doch die Erinnerungen waren lückenhaft und wie in Nebel getaucht.

Er speicherte die Datei ab und lehnte sich zurück.

Ich beschloss, mich zu hassen …

Ein monumentaler Satz, dachte er mit gemischten Gefühlen. Hasste er sich, oder genoss er einfach das Gefühl, sein Selbstmitleid auf theatralische Weise zum Ausdruck zu bringen? Und wenn ja, für wen? Gäbe es nach seinem Tode jemanden, der diesen Text lesen und ehrfurchtsvoll verkünden würde: also, dieser Sallin. Ein Teufelskerl. Bestraft sein Versagen mit Selbsthass. Respekt!

Draußen tauchte die aufgehende Sonne den Himmel in ein orangefarbenes Licht. Lautstarkes Vogelgezwitscher drang durch das geöffnete Fenster.

Sallin beschloss, den Rechner heute nicht mehr anzurühren. Er schaltete den PC aus und bereitete sich ein Frühstück zu: Vollkorntoastbrot, Butter, Honig und Käse, dazu einen großen Pott Milchkaffee.

Während des Essens warf er einen Blick auf sein Smartphone. Drei neue Nummern hatte er abgespeichert: die Schamanin Charlotta Rheintaler, Thomas Zweitlinger, der dicke Frührentner aus dem Café in der Rathausstraße, und Rebecca Manthey, eine Journalistin, die ihm bei einem Waldspaziergang begegnet war und ebenfalls zum Kundenkreis der Schamanin gehörte. Hastig löschte er die Nummer der Rheintaler aus seiner Kontaktliste.

Ihr Tod hatte sich wie ein Lauffeuer in Vahlendorf verbreitet. Sallin überlegte, ob er verschwinden sollte. Noch war es möglich, ohne viel Aufsehen abzuhauen, zumal er sich nicht im Rathaus der Gemeinde angemeldet hatte. In der Online-Ausgabe der Lübecker Nachrichten war zu lesen, dass die Kripo einen ihrer Beamten nach Vahlendorf entsandt hatte, um den Fall aufzuklären. Bisher hatte niemand an seine Tür geklopft, doch das könnte sich ändern. Schließlich gehörte auch er zum Kreis ihrer Klienten; irgendjemand könnte ihn gesehen haben. Vielleicht richten sie auch Straßensperren ein, grübelte Sallin, dann wäre es mit der Mobilität vorbei.

Allerdings würde ihn seine plötzliche Flucht auch verdächtig machen. Sein Vermieter Gropius könnte zur Polizei gehen, um sein Verschwinden anzuzeigen. Zuzutrauen wäre es dem komischen Kauz. Dann würde sein Name plötzlich auf einer Fahndungsliste stehen.

Er öffnete erneut die Kontaktliste seines Handys und scrollte die Namen hinunter. Thomas Zweitlinger. Der Mann hat Beziehungen zum Bürgermeister, erinnerte sich Sallin. Und er ist im Besitz von Hintergrundinformationen. Vielleicht könnte er etwas zum Stand der Ermittlungen sagen.

Sallin wählte die Nummer des dicken, glatzköpfigen Frührentners und vereinbarte für den Nachmittag ein Treffen in dem Café, in dem er ihn zum ersten Mal getroffen hatte.

Da bin ich sowieso jeden Tag, beendete Zweitlinger das Gespräch.

Da es noch früh war, beschloss Sallin, zu Fuß durch den Wald in die Rathausstraße zu gehen, um sich dort noch etwas umzuschauen. Kurzerhand hängte er sich die Nikon um den Hals, streifte den blauen Sommerblouson über und verließ das alte Gärtnerhaus, um im nahe gelegenen Wald spazieren zu gehen.

Um diese Jahreszeit schien es, als wäre der Wald ein einziger, gewaltiger, grüner Organismus, der für nichts Geringeres als die Ewigkeit geschaffen war. Ein großer Teil des Baumbestandes war noch in seiner vielfältigen Natürlichkeit erhalten, und schon nach kurzer Zeit stellte sich in ihm eine innere Ruhe ein, die er in dieser Intensität lange nicht mehr gespürt hatte. Durch die Baumgipfel hindurch sah er weißgraue Wolkenformationen, die sich gemächlich über den Himmel schoben. Ein lauer Sommerwind ließ die Blätter rascheln und in der Ferne konnte er das Klopfen und Hämmern eines Spechtes hören.

Manchmal begegneten ihm Spaziergänger mit Hunden oder gedankenversunkene Jogger, von denen niemand grüßte. Doch meistens streifte er allein durch den Vahlendorfer Wald, der sich wie ein grüner Schutzwall um den Ort legte.

Doch dieser Wald könnte auch eine Bedrohung sein, war ihm bewusst. Das Okkulte war hier überall präsent. Uralte Mythen von Hexen und dem Teufel, Geschichten von Gräbern, halbverwesten Leichen, geheimnisvollen Steinen und Ritualanlagen, die sich wie Bombentrichter über den Wald verteilten. Wie hatte es Gropius so treffend ausgedrückt: Hier in Vahlendorf ticken die Uhren anders.

Als er eine Stunde später die Rathausstraße erreichte, bot sich ihm ein gespenstischer Anblick. Die sonst so belebte Einkaufsmeile war fast menschenleer. Stattdessen fiel ihm etwas Dunkles, Schemenhaftes auf, das sich auf den Gehwegen und der Straße zu bewegen schien. Riesige Flecken, die sich wellenartig fortbewegten. Unsicher blieb er auf Abstand, nahm die Bridgekamera mit dem rekordverdächtigen Objektiv, warf noch einmal einen prüfenden Blick über die Schulter und zoomte auf den Gehweg, der zu dem Café führte, in dem er sich mit Zweitlinger treffen wollte

Ameisen! Da sind riesige Mengen an Ameisen …

Ungläubig drückte er auf den Auslöser.

Das glaubt dir sonst niemand … ging es Sallin durch den Kopf. Die Biomasse, die sich durch die Rathausstraße wälzte, hatte enorme Ausmaße. Wie Wellen schoben sich die Körper der Insekten übereinander, um sich wie ein einziger, gewaltiger Organismus vorwärts zu bewegen. Sallin vermutete, dass die Zahl der Ameisen in die Millionen ging. Mehrere Millionen!

Er bemerkte, wie ein allzu neugieriger Hund von den Ameisen attackiert wurde, und revidierte seine anfängliche naive Sympathie für das faszinierende Naturschauspiel.

Die Tiere erwiesen sich als aggressiv; sie griffen alles an, was sich bewegte. Mit diesen Viechern war nicht zu spaßen, so sein Resümee. Er beobachtete das Spektakel aus sicherer Entfernung und wechselte in den Videomodus.

Plötzlich glitt die Schiebetür des Cafés auf. Schreiend stürzten zahlreiche Gäste heraus, um sich auf dem nahe liegenden Parkplatz in Sicherheit zu bringen. Sallin erkannte sofort, dass sich Zweitlinger unter den Flüchtenden befand. Wild gestikulierend hüpfte der Dicke wie auf rohen Eiern direkt auf ihn zu. Sallin musste ein Lachen unterdrücken. Die Szene erinnerte ihn an die alten Slapsticks-Filme mit Laurel und Hardy, die als Dick und Doof kein Fettnäpfchen ausließen.

»Verdammt, wir müssen hier weg!«, fluchte ihm der Frührentner entgegen und sprang von einem Bein auf das andere. »Die Biester sind mega-aggressiv.«

Sallin schaltete die Kamera aus. »Wo kommen die

plötzlich her?«

Zweitlinger zog ihn hinter sich her. »Erkläre ich später«, sagte er schnaufend, »wir gehen Richtung Friedhof, da ist ein Restaurant. Hier kommt jetzt gleich die Feuerwehr und spült das Ungeziefer weg.«

Widerwillig setzte sich Sallin in Bewegung. Ein derart absonderliches Schauspiel bekam man nicht alle Tage zu sehen. Ihm lief ein kalter Schauer über den Rücken, wenn er an das aggressive Verhalten der Insekten dachte. Diese Tiere waren zweifellos in der Lage, einen Menschen zu töten, der nicht schnell genug fliehen konnte. Ein Horrorszenario, wie er es bisher nur aus Kinofilmen kannte. Es fiel ihm schwer, den Ort des Geschehens zu verlassen, doch schließlich waren sie außer Sichtweite des ungewöhnlichen Phänomens.

Später, sie saßen in dem kleinen italienischen Restaurant in der Nähe des Friedhofes, erklärte Zweitlinger Sallin, was es mit der Ameisenattacke auf sich hatte.

»So eine Plage hatten wir hier vor zwei Jahren schon einmal. Die Viecher tauchen plötzlich wie aus dem Nichts auf und greifen alles an, was ihnen in die Quere kommt. Damals wurde eine Kindergartengruppe attackiert.«

»Die müssen doch irgendwo herkommen?«, fragte Sallin und nippte an seinem Bier.

»Na aus dem Ritualwald, woher denn sonst«, ereiferte sich der Dicke und wischte sich den Schweiß aus dem Gesicht. »Diese Ameisenforscher sollen die Brut hier eingeschleppt haben.«

»Die Ameisenforscher!«, murmelte Sallin mehr zu sich selbst. Er erinnerte sich vage daran, dass sein Vermieter Gropius etwas über Archäologen und Ameisenforscher erwähnt hatte, die im Vahlendorfer Wald aktiv waren. Das *Pack* würde die Ruhe der Toten im Wald stören, hatte ihn der komische Kauz wissen lassen.

Gropius übertreibt maßlos, befand Sallin. Doch dass die Wissenschaftler eine fremdartige und gefährliche Ameisenart eingeschleppt haben sollen, die sich ungehindert ausbreiten könnte, grenzte schon an ein Umweltdelikt. Wenn es denn stimmen sollte?

»Was ist das für eine Art?«, fragte er neugierig, während Zweitlinger eine Riesenportion Spaghetti Carbonara in sich hineinschaufelte.

Zweitlinger überlegte eine Weile, dann antwortete er mit vollem Mund: »Rote Feuerameisen, wenn ich mich recht erinnere. Die gefährlichste Ameise der Welt. In den USA sterben jedes Jahr bis zu hundert Menschen an den Bissen dieser kleinen Monster.«

»Wie bitte! Das ist wohl ein Scherz?«, entgegnete Sallin schockiert.

»Kein Scherz. Ein anaphylaktischer Schock kann tödlich sein. Wehrlose, ans Bett gefesselte Senioren oder Säuglinge können von den giftigen Bissen tausender Ameisen getötet werden, wenn niemand die Attacke bemerkt. Gibt auch Leute, die betrunken am Wegesrand einschlafen, und dann ...«

»Hundert Tote pro Jahr in den USA?«, fragte Sallin zur Sicherheit noch einmal nach. »Und ausgerechnet unsere Wissenschaftler haben die Art hier eingeschleppt?«

»Sie haben richtig gehört. Die rote Feuerameise hat hierzulande keine natürlichen Feinde und ist sozusagen unbesiegbar.« Zweitlinger beugte sich nun vertraulich vor. »Dass die Ameisenforscher dafür verantwortlich sind, ist natürlich nur ein Gerücht. Beweise gibt es dafür nicht, aber unser Bürgermeister hat in dieser Sache so einiges angedeutet. Wenn Sie wissen, was ich meine.«

Sallin nickte skeptisch.

»Apropos Bürgermeister«, lenkte er das Gespräch in eine andere Richtung, »Sie sind doch immer bestens informiert, nicht wahr?«

»Sie wollen was über dem Mord an Charlotta wissen, stimmt's?« Zweitlinger blickte ihn schmunzelnd an.

»Woher wissen Sie das jetzt wieder?«, fragte Sallin verblüfft. Seine anfängliche Einschätzung, dass der ehemalige Gemeindearbeiter eher einfältig gestrickt war, begann sich in Luft aufzulösen.

»Na, ist doch klar«, der Dicke lächelte, »im Moment reden hier alle über nichts anderes. Warum sollte es bei Ihnen anders sein?«

»Und?« Sallin platzte fast vor Neugierde. »Wissen Sie etwas, was die anderen noch nicht wissen?«

»So ist es eigentlich immer.« Zweitlinger schien die Rolle des Geheimnisträgers zu genießen.

»Nun lassen Sie sich doch nicht alles aus der Nase ziehen«, bettelte Sallin. »Ich bin neu hier im Ort, da will ich doch mitreden können. Waren Sie denn diesbezüglich schon beim Bürgermeister?«

»Bei Kreutzberg? Selbstverständlich. Der hört sich gerne reden, aber viel wusste er nicht. Nur so viel: Die Polizei hat so einige Verdächtige im Blick, die nach und nach vernommen werden. Inklusive DNA-Probe. Verhaftet wurde aber noch niemand.«

Sallin wurde hellhörig und beugte sich vor. »Was für Verdächtige?«

»Alles aktuelle Kunden der Schamanin«, antwortete Zweitlinger nebulös. »Die Rheintaler hatte bestimmt Aufzeichnungen gemacht. Vermutlich werde ich auch noch vernommen, allerdings ist meine letzte Sitzung bei Charlotta schon etwas her.«

Ist Ihnen bei der Schamanin etwas Ungewöhnliches aufgefallen?«

»Nein!«

»Ich bin übrigens Ihrem Ratschlag gefolgt und habe sie auch besucht«, gestand Sallin und bereute es im selben Moment wieder. Schließlich hatte er sie umgebracht – jedenfalls in seiner Erinnerung. Vielleicht eine falsche Erinnerung, doch wenn es tatsächlich so geschehen war, würde die Polizei es herausbekommen.

»Dann werden die Bullen auch an ihre Tür klopfen«, befand Zweitlinger, »und eine DNA-Probe von Ihnen wollen. Aber Sie haben ja nichts zu befürchten, denn ich kann mir schon vorstellen, wer der Täter ist.«

»Sie haben einen Verdacht? Wer könnte denn Ihrer Meinung nach der Mörder sein?«, drängte ihn Sallin zu einer Antwort.

»Die fette Rotlieb von der CDU, die alles Esoterische und Heidnische hasst. Oder eher noch die Ex-Frau von Eddie Wegner«, antwortete der Dicke nach einigem Zögern. »Eine Narzisstin, wie sie im Buche steht.«

»Eddie Wegner? Wer ist das?«

»Der Freund von Charlotta. Die Beziehung war aber eher locker; zusammengewohnt hatten die beiden nicht. Ich kenne Eddie noch aus der Zeit, als er für den Bauhof manchmal LKW gefahren hatte. Ist schon zehn Jahre her. Da war er noch mit Tatjana verheiratet.«

»Die Ex-Frau?«

»Genau, Tatjana ist seine Ex. Und aus zuverlässiger Quelle weiß ich, dass Eddie wieder Kontakt zu seiner Ehemaligen hat, obwohl er da noch mit Charlotta zusammen war.«

»Und diese Tatjana wollte ihren Ex-Mann zurück und gleichzeitig die Nebenbuhlerin ausschalten?«

»Ja, klar«, entgegnete Zweitlinger in einem überzeugten Tonfall. »Sie kennen Tatjana nicht. Maskuliner Typ, Kurzhaarfrisur, eiskalter Blick und schmaler Mund. Diese Frau ist eine toxische Narzisstin. Von Liebe keine Spur, aber sie nimmt Eddie als Trophäe zurück, um ihn nach allen Regeln der Kunst zu manipulieren. So wie früher. Und der arme Idiot fällt erneut darauf rein. Charlotta hätte Eddie retten können, also musste sie weg. Tatjana konnte die Schamanin ohnehin nie leiden. Für sie war Charlotta eine Hexe.«

»Aber das sind alles nur Ihre Vermutungen?«, hakte Sallin irritiert nach.

»Diese Frau geht über Leichen, um ihre manipulativen Ziele durchzusetzen. Da passt alles zusammen. Vielleicht hat sie Eddie bereits so unter Druck gesetzt, dass sie die Tat gemeinsam begangen haben.«

»Und werden Sie das auch alles der Polizei erzählen?«, unterbrach ihn Sallin.

»Das könnte gefährlich …« Zweitlinger holte kurz Luft. »Die Tatjana ist schlau. Die Polizei wird sie nicht so leicht überführen können, und dann gerate ich in ihr Fadenkreuz. Die Dame wird nichts unversucht lassen, um sich an mir zu rächen.«

Sallin schüttelte den Kopf. »Ich kann kaum glauben, was Sie da erzählen. So gut können Sie doch diese Tatjana gar nicht kennen?«

»Die Dame hat so einiges auf dem Kerbholz«, entgegnete Zweitlinger, ohne auf den Vorwurf seines Gegenübers einzugehen. »Betrug, Urkundenfälschung, Diebstahl und so weiter. Und der Mann, mit dem sie vor Eddie liiert war, hatte auch nichts zu lachen.«

»Was ist denn mit dem geschehen?«

»Er hat sich angeblich umgebracht. Allerdings stand der Vorwurf im Raum, dass sie nachgeholfen haben soll. Das ließ sich aber nicht beweisen.«

Sallin kam der Suizid von Alexa in den Sinn, bei dem er nachgeholfen haben soll. Nachdenklich schüttelte er den Kopf. »In der Gegend hier geschehen eine Menge seltsame Dinge«, flüsterte er mehr zu sich selbst. »Ich bin ja schon ziemlich herumgekommen, aber sowas wie hier in Vahlendorf habe ich noch nicht erlebt.«

»Ich glaube nicht an diesen ganzen Esoterik-Quatsch mit den Geistern«, sagte Zweitlinger schmunzelnd, »aber es stimmt schon: Die Gegend hier soll verflucht sein – das heißt es schon seit Langem. Der Legende nach ist der Megalith im Ritual-Wald eine Art

Portal.«

Sallin nickte. »Von dem Megalithen habe ich schon gelesen. Aber wieso Portal? Es ist ein Stein, nicht mehr und nicht weniger.«

»Ein Stein, dem geheimnisvolle Kräfte zugeschrieben werden«, fuhr Zweitlinger fort. »Ein Tor in eine andere Dimension, in die geistige Welt, aus der manchmal Geister und Dämonen kommen, die das Gleichgewicht der Kräfte in unserer Welt durcheinanderbringen. In regelmäßigen Abständen lässt sich angeblich sogar der Teufel hier blicken, um das Böse in die Welt zu säen.«

»Was für ein abergläubischer Unsinn!«, warf Sallin ein. »In unserer aufgeklärten Zeit ist das doch lächerlich. So ein Quatsch.«

»Der Meinung bin ich auch«, stimmte ihm Zweitlinger zu, »doch Sie sehen ja, was hier so an merkwürdigen Dingen passiert. Alles nur Zufall?«

»Vielleicht so eine Art Massenhysterie?«, spekulierte Sallin und zuckte mit den Schultern.

»Hm«, reagierte Zweitlinger nachdenklich. »Der Schamanismus funktioniert jedenfalls. Ich bin der lebende Beweis dafür. Meine Schmerzen haben sich in Luft aufgelöst.«

»Ich sehe das mittlerweile … kritisch«, sagte Sallin zögerlich. Er hatte nicht vor, Zweitlinger gegenüber den Mord an der Schamanin zu gestehen, zumal nicht sicher war, ob er es tatsächlich getan hatte.

»Vielleicht liegen Sie richtig, und es ist tatsächlich wahr«, mutmaßte er und spürte gleichzeitig einen Hoffnungsschimmer in sich aufkeimen. »Es scheint, dass über Vahlendorf und der Umgebung ein böser Fluch lastet.«

Der Gedanke an einen Fluch entbehrte nicht einer gewissen Logik, kam es Sallin in den Sinn.

Eine übersinnliche Erklärung für sein Dilemma war besser als gar keine. Zumindest im moralischen Sinn war er nicht verantwortlich für einen Mord, den er unter Einfluss böser Mächte begangen hatte. Vielleicht war dies auch der Grund, warum er sich nicht an die Tat erinnern konnte.

Doch eines wusste er sicher: Er war noch einmal bei der Schamanin gewesen, und tatsächlich, ihr Körper lag blutend auf dem Boden …

27.

Von Vahlendorf nach Schwerin waren es nur fünfzig Kilometer. Über Mustin und Lützow würden sie dennoch eine Stunde brauchen, um die Forschungsanstalt für Biologie zu erreichen. Es hätte noch die Möglichkeit gegeben, bei Zarrentin auf die Autobahn zu fahren, doch der Umweg brachte ihnen keinen nennenswerten Zeitgewinn. In Schwerin würden sie vermutlich zuerst eine Gaststätte ansteuern, vermutete Maltow, die sich immer noch außerstande sah, das Alkoholproblem ihres Kollegen anzusprechen.

Freimann saß auf dem Beifahrersitz und schnarchte lautstark. Maltow warf ihm einen kritischen Blick zu und trat beherzt auf die Bremse, als vor ihr ein Traktor auftauchte. An Überholen war momentan nicht zu denken, und die Hälfte der Strecke lag noch vor ihnen.

Die Gedanken der Dorfpolizistin schweiften ab.

Sie schätzte den Job in Vahlendorf. Der Zuständigkeitsbereich war überschaubar und die vorgesetzte Dienststelle in Mölln ließ sie weitgehend gewähren, solange alles in geregelten Bahnen verlief.

Was noch fehlte, war ein Partner. Maltow suchte bereits seit Längerem jemanden, mit dem sie ihre Freizeit verbringen konnte. Männlich oder weiblich, denn die Polizistin fühlte sich gleichermaßen zu den Geschlechtern hingezogen. Um ihre Träume nach Zweisamkeit zu realisieren, bot das konservativ angehauchte Vahlendorf allerdings wenig Möglichkeiten für ein interessantes Date. Und sie hatte auch keine Lust, nach Mölln oder Lübeck zu fahren, um sich in irgendeiner Kneipe blöde anquatschen zu lassen.

Dating-Portale boten eine riesige Auswahl an potenziellen Kandidaten, stellte Maltow anfänglich fest, doch zwischen den glamourösen Beschreibungen der Anwärter und der unbarmherzigen Realität klafften oftmals Welten, die sich nicht ignorieren ließen. Schnell verlor sie das Interesse an den regionalen Partnerbörsen.

Die Polizeihauptmeisterin war keine Schönheit, doch sie wirkte patent und durchsetzungsfähig. Ihr bodenständiges Naturell verschaffte ihr Respekt. Als Frau jedoch war es schwierig, einen Partner zu finden, der nicht nur die Uniformierte in ihr sah. Die Bewohner von Vahlendorf kannten sie ausnahmslos in ihrer Eigenschaft als Polizistin.

Petra Maltow: Die unnahbar wirkende Respektsperson in Uniform, die gelegentlich gerufen, aber oft gemieden wurde. Wer hatte schon gern mit der Polizei zu tun? Es fiel der Beamtin schwer, den Spagat zwischen Kumpel und Respektsperson hinzubekommen.

Jahrelang musste sie sich mit Bagatellen herumschlagen. Neben Trunkenheit am Steuer, Nachbarschaftsstreitigkeiten, Ladendiebstahl und Sachbeschädigungen gab es nur wenige Fälle, die für kriminalistische Abwechslung sorgten. Der naheliegende Wald war zwar voller Überraschungen, doch auch hier handelte es sich in den meisten Fällen um jahrhundertealte Gebeine, bei denen es für die Polizei nichts zu ermitteln gab.

Nun hatte sich das Blatt gewendet. Der Mord an der Schamanin sprach sich wie ein Lauffeuer in der Ortschaft herum, die plötzlich wieder im Fokus geheimnisvoller Kräfte zu stehen schien.

Über Funk hatte sie kurz nach der Abfahrt mitbekommen, dass die Feuerwehr ausrücken musste, um die Rote Feuerameise zu bekämpfen. Wie bereits vor einigen Jahren.

Es wundert mich nicht, dass gerade jetzt so etwas passiert, dachte sie schicksalsschwer. *Irgendeine riesige Sauerei kommt hier auf uns zu. Ich spüre es förmlich.*

Unwillkürlich musste sie an den Traum von letzter Nacht denken. Die Demütigung der Vergewaltigungs-Vision steckte ihr noch in den Knochen, da wurde sie bereits aufs Neue von Bildern gequält, die in ihrer Intensität den vorherigen in nichts nachstanden.

Sie war in Kiel. Es war dieser regnerische Tag, an dem sie zusammen mit Freimann im großen Sitzungssaal des Landeskriminalamtes saß, um sich den Vortrag über Rechtsextremismus und Frauenhass anzuhören. Die Botschaft hatte es in sich. Den Rechten war es gelungen, weitgehend unbemerkt ein Netzwerk des Terrors aufzubauen, dessen Ziel es war, die Demokratie im Lande abzuschaffen.

Die gesamte Polizeiführung, hochrangige Politiker und zahlreiche Gäste – auch aus anderen Behörden – nahmen an der Veranstaltung teil.

Irgendwann sprach der Referent von *Misogynie*.

Sie stand auf, meldete sich mit Handzeichen zu Wort und rief lautstark dem Rednerpult entgegen: »Was ist *Misogynie*?«

Niemand hatte es bisher gewagt, die Veranstaltung mit Fragen zu unterbrechen. Im Publikum kam Unruhe auf. Der Redner hielt inne, alle blickten sie an, es wurde getuschelt und plötzlich lachten einige der Zuhörer. Sie errötete und wollte sich schnell wieder hinsetzen, doch Freimann hatte den Stuhl mit seinen Füßen blockiert.

Gib mir erst einen Schluck aus deiner Pulle, sagte er bockig und grinste voller Schadenfreude.

Männer und Frauen zeigten mit Fingern auf sie, das Lachen wurde lauter und entsetzt bemerkte sie, dass sie völlig nackt war. Alle starrten sie jetzt an, der Vortrag wurde unterbrochen und es kam zu tumultartigen Szenen.

Hastig versuchte sie, ihre Blöße mit den Händen zu bedecken, doch einige der Teilnehmer betatschten sie, schlugen ihr auf den Po, rissen ihr die Arme weg und schubsten sie von einer Ecke in die andere.

Hilflos war sie der geifernden Meute ausgeliefert.

Das entwürdigende Schauspiel drohte in einem Exzess zu gipfeln, als eine Gruppe von Männern mit heruntergelassenen Hosen masturbierend über sie herfiel, um auf ihren nackten Körper zu ejakulieren.

Panisch vor Angst wandte sie sich aus der Umklammerung stark behaarter, muskulöser Männerarme, um den Sitzungssaal fluchtartig zu verlassen. Niemand schien ihr zu folgen, während sie barfuß das Treppenhaus herunterrannte, und als sie endlich die

Tiefgarage erreicht hatte, lehnte sie sich schwer atmend gegen einen Betonpfeiler.

Fröstelnd blickte sie sich um.

Überall waren Ausgänge, von denen sie nicht wusste, was sich dahinter befand. Da entdeckte sie eine Metalltür mit der Aufschrift *Damenmode*. In der Hoffnung, sich endlich wieder bekleiden zu können, betrat sie das dahinterliegende Treppenhaus und landete plötzlich in einem menschenleeren Einkaufszentrum.

Sie suchte die breiten Gänge nach einem Bekleidungsgeschäft ab, lief über kalte Fußbodenfliesen und blickte sich immer wieder verunsichert um, denn die Türen der Geschäfte standen offen, obwohl keine Kunden zu sehen waren.

Hinter ihr rumorte es.

Brüllende Geräusche, die näher kamen, vermengt mit einem tiefen, lautstarken Knurren, das sie an ein Rudel Wölfe erinnerte. Panisch blickte sie sich um und suchte Zuflucht in einem Buchladen, in dem vor Kurzem noch viele Kunden gewesen sein mussten. Jetzt gähnte ihr eine gespenstische Leere entgegen.

Überall lagen Bücher auf dem Fußboden. Auf kleinen Beistelltischen warteten Handtaschen und Lesebrillen auf ihre Besitzer, und der Kassentresen war mit Geldscheinen übersät, die wegflogen, als ein kalter Wind durch den offenstehenden Eingang hereinblies.

Ihm folgte ein zähnefletschendes Grollen, das ihr den Angstschweiß auf die Stirn trieb. Sie versteckte sich hinter einem Bücherregal, als eine höllische Gestalt vor dem Buchladen erschien. Zitternd betete sie zu Gott, unfähig, den Blick auf die Kreatur zu richten, die mit bebenden Schritten den Laden betrat.

Sie war sich sicher: Er, der Teufel, hatte den Wald verlassen, um sich ihrer zu bemächtigen. Sein Atem ließ die Fensterscheiben zerspringen, die Luft flimmerte vor Hitze, und überall breitete sich ein bestialischer Gestank aus, der ihr die Sinne raubte.

Sie atmete stoßweise ein und aus. Die Angst in ihr wuchs ins Unermessliche, während er immer näher kam. Er würde seinen riesigen, behaarten Phallus in sie hineinrammen, befürchtete sie voller Abscheu.

Als sie seinen fauligen Atem in ihrem Nacken spürte, schoss ein unerwartetes Gefühl der Geilheit durch ihren Körper, sodass sie bereitwillig …

Maltow schüttelte sich, so als wollte sie die Erinnerung an den Traum endgültig vertreiben. Doch es würde nicht klappen, ahnte sie resigniert, denn ihr Gehirn besaß keine Löschtaste. Was sich einmal dort festgesetzt hatte, klebte wie Hundekot an den Schuhen. Das Vergessen ließ sich nicht nach Belieben steuern. Die Natur zeigte kein Mitleid mit ihren eigenen Kreaturen – im Gegenteil. Sie waren ihr gleichgültig, Hauptsache, sie vermehrten sich. Doch nicht einmal das war ihr vergönnt. Maltow ekelte sich vor sich selbst.

28.

Schwerin. Die Forschungsanstalt für Biologie lag direkt am Ufer des Ostorfer Sees, einem von acht Gewässern, die die Landeshauptstadt Mecklenburg-Vorpommerns wie ein schimmernder blauer Flickenteppich umgaben.

Wieder so ein ultramoderner Protzbau, in dem man sich verlaufen kann, dachte Freimann aufgekratzt und steuerte die nächste Toilette an, um sich zu erleichtern. Er hatte während des Restaurantbesuchs fünf Bier bestellt, die jetzt auf die Blase drückten. Hier in dieser piekfeinen Behörde würde man ihm kein Getränk anbieten, so seine Vermutung, da schien es geboten, sich einen Vorrat anzutrinken.

Maltow hatte zwischenzeitlich beim Pförtner die Zimmernummer von Hohlmut erfragt, dessen Büro am anderen Ende des Gebäudes lag.

Selbst Wissenschaftler, die einen Großteil ihrer Arbeitszeit im Freien verbringen, sind dem verhassten Papierkrieg ausgesetzt, erfuhren die beiden Polizisten, als sie nach einer langen Odyssee endlich vor dem Schreibtisch des Biologen standen.

Die Begrüßung fiel kalt aus.

Hohlmut dachte nicht im Geringsten daran, den Besuchern einen Sitzplatz anzubieten. Stattdessen stand er auf und verschränkte die Arme vor der Brust. Er verzog keine Miene; sein stechender Blick wanderte zwischen Freimann und Maltow hin und her.

»Sie kommen also von der Polizei«, sagte Hohlmut mit fester Stimme, »was kann ich für Sie tun?«

Während Freimann ihm den Grund für die Befragung erläuterte – die Ermordung der Schamanin Charlotta Rheintaler –, starrte Maltow gedankenversunken auf das fast faltenlose Gesicht von Hohlmut. Sie schätzte sein Alter auf Mitte vierzig.

Es ärgerte sie, dass sie den großen, schlanken Mann mit den blonden Haaren, der sie mit seinen blauen Augen fixierte und von dem Pankert behauptete, er sei ein Psychopath, so ungemein attraktiv fand. Er wirkte stark, muskulös, dominant und durchsetzungsfähig, sodass ihre Fantasie mit ihr durchging.

Der Sex mit ihm wäre sicher aufregend, dachte sie, und verspürte ein Kribbeln im Bauch, zumal sie sich einem Mann hingeben würde, der genau wusste, was er will. Einem Mann, der sie richtig hart rannehmen würde, und der …

Um sich von der erotischen Vorstellung zu befreien, kam ihr der Funkverkehr in den Sinn, in dem es um die roten Feuerameisen ging, die wieder einmal den Ort terrorisierten. Wie bereits vor Jahren musste die Feuerwehr ausrücken, um der Plage Herr zu werden. Und auch damals gerieten die Ameisenforscher unter Verdacht, eine der gefährlichsten Ameisenarten der Welt in den Vahlendorfer Wald eingeschleppt zu haben.

Selbstbewusst nahm sie sich vor, Hohlmut mit dem Vorwurf zu konfrontieren.

»Ja, ich kannte die Schamanin«, gab der Biologe bereitwillig zu, nachdem Freimann ihn darauf angesprochen hatte. »War einige Male bei ihr, um an einem schamanischen Ritual teilzunehmen, aber das wurde mir dann schnell langweilig.«

»Auch am Dienstag, dem 29. August?«

»Nein, an dem Tag hatte meine Tochter Geburtstag. Das können Sie gerne überprüfen.«

»Und aus welchem Grund sind Sie hingegangen?«, wollte Freimann wissen, dessen Blase bereits wieder drückte.

»Rein interessehalber. Pure Neugierde eben.«

»Ein seriöser Wissenschaftler, der sich für Schamanismus interessiert?«, stellte Freimann fest. »Das ist ungewöhnlich.«

»Glauben Sie doch, was Sie wollen«, antwortete Hohlmut betont gleichgültig. »Für mich ist vor allem die Forschungsarbeit von Bedeutung. Und die werde ich mir doch nicht durch einen Mord vermasseln. Und überhaupt: Warum hätte ich sie umbringen sollen?«

»Vielleicht ist sie Ihnen wegen der Feuerameisen auf die Spur gekommen?«, platzte es plötzlich aus Maltow heraus. »Vielleicht hat sie herausgefunden, dass Sie und Ihre Kollegen die Tiere hier eingeschleppt haben.«

Einen Moment herrschte Schweigen.

»Ich kenne die Vorwürfe zur Genüge«, fauchte Hohlmut die Polizistin an, »und ich kann Ihnen versichern, dass wir Myrmekologen nichts damit zu tun haben. Solenopsis invicta – die rote Feuerameise – hat sich schon seit Längerem in Europa ausgebreitet und konnte sich aufgrund ihrer aggressiven Natur schnell vermehren. Im Gegenteil: Unsere Forschungsarbeit wird dazu beitragen, dass wir das Problem in den Griff bekommen.«

»Es ist doch seltsam, dass diese Ameisenart ausgerechnet hier in unserem Wald auftaucht, in dem Sie und Ihre Kollegen tätig sind«, ließ Maltow nicht locker.

Freimann, der von der Ameisenproblematik nichts mitbekommen hatte, fühlte sich übergangen, wollte aber vor Hohlmut nicht als unprofessioneller Trottel dastehen.

»Schließlich sind Sie ja Ameisenforscher«, meldete er sich zu Wort, »und auch international tätig, soweit wir wissen. Da wäre es doch möglich, dass sich in Ihrem Gepäck …«

»Warum sollten wir ausgerechnet das Gebiet kontaminieren, in dem ein Großteil unserer Forschungsarbeit stattfindet?«, schnauzte Hohlmut angriffslustig.

Seine blauen Augen blitzten auf.

»Es muss ja keine Absicht gewesen sein«, verteidigte sich Freimann.

»Aber dann haben Sie Ihren Fehler bemerkt und versucht, den Schaden zu begrenzen«, spekulierte Maltow. »Irgendwie hatte die Schamanin Wind von der Sache bekommen. Vielleicht haben Sie ihr ja selbst davon erzählt während einer schamanischen Reise, ohne es zu merken. In einem tranceartigen Zustand. Sowas geht einem schnell mal über die Lippen. Also haben Sie sie beseitigt, denn wenn das herausgekommen wäre, hätte es sicherlich das Ende Ihre Karriere bedeutet. Ganz zu schweigen von den rechtlichen

Konsequenzen.«

Ihre Stimme klang brüchig. Noch während sie ihre Verdächtigung artikulierte, wurde ihr bewusst, wie dünn das Eis war, auf dem sie sich bewegte. Nichts davon würde sich beweisen lassen. Im Gegenteil, ihre Vorwürfe klangen unglaubwürdig und konstruiert.

Maltow konnte keinen klaren Gedanken mehr fassen. Seine sexuelle Attraktivität machte sie verrückt. Es war eine schockierende Vorstellung, doch sie sehnte sich mit jeder Faser ihres Körpers danach, mit ihm zu schlafen. Jetzt sofort, hier in seinem Büro. Freimann könnte die nächste Kneipe aufsuchen, um sich zu betrinken. Sie würde sich ausziehen, sein steifes Glied in den Mund nehmen, sich danach auf den Schreibtisch legen, die Beine weit spreizen und seine harten Stöße in sich …

Maltow zwang sich, die erotische Fantasie zu beenden. Liebe und Hass lagen dicht beieinander. Schon vom ersten Moment an spürte sie die Spannung zwischen ihnen, die ihren Willen zu brechen schien. Sie verspürte den Drang, ihn zu besitzen, Macht über ihn zu erlangen und ihn zu kontrollieren, doch ihre Sehnsüchte sollten unerfüllt bleiben. Daher beschloss sie, ihn leiden zu lassen. Sie würde ihm etwas anhängen, koste es, was es wolle.

»Mein liebes Kind!« Hohlmut setzte ein breites Grinsen auf. »Sind Sie Polizistin oder die Tante von der Märchenstunde?« Demonstrativ wandte er sich an Freimann, der den Schlagabtausch hilflos mit ansehen musste. »Sie sind doch hier der visierte Kriminalbeamte, nehme ich an? Erklären Sie Ihrer Kollegin mal, dass solche aus der Luft gegriffenen Anschuldigungen mächtig nach hinten losgehen können. Das sind nur haltlose Spekulationen, und sonst gar nichts. Zumal ich, wie bereits erwähnt, ein Alibi für die Tatzeit habe. Dafür kann ich Ihnen eine Dienstaufsichtsbeschwerde anhängen.«

Freimann räusperte sich. »Die Kollegin ermittelt nur ... in alle Richtungen; das ist legitim. Sie können allerdings zur Aufklärung des Falles beitragen, indem Sie uns eine DNA-Probe geben«, sagte er nebulös, ohne näher auf Maltows Vorwürfe einzugehen.

Hohlmut genoss den Moment des Triumphs.

»Natürlich, wenn es der Wahrheitsfindung dient«, sagte er mit einem hämischen Grinsen im Gesicht. »Und ich gebe Ihnen sogar noch einen Tipp für Ihre Ermittlungen mit auf den Weg. Bin ja nicht nachtragend. Ihre vorlaute Kollegin dort ...«, er deutete auf Maltow, »... braucht allerdings noch einige Unterweisungen, sonst sehe ich schwarz für die Karriere.«

Maltow verließ das Zimmer. Am liebsten wäre sie vor Scham im Boden versunken. Die Vorstellung, dass Hohlmut sie durchschaut hatte, brachte sie um den Verstand. Seine herablassende Art verstärkte ihr Verlangen noch. Sie schwitzte am ganzen Körper und spielte mit dem Gedanken, sich auf der nächsten Toilette selbst zu befriedigen, um den Druck in ihrem Körper abzubauen.

Was geschieht hier mit mir?

Irgendetwas schien Besitz von ihr zu ergreifen, sie zu manipulieren und willenlos zu machen, sodass sie nicht mehr Herrin ihrer Sinne war.

Bin ich krank? Ein Psychiater könnte mir vielleicht hel-
fen? Oder ist es der Teufel oder ein Dämon? Muss ich einen
Exorzisten aufsuchen?, dachte sie irritiert. *Der Wald und*
seine Geister werden uns noch alle in den Wahnsinn trei-
ben.

Drinnen nahm Freimann die DNA-Probe von
Hohlmut und hakte stirnrunzelnd nach: »Was für ei-
nen Tipp wollten Sie uns geben? Falls Sie etwas zum
Fall wissen, sind Sie zur Aussage verpflichtet, Herr
Hohlmut.«

»Wie gesagt, es ist nur ein Tipp, Herr Kommissar«,
antwortete der Ameisenforscher mürrisch. »Nichts,
was ich beweisen oder bezeugen könnte. Was Sie daraus machen, ist Ihre Angelegenheit.«

»Wovon sprechen Sie?«, wollte Freimann wissen.

»Die Rheintaler hatte mir mal bei einer meiner wenigen Sitzungen ihr Leid geklagt«, erwiderte er. »Sie
wurde von vielen Ortsansässigen als Hexe denunziert.
Sie sagte mir: ›Dabei stehe ich als Heilerin und Schamanin auf Seiten der weißen Magie; für das Gute und
die positive Energie. Ich würde nie jemandem Schaden
zufügen wollen.‹«

»Das ist bekannt«, brummte Freimann ungeduldig,
da er dringend auf die Toilette musste. »Früher wurden solche Frauen auf dem Scheiterhaufen verbrannt.«

»Als ich sie dann interessehalber auf die unter-
schiedlichen Formen der Magie ansprach und ihre
Arbeit mit der weißen Magie über den Klee lobte, hat
sie mir hinter vorgehaltener Hand noch einen vertrau-
lichen Hinweis ins Ohr geflüstert: ›Dabei kann ich mir
schon denken, wer dahintersteckt, dass die Leute so

über mich reden. *Sie* ist es. Sie verhext die ganze Ortschaft, denn im Gegensatz zu mir ist sie wirklich eine Hexe, die nach den Grundsätzen der schwarzen Magie praktiziert. Die Frau hat das Buch des Teufels unterschrieben und will die Geister des Waldes für sich gewinnen, da bin ich ihr natürlich im Wege. Ein bösartiges Weib, von dem nur wenige wissen, da sie sich gut verbergen kann. Sie täuscht und manipuliert, nährt Hass und Vorurteile, wickelt alle um den Finger und wer ihr zu nahe kommt, wird aus heiterem Himmel krank. Doch beweisen lässt sich natürlich nichts.‹ So in etwa ihre Worte, Herr Kommissar. Meiner Meinung nach kommt diese Person als Mörderin doch in die engere Auswahl, oder?«

Freimann fasste sich an den Kopf und stöhnte. »Eine Hexe? Mein Gott, gibt's denn hier keine normalen Mörder?«

»Wie gesagt, Ihre Sache!«, meinte Hohlmut grinsend, und in seinen Augen funkelte eine absonderliche Kälte. »Jedenfalls hörte es sich so an, als wenn diese Hexe die Rheintaler zum Schweigen bringen wollte. In diese Richtung sollten Sie mal ermitteln, Herr Kommissar. Bedanken können Sie sich dann später bei mir.«

»Und hat Ihnen die Schamanin auch den Namen dieser … äh … Hexe genannt?«, fragte Freimann gereizt, als hätte er sich bereits in die Hose gepinkelt. Sein letzter Tagtraum kam ihm in den Sinn, in dem Hexen auf Besen durch den Vahlendorfer Wald ritten und grausame Rituale abhielten. Dieser Fall zerrte an seinen Nerven. Albträume, Geister und Hexen: Freimann hasste den übersinnlichen Quatsch und versuchte standhaft, die aufkommenden Zweifel an seinem Geisteszustand zu ignorieren.

Du trinkst zu viel, gestand er sich ein. *Das vernebelt dir die Birne und macht dich empfänglich für diese übersinnlichen Horrorgeschichten. Ab morgen nur noch die Hälfte. Versprochen …*

»Henriette von Bergh! An den Namen kann ich mich noch gut erinnern.«

Freimann schreckte auf. »Wie bitte?«

»Der Name der Hexe …«, antwortete Hohlmut einsilbig, »… ist Henriette von Bergh. Soweit ich weiß, wohnt sie in Salem.«

Freimann stöhnte laut auf. Salem am Salemer See; gut zehn Kilometer von Vahlendorf entfernt. Sechshundert Einwohner, eine Kirche, ein Aussichtsturm und drumherum jede Menge Acker und etwas Wald – das war's. Das Salem, das denselben Namen trug wie die Ortschaft in Massachusetts, USA, die gegen Ende des 17. Jahrhunderts zu trauriger Berühmtheit gelangte, da es dort während der berüchtigten Hexenprozesse zu zahlreichen Hinrichtungen gekommen war.

Soll das ein Zufall sein? Oder hat hier tatsächlich der Teufel seine Finger im Spiel? Weniger Alkohol scheint keine Option zu sein. Ich muss mehr trinken, dachte Freimann frustriert, *viel mehr, sonst werde ich noch verrückt.*

29.

Maltow starrte mit glasigen Augen auf eine Packung Rasierklingen, die vor ihr auf dem Schreibtisch lag. Sie wirkte ungepflegt: Ihre fettigen, ungewaschenen Haare hingen ihr ins Gesicht, unter den Fingernägeln hatten sich dunkle Ablagerungen gesammelt und ihre Uniform schien sie seit Tagen nicht mehr gewechselt zu haben.

In der Polizeistation von Vahlendorf herrschte Chaos. Freimann dachte sich nichts dabei – bei ihm zu Hause sah es ähnlich aus – und schob das seltsame Verhalten seiner Kollegin auf ihr krankhaftes Interesse an den Geistern des Waldes, die in ihrem Kopf zu spuken schienen.

»Die Kollegen haben die Katrin-Liste abgearbeitet«, murmelte Maltow wie betäubt. »Keiner von ihnen war angeblich bei der Schamanin.«

Freimann nickte schwerfällig. Der Name »*Katrin*« stand im Notizbuch der Schamanin – ohne Nachnamen. Das Einwohnermeldeamt hatte eine Liste mit allen Personen zusammengestellt, die in Vahlendorf und Umgebung unter dem Vornamen »Katrin« gemeldet waren. Doch Freimann und Maltow wussten, dass sich nicht alle an die Meldepflicht hielten.

Maltow fühlte sich elend. Seit den Visionen und diesem krankhaften Verlangen nach Sex hatte sie das Gefühl, von einem bösartigen Dämon befallen zu sein, der sich in ihrer Vagina eingenistet hatte. Ein Dämon, der sie in einen willenlosen Zombie verwandelt hatte, unfähig, dem Verlangen zu widerstehen, das Männer wie Hohlmut in ihr auslösten.

Resigniert atmete sie aus. Sie erinnerte sich an Hohlmuts Vernehmung vor einigen Tagen in Schwerin. Ohne zu zögern hätte sie sich ihm hingegeben, obwohl seine Verachtung ihr gegenüber deutlich zu spüren war. Ein Psychopath, wie er im Buche stand. Doch das war ihr egal; im Gegenteil: Seine arrogante Art zog sie magisch an. Ihre Selbstkontrolle war geschmolzen wie Schnee in der Mittagssonne. Freimann hätte vermutlich nichts dagegen gehabt, die nächste Kneipe aufzusuchen. Sie wäre allein mit ihm gewesen, doch Hohlmut war abweisend und distanziert. Jedes Wort schleuderte er ihnen mit eisiger Kälte entgegen.

Jetzt spürte sie eine ungewöhnliche Entschlossenheit in sich aufsteigen, dem Mann ihrer Begierde ihren Willen aufzuzwingen. Sie war noch nicht fertig mit ihm. Den Rest der Woche würde er in Schwerin arbeiten – eine perfekte Gelegenheit, ihm einen erneuten Besuch abzustatten. Dieses Mal würde sie den Spieß umdrehen und ihn dazu zwingen, sich *ihr* hinzugeben.

»Und was hältst du von Hohlmut?«, fragte Maltow und sah erwartungsvoll zu Freimann, der mit glasigem Blick seine Fingernägel mit einem Taschenmesser reinigte.

»Hm, der Typ ist ein echtes Ekelpaket«, antwortete Freimann und verzog angewidert das Gesicht. »Aber er hat ein Alibi, das wir überprüft haben.«

»Trotzdem bleibt er ein Arschloch«, murmelte Maltow mehr zu sich selbst.

»Norbert Pankert hatte Hohlmut belastet, wenn ich mich recht erinnere«, schwadronierte Freimann mit wichtiger Miene. »Er wollte von sich selbst ablenken. Pankert hat Spielschulden, wie du selbst sagtest, und er ist Jäger.«

»Na und?«

»Das Töten hat für einen Jäger einen ganz anderen Stellenwert. Es fällt ihnen viel leichter. Er könnte sie umgebracht und das Haus nach Geld durchsucht haben.«

»Dann müssten wir DNA-Spuren von ihm finden«, widersprach Maltow. »Bisher gibt es aber nichts von Pankert.«

»Apropos«, ergänzte Freimann seine Ausführungen. »Hartmut Renken, dieser Archäologe, hatte den DNA-Test für sich und seine Leute abgelehnt. Ist der richterliche Beschluss schon da?«

»Noch nicht! Ich rufe da morgen an.«

Freimann überlegte eine Weile, dann meinte er: »Gut, aber wir müssen seine Mitarbeiter noch wegen der Alibis befragen. Bei diesem Bertram und den beiden Studenten haben wir das bisher versäumt.«

»Zu diesem Nasenbohrer kannst du allein gehen«, sagte Maltow unwirsch. »Der Typ ist widerlich!«

Freimann schlug mit der flachen Hand auf den Tisch. »Dann ruf morgen deine vorgesetzte Dienststelle in Mölln an. Die sollen das übernehmen.«

Maltow zuckte zusammen. »Ja, ja, mach ich gleich nach dem Anruf beim Gericht.«

Freimann klappte das Taschenmesser zusammen

und ließ es in seiner Hosentasche verschwinden. »Allerdings, fällt mir gerade ein, hat Renken doch ein Alibi. Er war doch auf diesem Symposium in Berlin«, erinnerte sich Freimann, »und angeblich war er auch nie im Haus der Schamanin gewesen.«

»Vielleicht ist er zwischendurch von Berlin zurückgefahren? Ist ja nicht weit«, konterte Maltow argwöhnisch.

»Falls Renken im Haus der Schamanin war, müssten wir zumindest DNA-Spuren von ihm finden«, gab Freimann zu bedenken und rülpste lautstark. »Er scheint über Leichen zu gehen, um seine Ziele zu erreichen. Ein starkes Motiv. Eddie Wegners Aussage hat den Mann ziemlich belastet.«

»Findest du?«, reagierte Maltow erstaunt. »Eddie will vielleicht auch nur ablenken. Verschmähte Liebe ist ein stärkeres Motiv. Ich weiß, wovon ich rede. Noch interessanter finde ich allerdings diese Hexe aus Salem.«

Freimann ging nicht darauf ein. »Dann befragen wir jetzt diesen … äh, diesen Typen … Zweitlinger«, sagte Freimann lallend und nahm noch einen kräftigen Schluck aus dem Flachmann. Er hatte es aufgegeben, Maltow etwas vorzuspielen. Das ständige Katz-und-Maus-Spiel ging ihm auf die Nerven, zumal die Kollegin in den letzten Tagen wie ausgewechselt schien. Ihr Verhalten wirkte vulgär, sie achtete kaum noch auf ihr Äußeres und auch die spitzen Bemerkungen hinsichtlich seines Alkoholkonsums blieben aus. Seit der Blamage bei Hohlmuts Vernehmung war sie kaum wiederzuerkennen.

Hohlmut hat sich sicher über uns kaputtgelacht, dachte Freimann kichernd und wankte aus Maltows Büro.

»Spinnst du, Max? Diese Hexe aus Salem ist doch in den Fokus der Ermittlungen gerückt! Da sollten wir zuerst hingehen«, brüllte ihm Maltow hinterher. »Oder bist du anderer Meinung, Mister Freibier?«

Freimann ärgerte sich, mit Maltow über Hohlmuts nebulösen Hinweis gesprochen zu haben. Schließlich hatte sie ihm auch nichts von der Ameisen-Invasion erzählt. Murmelnd machte er auf dem Absatz kehrt, stampfte in Maltows Büro und stemmte die Hände in die Hüften.

»Allerdings!«, sagte er schnoddrig. »Du entwickelst so langsam eine handfeste Psychose. Dieser Hexen-Quatsch ist nichts als ein Ammenmärchen und Thomas Zweitlinger steht auf unserer Liste, also nehmen wir ihn uns zur Brust. Du hast doch seine Daten, also ruf ihn an, und zwar pronto.«

Maltow betrachtete ihn mit einem Blick, als wollte sie sagen: *Du Arschloch hast mir hier gar nichts zu sagen!*

Doch sie fügte sich. »Bitte, wenn du meinst.«

»Der Typ ist doch Rentner, also hat er auch Zeit. Wir werden das heute noch erledigen.« Kopfschüttelnd verließ er das Büro.

»Wo gehst du hin?«, fragte Maltow, und ihre Stimme klang unterwürfig. Seine dominante Art ließ die Erregung erneut in ihr aufflackern, und sie spürte ein Kribbeln im Unterleib. Die Vorstellung, von ihrem betrunkenen, pöbelnden Kollegen gefickt zu werden, flutete für einen kurzen Moment ihren Geist.

»Ich geh nur pissen; komme gleich wieder.«

... und dann fick ich dich nach allen Regeln der Kunst mal so richtig durch, hörte Maltow ihn in Gedanken sagen.

Vielleicht ist es eine Strafe für deine elendige Sauferei, dachte Freimann zwei Stunden später, während er mit Maltow im Café in der Rathausstraße saß, den Blick auf Thomas Zweitlinger gerichtet, der ihnen pausbäckig grinsend gegenübersaß. Da es ein Separee gab, konnten sie dem Wunsch des dicken Frührentners nachkommen und die Befragung im Bistro durchführen.

Während Freimann Mühe hatte, sich zu artikulieren, malte Maltow teilnahmslos in ihrem Notizbuch.

Sieht aus wie ein Phallussymbol, dachte er schwermütig, als er zu ihr hinüberschielte, und rieb sich die Augen.

»Herr ... äh ... Herr Zweifinger ...«, eröffnete Freimann das Gespräch und räusperte sich.

»Zweitlinger!«, korrigierte ihn der Befragte.

»Ja ... äh ... genau. Sie waren doch auch Kunde. Bei der Schamanin, meine ich?«

»Das stimmt. So ungefähr zehn Mal war ich bei der Rheintaler gewesen.«

»Auch am 28.09. dieses Jahres?«

»29.08.!«, schaltete sich Maltow dazwischen, ohne aufzusehen. Ihre Stimme klang mechanisch.

»Ach ja, die Kollegin hat recht«, stammelte Freimann und kratzte sich am Kopf.

»Nein, war ich nicht«, antwortete Zweitlinger und schlürfte an seinem Kaffee.

»Und aus welchem Grund sind Sie hingegangen?«

»Rückenschmerzen«, antwortete der Frührentner knapp. »Hat auch recht gut geholfen. Die Schamanin war ja auch Heilerin.«

»Ist Ihnen bei der Schamanin mal jemand anderes begegnet?«

»Ich glaube nicht.« Nach kurzem Schweigen verbesserte er sich: »Nein, ich bin mir da ganz sicher. Niemand.«

»Ist Ihnen bei einem Ihrer Besuche etwas Ungewöhnliches aufgefallen? War die Frau Rheintaler vielleicht nervös oder ängstlich?«

»Nein! Komisch, genau die gleiche Frage hat mir dieser Sallin auch gestellt.«

Freimann wurde hellhörig. »Sallin?«

Maltow ließ den Stift fallen und blätterte in ihrem Notizbuch herum. »Sie kennen Michael Sallin?«, fragte sie Zweitlinger und kniff die Augen zusammen.

»Ja, Michael Sallin. Hab ihn vor ein paar Wochen hier …« – er zeigte mit dem Arm in Richtung Nebenraum – »… im Café kennengelernt«, entgegnete Zweitlinger. »Er wohnt hier im Ort noch nicht lange. Netter Kerl.«

Der steht auf der Liste und bisher haben wir keine Adresse, grübelte Freimann.

»Den Herrn Sallin müssten wir auch noch sprechen«, schaltete sich Freimann dazwischen. »Wissen Sie, wo wir ihn finden könnten? Er ist nirgendwo gemeldet.«

Zweitlinger antwortete nicht darauf. »Den Tipp mit der Schamanin hat er von mir. Irgendetwas lag ihm auf der Seele, das spürte man, da habe ich ihm empfohlen, der Rheintaler einen Besuch abzustatten. Hat er dann ja auch gemacht.«

»Was lag ihm auf der Seele?«, fragte Freimann neugierig und stützte seinen Kopf mit den Händen ab. Er war kurz davor einzuschlafen.

»Es war nur so ein Gefühl von mir.«

»Na gut, und wo finden wir den Herrn Sallin?«

»Er hat das alte Gärtnerhaus vom Gropius angemietet«, erwiderte Zweitlinger.

»Und wo ist …?«

»Das kenne ich«, fiel ihm Maltow ins Wort. »Ist gar nicht weit weg von hier.«

»Der scheint aber harmlos zu sein«, warf Zweitlinger ein, »nehmen Sie lieber mal die Rotlieb unter die Lupe.«

»Rotlieb? Wer soll das sein?«, wollte Freimann wissen.

»Luise Rotlieb!« Zweitlinger sah ihn eindringlich an. »Steinreich, konservativ und Mitglied im hiesigen Bauausschuss … und im Kirchenvorstand. Streng gläubig und bekennende Gegnerin der Schamanin. Die führt hier im Ort die Fraktion der »Gottesfürchtigen« an, die immer mal wieder gegen die angeblich okkulten Praktiken der »Esoteriker« auf die Straße gehen. Das ist Blasphemie, sagt sie. Auf den Scheiterhaufen mit der Hexe, sagt sie.«

Freimann rollte mit den Augen. Da waren sie wieder: Hexen, Geister und uralte Rituale. Willkommen in der Märchenstunde. Ignorieren ließ sich der Hinweis aber nicht, schließlich hatte die Frau ein Motiv – wie alle aus der Gruppe der angeblich »Gottesfürchtigen« auch. Sätze wie »Auf den Scheiterhaufen mit der Hexe« klangen nach Hass.

»Es gibt zwei verfeindete Lager im Ort?«, fragte Freimann gereizt an Maltow. »Wieso weiß ich davon nichts?«

»Weil du von dem ganzen Esoterik-Kram ohnehin nichts wissen willst«, hielt die Beamtin ihm entgegen. »Außerdem: Von verfeindet kann keine Rede sein. Das sind alles friedliche Mitbürger. Ich habe die beiden Gruppen immer im Blick gehabt.«

Zweitlinger mischte sich ein. »Stimmt schon. Manchmal regen sich die Leute auf, aber im Grunde sind sie bisher alle friedfertig. Ich habe wohl etwas übertrieben.«

»Na gut, wir gehen der Sache nach. Sie müssten uns dann noch eine DNA-Probe geben, Herr ... äh ... Zweifinger.«

»DNA-Probe? Nein, auf keinen Fall!« Zweitlinger hob abwehrend die Hände. »Das fließt dann alles in meine Gesundheitsakte. Und plötzlich streicht mir die Behörde die Invalidenrente. Nö, freiwillig mache ich das nicht.«

»Dann kommen wir mit einem richterlichen Beschluss zurück«, drohte Freimann und wischte sich den Schweiß von der Stirn.

»Tun Sie das. Ich laufe Ihnen schon nicht ...« Er ließ den letzten Satz unvollendet in der Luft stehen und lehnte sich lächelnd zurück.

Maltow war zwischenzeitlich aufgestanden, um sich auf der Toilette Porno-Videos auf dem Smartphone anzuschauen. Sie hatte vor einigen Tagen damit angefangen und musste beschämt realisieren, dass die Abstände zwischen ihren Internet-Aktivitäten immer kürzer wurden.

Nein, dachte sie vehement, *du wirst nicht süchtig nach diesem Schund …*

Kopfschüttelnd machte sie nach wenigen Schritten auf dem Absatz kehrt und stellte sich zu Zweitlinger an den Tisch. Freimann war zwischenzeitlich eingeschlafen und schnarchte lautstark.

»Eine Frage noch, Herr Zweitlinger.«

Der dicke Frührentner zuckte mit den Schultern.

»Sagt Ihnen der Name *Katrin* etwas? In Zusammenhang mit der Schamanin. Hat Frau Rheintaler den Namen mal erwähnt? War eine Katrin bei ihr Kunde gewesen?«

»Katrin? Hm … nein, da fällt mir nichts ein«, grübelte Zweitlinger und strich sich mit der Hand über die Glatze. »Rufen Sie doch mal bei den Seelenklempnern in der Gegend an.«

»Sie meinen, dass die Kunden der Schamanin …«, sagte Maltow verdutzt.

»Na ja, nicht alle gehen wegen psychischer Probleme zu einer Schamanin«, relativierte Zweitlinger seinen Gedankengang, »doch einen Versuch ist es allemal wert. Bei mir waren es die Rückenschmerzen, aber nicht selten steckt ein seelisches Leiden dahinter, bei dem die Schulmedizin nicht so recht weiterkommt.«

Der Dicke hat recht, ging es Maltow durch den Kopf.

Schließlich suchten die meisten Menschen nicht grundlos eine Schamanin auf. Gesundheitliche Probleme, die oft psychischer Natur waren und sich nicht so schnell aus der Welt schaffen ließen, verleiteten zu alternativen Ansätzen. Gürtelrosen wurden *besprochen*, gegen Schmerzen wurde Akupunktur eingesetzt, bei Bauchbeschwerden Yoga praktiziert, und der Besuch bei einer Schamanin war besonders bei psychischen Problemen eine interessante Option.

Das bedeutete im Umkehrschluss, dass vermutlich einige Kunden der Rheintaler in psychiatrischer Behandlung waren – vielleicht auch die mysteriöse Katrin. Hierbei war es nicht zwingend nötig, beim Amt gemeldet zu sein.

Sie würden einen richterlichen Beschluss brauchen, um die jeweiligen Mediziner von der Schweigepflicht zu entbinden. Eine harte Nuss, denn der Datenschutz hatte Priorität. Doch es ging um einen Mordfall, und der personelle Aufwand, die psychiatrischen Praxen in der Umgebung nach einer Patientin mit dem Vornamen *Katrin* abzusuchen, schien überschaubar zu sein.

Maltow ärgerte sich, dass sie nicht von selbst auf die Idee gekommen waren, und rüttelte an Freimanns Schulter.

»Aufwachen, Max!«, schrie sie ihm ins Ohr. »Unsere Wege trennen sich hier! Ich habe noch was zu erledigen.«

30.

Die Akupunkturnadel bohrte sich tief in den Kopf der Stoffpuppe hinein.

Auf dem Altar der dunklen Hexe waren mehrere Puppen für die Prozedur vorbereitet. Die Grauhaarige arbeitete konzentriert, mit filigranen, präzisen Bewegungen, die bei den Zielpersonen lediglich Kopfschmerzen verursachen würden, die erträglich waren.

Kopfschmerzen und *Gedanken*, die in ihrer Boshaftigkeit zunahmen, je öfter sie das Ritual durchführte. Und sie führte es gerne durch, denn die Fäden, an denen die Anhänger der beiden verfeindeten Fraktionen hingen, waren dünn. Es würde nicht mehr lange dauern, bis etwas in ihnen zum Vorschein kam, das eher einem Tier als einem Menschen ähnelte.

Den »Gottesfürchtigen« standen die »Esoteriker« gegenüber. Die Gegner der Schamanin verfluchten das spirituelle Gedankengut der Ökos und hielten es für Gotteslästerung, während die esoterischen Befürworter nichts mit der Kirche und ihren Dogmen im Sinn hatten. Die Fehde der beiden Vahlendorfer Lager währte schon lange, doch bis auf Demonstrationen, Beschimpfungen und Drohungen war es bisher zu keinen ernsthaften Auseinandersetzungen gekommen.

Das sollte sich ändern.

Die Zeit war gekommen, um Zwietracht zu säen,

denn es war der Wille der dunklen Mächte, ein neues Zeitalter einzuläuten, in dem auch die Macht der Hexe um ein Vielfaches steigen würde. Bereits jetzt spürte sie eine unerschöpfliche Kraft in sich wachsen, die ihr Vitalität, Energie und ein jugendliches Aussehen verlieh, das ihre Attraktivität deutlich steigerte. Sie spürte es an den Blicken der jungen Männer, die für gewöhnlich kein Interesse an einer Fünfundsiebzigjährigen zeigten.

Und sie bemerkte es an sich selbst, denn das Verlangen in ihr war von zügelloser Begierde bestimmt, der sie nicht widerstehen konnte.

Selbst die Krankheiten, unter denen sie gelitten hatte, waren verschwunden. Ein berauschendes Gefühl, das sich wie eine Wiedergeburt anfühlte.

Die dunkle Magie mit ihren Verlockungen konnte wahre Wunder vollbringen, doch der Preis, den eine »schwarze« Hexe hierfür zu zahlen hatte, war hoch. Sie hatte ihre Seele verkauft und sich zu einer Marionette der dunklen Mächte degradieren lassen.

Das Wissen um die regelmäßigen Belohnungen ließ den Gedanken daran verblassen.

Sie war süchtig nach den Belohnungen.

Er kam immer zu ihr, wenn die Prozedur beendet war. Die Stoffpuppen lagen jetzt mit einer Nadel im Kopf auf dem Altar, umgeben von Kerzenlicht und Räucherstäbchen. Erst wenn er ihre Sucht befriedigt hatte, würde sie die Nadeln wieder entfernen und nach Salem zurückkehren – ihrem Refugium, in dem sie ein unbescholtenes Leben als Henriette von Bergh führte. Ihre Widersacher würden nichts finden, das auf ihre wahre Bestimmung hindeutete.

Die schwarze Hexe nahm ihren Ritualdolch – die *Athame* – in die Hand und ritzte sich in den Arm, um etwas Blut aufzufangen. Dann zog sie mit dem Dolch einen magischen Kreis im Raum, verteile das Blut im Zentrum des Kreises und beschwor in uralten Ritualversen das Erscheinen ihres Verehrers.

Die Kerzen begannen zu flackern. Wie aus dem Nichts durchzog ein heißer Wind den Raum und aus den Ritzen des Holzfußbodens stieg Rauch auf, der sich zu einer wabernden Substanz formte. Als darin die Silhouette eines Mannes erschien, wurde der Raum von einem gleißenden Licht durchflutet, das durch jede Pore ihrer Haut drang und ihr einen wohligen Schauer über den Rücken laufen ließ.

Dann stand er lächelnd vor ihr. Imposant und von ebenmäßiger Statur, einem griechischen Gott gleich.

In Schwarz gekleidet, groß, muskulös, mit vollem schwarzen Haar und einer Lässigkeit, die ihresgleichen suchte. Ein Mann, der wusste, was er wollte. Voller Selbstbewusstsein und sich seines Wertes stets bewusst strahlte er sie mit seinen blauen Augen erwartungsvoll an.

Seine Schönheit schien perfekt, nahezu symmetrisch, doch wenige Details, Nuancen von Unregelmäßigkeiten, ließen diese Perfektion menschlich erscheinen und verliehen ihm eine unwiderstehliche Aura.

Die Zeitlosigkeit schien in ihm zu verschmelzen. Obgleich bereits jenseits der Fünfzig – mit entsprechender Erfahrung und Reife –, besaß der Mann eine jugendliche Ausstrahlung, die ihre Sinne betörte.

Mit kraftvoller Ruhe zog er sie an sich und flüsterte ihr elektrisierende Worte voller Leidenschaft ins Ohr.

Sie ging vor ihm auf die Knie, öffnete seine Hose und nahm seinen großen, prall erigierten Phallus in die Hand. Sie massierte ihn, nahm ihn in den Mund und ließ ihre Zunge um die Eichel spielen. Der Rhythmus ihrer Bewegungen wurde schneller, und manchmal ließ sie ihn tief in ihren Rachen gleiten.

Der Mann in Schwarz atmete schwer. Er legte seine Hände auf ihren Kopf, um ihre Bewegungen zu steuern. Kurz bevor sich sein Ejakulat stoßweise in ihren Mund ergoss, ging ein Zittern durch seinen Körper.

Seine rechte Hand glitt hinunter in ihren Ausschnitt, massierte gierig die Brüste und befreite sie mit festem Griff von ihren textilen Fesseln.

Die Hexe stöhnte, ihre Erregung wuchs. Sie ließ sein Glied ein weiteres Mal tief in ihren Mund gleiten.

Er packte sie heftig bei den Brüsten, zog sie zu sich hoch und küsste sie voller Leidenschaft. Ihre Zungen umspielten einander, während er ihr Kleid hochschob, um seine Hand in ihrem Schoß zu versenken.

Sie stieß spitze Schreie der Leidenschaft aus.

Schmeichelnd überhäufte er sie mit zärtlichen Worten voller Bewunderung, schwärmte von ihrem gemeinsamen Tanz von Lust und Begierde, um dann plötzlich brutal von ihr Besitz zu ergreifen.

Er riss ihr das Kleid vom Leib, griff ihr in die Haare und dirigierte sie zu dem großen Holztisch, der mitten im Raum stand. Dann drückte er sie bäuchlings auf die Tischplatte.

Mehrmals schlug er ihr mit der flachen Hand auf

den Po und stimulierte ihre Vulva. Voller Inbrunst stöhnte sie laut auf und versuchte zögerlich, sich aus dem Griff seiner starken Hände zu befreien, doch er fixierte ihren Arm auf dem Rücken und schlug noch heftiger zu.

Als sie gefügig innehielt, drang er mit seinem riesigen Phallus tief in sie ein und nahm sie von hinten, während seine Hände ihren Körper in kreisenden Bewegungen erkundeten. Er penetrierte sie mit schnellen, harten Stößen, deren Rhythmus sich stetig steigerte. Dann wurde er langsamer, ließ sein Becken voller Einfühlungsvermögen kreisen, um dann seine Geschwindigkeit wieder zu steigern. Er dosierte seine Bewegungen, bis sie ihn bettelnd anflehte, schneller zuzustoßen.

Der Reigen ihrer im Akt vereinten Körper währte lange – seine Ausdauer schien unerschöpflich.

Sie stöhnte im Rhythmus seiner Stöße. Ihre lustvollen und ekstatischen Töne steigerten sich zu lauten Schreien, und als sie in einem Zustand der Ekstase von Höhepunkt zu Höhepunkt getrieben wurde, durchzog ein heftiges Zittern ihren Körper.

Als er von ihr abließ, sank sie erschöpft zu Boden.

Wie jedes Mal verspürte sie ein diffuses Gefühl von Traurigkeit, das in die Befürchtung münden könnte, ihre Lust sei unwiederbringlich verloren. Doch sie wusste auch, es würde nicht lange dauern, bis das Verlangen erneut in ihr wuchs und sie ihm nicht widerstehen könnte, koste es, was es wolle.

Ein letztes Mal zog er sie zu sich heran.

»Höre mir gut zu«, flüsterte er ihr ins Ohr. »Die Polizei hat sich in Vahlendorf eingenistet. Ein Mann und eine Frau. Sie sollen den Tod von Charlotta untersuchen. Sie könnten unserer Sache im Wege stehen. Du musst dich um sie kümmern, aber sei vorsichtig, damit sie keine Verstärkung anfordern. Die Frau steht bereits unter dem Bann des Waldes. Es wird leicht sein, sie zu verhexen. Der Mann ist das Problem. Sein schlichter Geist ist nicht empfänglich für die dunkle Magie. Er scheint sich zu betäuben. Etwas in ihm bemächtigt sich seiner Seele.«

»Ich werde tun, was du sagst.«

»Ich weiß. Jetzt geh hinaus und verbreite das Chaos in meinem Namen.«

31.

Ich bin der lebende Beweis, dass der Schamanismus funktioniert, hatte Zweitlinger gesagt. Oder ist es doch zu gefährlich, sich darauf einzulassen? Manipulativ und toxisch? Kann er eine Psychose auslösen und einen Realitätsverlust herbeiführen? Dann kann es zu unvorhersehbaren Ereignissen kommen.

Es stimmt vielleicht, ich habe Alexa und die Schamanin umgebracht, dachte Sallin schicksalsschwer, als er den Bolzenschneider zur Hand nahm, den er im Erdgeschoss des Gärtnerhauses in einer der Kisten gefunden hatte, die mit altem, verrostetem Werkzeug gefüllt war. Das Vorhängeschloss an der Falltür sah stabil aus, zerbrach aber in zwei Teile, als er energisch zudrückte.

Er verdrängte den Gedanken an die Risiken, die mit dem Schamanismus einhergingen.

Seit dem Tag seines Einzugs war er neugierig gewesen, was sich unter dem Gärtnerhaus befand. Ein Vorratskeller mit altem Wein, ein Schutzraum, ein geheimer Gang zur Villa von Gropius? Er würde es herausbekommen.

Vielleicht eignete sich der Raum auch als Versteck, hoffte Sallin. Es war nicht davon auszugehen, dass die Polizei ihn vergessen würde. Wenn sie anrücken, um ihn zu vernehmen, könnte er dort unten vorübergehend Zuflucht finden.

Er öffnete die Falltür und leuchtete mit der Taschenlampe in die dunkle Tiefe hinab. Bis auf eine alte Holzleiter konnte er nichts erkennen. Vorsichtig stieg er hinab und betrat einen schmalen Gang, der in einen dunklen Raum mündete, vollgestellt mit alten Möbeln.

Wuchtige Schränke und Kommoden, in denen sich Frauenkleider befanden, die so aussahen, als würden sie benutzt werden. Das war keine Kammer für ausrangierte Garderobe, sondern ein Ankleidezimmer. Zumindest zeitweise schien hier jemand zu wohnen. Die Vorstellung, einen geheimnisvollen Mitbewohner unter seinem Haus zu beherbergen, jagte ihm einen Schrecken ein.

Sallin ging weiter.

Im nächsten Raum brannten Kerzen, deren Licht eine gespenstische Atmosphäre erzeugte. Alles hier erinnerte ihn an eine Hexenküche, in der dunkle Messen zelebriert wurden. Überall standen seltsame, symbolträchtige Objekte herum. An den Wänden hingen düstere Bilder, auf denen furchterregende Monster um Kreuze tanzten, die auf dem Kopf standen. Die Luft war rauchgeschwängert, es roch nach Knoblauch, Kerzenwachs und Alkohol.

Ein kalter Schauer lief ihm über den Rücken, als er ein Podest aus schwarz-glänzendem Holz entdeckte, auf dem sich ein Pentagramm und zahlreiche Stoffpuppen mit Namensschildern befanden, deren Gliedmaße seltsam verrenkt aussahen. Neben okkulten Büchern und Schriften lagen dort auch Tierknochen, Nadeln, Kerzen, Schalen mit Tinkturen, ein kleiner gusseiserner Kessel, Federn, Hühnerköpfe und Symbole aus Holz, die wie deformierte Körper aussahen.

Ein Horrorkabinett! Du musst hier schleunigst raus, dachte Sallin mit Angstschweiß auf der Stirn. Da fiel ihm ein reich verzierter Dolch ins Auge, dessen Klinge wie eine Flamme geformt war. Fasziniert nahm er das Messer mit dem hölzernen Griff in die Hand und begutachtete das Kunstwerk von allen Seiten.

»Das ist meine *Athame*«, vernahm er eine leise Stimme, die aus dem Dunkel des Nebenraumes zu ihm herüberdrang. »Ein Hexen-Ritualdolch, der mir schon gute Dienste geleistet hat – hier in Vahlendorf.«

Vor Schreck fiel Sallin der Dolch aus der Hand.

Zögernd drehte er sich um und starrte in das diffuse Licht des Raumes hinein. Eine Silhouette näherte sich ihm. Er erkannte die Umrisse einer Frau, verhüllt in ein langes, schwarzes Gewand, den Kopf mit einer Kapuze bedeckt. In ihren Händen hielt sie eine Puppe und eine lange, dünne, vor Hitze glühende Nadel. Nur langsam schälte sich ihr faltenloses Gesicht aus der Dunkelheit heraus: schmale Lippen und kantige Gesichtszüge, aus denen ihm eisblaue Augen entgegenfunkelten. Sie schien alt zu sein, vermutlich jenseits der Siebzig, dennoch strahlte sie eine zeitlose Attraktivität aus, die ihn verunsicherte.

Sallin wich einige Schritte zurück und stieß gegen die Wand. Seine Sinne waren zum Zerreißen gespannt.

»Wer sind Sie? Was sind das hier für Räume unter meinem Haus?«

»Man nennt mich die Hexe von Salem, doch das ist nur die halbe Wahrheit.«

»Salem ... was soll das? Kenne ich nicht!«, stotterte

Sallin verunsichert, »betreiben Sie hier sowas wie illegale schwarze Messen?«

»Du hättest nicht herkommen sollen«, flüsterte sie mit einer Stimme, die ihm das Blut in den Adern gefrieren ließ. »Satan ist nach Vahlendorf zurückgekehrt, und er lässt sich nicht gerne in die Karten schauen, denn schon bald wird sich in diesem Land so einiges verändern. Das Feuer wird sie hinwegfegen, all die schwächlichen Versager, die dafür gesorgt haben, dass wir unserer Zukunft beraubt werden.«

Sallin spürte, wie ihm das Herz bis zum Hals schlug, während die unheimliche Gestalt, die sich als eine Hexe offenbart hatte, näher kam. Plötzlich hatte er das Gefühl, in diesen engen, unterirdischen Räumen zu ersticken.

»Gehen Sie mir aus dem Weg«, schrie er mit einem Anflug von Panik in der Stimme. »Ich muss hier raus!«

Er rannte um den Tisch, griff sich den Ritualdolch und stolperte in den Ankleideraum, um die Leiter nach oben zu erreichen. Plötzlich durchzuckte ein brennender Schmerz seinen Körper.

»Das wird dir nichts nützen«, prophezeite die Hexe, während sie die heiße Nadel in den weichen Leib der Puppe hineinbohrte. Lächelnd näherte sie sich ihm. »Du kannst die dunkle Magie nicht aufhalten. Sie nimmt sich, was sie will. Du wirst sterben.«

Sein Körper schien in Flammen zu stehen. Vor Schmerzen stöhnend krallte er sich mit Tränen in den Augen an den Sprossen der Leiter fest. Als der Schmerz kurz nachließ, keimte in ihm für einen Augenblick die Hoffnung auf, die Flucht könnte doch noch gelingen, doch dann stach sie die Nadel erneut tief in die Puppe, und diesmal schien ihm der Schmerz die Sinne zu rauben.

»N-N-N-NEIN!«, schrie er und ließ sich auf den staubigen Boden fallen. Er zog die Beine an und drückte seine Hände gegen die Brust.

»Bitte … hören Sie auf …«

Der Schmerz erfüllte ihn jetzt vollständig. Seine Identität löste sich auf, sein Körper zerfloss in ein fremdes Etwas, das ihm unbekannt war. Gedanken, Gefühle, Bewusstsein – alles verflüchtigte sich wie Sand, den der Wind in alle Himmelsrichtungen blies.

Nur der Schmerz stand wie ein riesiger Stachel vor einem Teil seines Ichs, das sich abgespaltet hatte, um die unsagbaren Qualen aus der Distanz zu ertragen.

Ein Teil seiner Seele war verlorengegangen, hatte die Schamanin gesagt. Er war zu ihr gegangen, um es zurückzuholen. Ein Heilungsritual, hatte sie gesagt, um seine Seele zu vervollständigen. Doch das Ritual war eine einzige Katastrophe gewesen. Aus diesem Grund hatte er sie umgebracht. Oder hatte er sich den Mord so intensiv ausgedacht, dass er zu einer Schein-Erinnerung wurde, die sich von echten Erinnerungen nicht mehr unterscheiden ließ?

So könnte es auch bei Alexa gewesen sein?

Vielleicht würde er es nie erfahren. Das Ritual hatte nicht funktioniert, und jetzt war seine Seele durch den Schmerz der Nadel wieder zerbrochen. Ein Selbstschutzmechanismus, denn auf diese Weise konnte ihm der Schmerz nichts anhaben. Er wütete im abgespalteten Teil seiner Seele, während sein eigentliches Ich unbeschadet blieb. Hier gelang es ihm, klare Gedanken zu fassen, Pläne zu schmieden und Risiken abzuwägen, um objektive, vernünftige Entscheidungen zu treffen, die sich dem Chaos nicht unterordneten. Seine Gedanken richteten sich auf das Messer.

32.

Es dämmerte bereits, als Freimann das Anwesen von Gropius erreichte. Er hatte den Wagen stehen gelassen, um den Kopf freizubekommen. Die Angst, dass ihn die wirren Träume um den Verstand bringen würden, breitete sich wie ein Krebsgeschwür in seinem Körper aus. Paradoxerweise war er sich nicht sicher, ob diese beängstigenden Visionen durch den Alkohol ausgelöst wurden oder ob er nur mehr trinken müsste, um dem Albtraum ein Ende zu bereiten, indem er seinen Geist benebelte.

Der übersinnliche Mist in seinem Kopf widerte ihn an. Der Teufel, Hexen und Dämonen, der Todesmarsch, ein Fluch auf einer vergrabenen Fluchtafel, hinterlassen von einer israelischen Gruppe auf Rachefeldzug, das Monster in der Blase: Am liebsten würde er all das vergessen. Doch zu seinem Leidwesen konnte er sich selbst im betrunkenen Zustand an jede noch so winzige Einzelheit erinnern.

TRAP-Sequenz ...? Wo hatte er diesen Begriff schon mal gehört? In einer Vision? Vermutlich ja!

Achte ... auf die ... TRAP-Sequenz!

Fast hätte er dieses kleine Detail vergessen, doch plötzlich tauchte der Begriff vor seinem geistigen Auge auf. Schnell nahm er das Handy zur Hand und gab den Begriff in das Suchfeld ein.

TRAP-Sequenz ... eine seltene Entwicklungsstörung bei

Zwillingen ... ausgeprägte Fehlbildungen ... parasitärer Zwilling ...

Das Monster in der Flüssigkeit!

In seiner Vision war er in eine Fruchtblase eingetaucht und hatte die Körper von parasitären Zwillingen betreten, die exakt der Beschreibung im Internet entsprachen.

Zuerst war er in den Parasiten geschlüpft – einem Klumpen Fleisch, der nur existieren konnte, weil der andere Zwilling ihn mit Blut versorgte. Dann wechselte er die Position und sprang in den gesunden Zwilling. Doch auch dieser war dem Tod geweiht, denn sein Herz leistete Schwerstarbeit. Es musste das Blut und die Nährstoffe in das Monster neben ihm pumpen. Es würde daran kaputtgehen.

Freimann lief ein kalter Schauer über den Rücken, als er den Text über parasitäre Zwillinge und die TRAP-Sequenz las. Ein extrem seltenes Phänomen, stand dort geschrieben, eine Laune der Natur, die neben der vielbeschworenen Schönheit auf diese Weise auch ihre ungeheuerliche Scheußlichkeit bewies.

Das Monster, der Parasit, war ohnehin dem Tode geweiht, unfähig zu überleben. Sein Zwilling war vollständig entwickelt und überlebensfähig, und dennoch war sein Tod besiegelt. Der Parasit saugte ihn aus; sie würden beide noch in der Fruchtblase sterben.

Freimann schüttelte sich und griff nach dem Flachmann in seiner Jackentasche. Es war ein beruhigendes Gefühl, dass der kalte Behälter aus Edelstahl noch fast voll war.

Er hatte sich allein zu Fuß auf den Weg gemacht,

um den Mann zu vernehmen, dessen Name ebenfalls auf der Liste von Rheintaler stand – Michael Sallin.

Ein kürzlich Zugezogener, der die Schamanin aufgesucht haben soll, da ihm angeblich etwas auf der Seele lag. Die Adresse von Sallin hatten sie von Zweitlinger erhalten, und Maltow hatte präzise erklärt, wie er das alte Gärtnerhaus erreichen konnte.

Alleingänge waren bei der Polizei eher unüblich, da bei den Ermittlungen immer ein Zeuge dabei sein sollte. Doch Maltow hatte ihn vor vollendete Tatsachen gestellt. Angeblich war die Dorfpolizistin, deren Verhalten in letzter Zeit immer absonderlichere Züge angenommen hatte, auf dem Weg nach Schwerin, um sich bei Hohlmut zu entschuldigen.

Freimann erinnerte sich dunkel: *Ich hab noch was zu erledigen,* hatte sie ihm ins Ohr geschrien.

Ihr Verhalten kam ihm seltsam vor. Das Mordmotiv, das sie Hohlmut bei der Vernehmung in Schwerin andichten wollte, war weit hergeholt. Doch eine Entschuldigung hielt er für übertrieben. Die Polizei entschuldigte sich nur selten. Schon gar nicht bei einer Vernehmung, in der es um einen Mordfall ging, doch Maltow hatte mit einem seltsamen Flackern in den Augen darauf bestanden, den Biologen noch einmal aufzusuchen.

Doch vielleicht war sie auch heimlich nach Salem gefahren, um diese Hexe zu vernehmen? Ihrer Meinung nach war Salem plötzlich in den Fokus der Ermittlungen geraten. Ihr hysterisches Brüllen hallte noch in seinen Ohren, doch Freimann hatte darauf bestanden, zuerst den ehemaligen Bauhofmitarbeiter

Zweitlinger zu vernehmen.

Mit einem Seufzer schüttelte Freimann den Gedanken an die Hexe aus Salem ab und steuerte direkt auf das alte Gärtnerhaus zu.

In Vahlendorf herrschte zwischenzeitlich der Ausnahmezustand. Bereits seit Stunden war der Strom ausgefallen, die Bewohner hatten sich in ihren Häusern verbarrikadiert, und durch die menschenleeren Straßen zogen dichte Nebelschwaden, die aus dem nahe gelegenen Ritualwald emporstiegen. Sie setzten sich wie eine Smog-Glocke über die Ortschaft, die wie ausgestorben dalag. Es herrschte eine gespenstische Stille; sogar die Vögel schienen geflüchtet zu sein.

Die Ruhe vor dem Sturm, dachte Freimann schicksalsschwer, ohne näher beschreiben zu können, was es damit auf sich haben könnte.

Der undurchdringliche Nebel machte ihm zu schaffen. Nur mit Mühe hatte er den Weg zum Gärtnerhaus gefunden. Unterwegs war ihm aufgefallen, dass einige der Haustüren mit roter Farbe beschmiert waren. Bösartige Texte und üble Nachreden waren darauf zu lesen:

Hier wohnen Gotteslästerer
Brennen soll die Hexe
Die Gottlosen auf den Scheiterhaufen
Mit den Hexen im Bunde
Diese Leute sollten hängen

Freimann kam die Fehde der beiden verfeindeten Lager in den Sinn, von der Zweitlinger gesprochen hatte und die ja angeblich so harmlos sein sollte. Der alte Streit zwischen den *Gottesfürchtigen* und den *Esote-*

rikern. Auch Maltow hatte es verharmlost, aber vielleicht auch unterschätzt, denn diese denunzierenden Schmierereien waren alles andere als ein Spaß. Hier wurden eindeutig Grenzen überschritten.

Irgendwann stand er schwankend mit offener Hose vor dem alten Gärtnerhaus, in dem Michael Sallin wohnen sollte.

Freimann, du ahnungsloser Saufkopf, Kollegin Maltow will sich nicht entschuldigen, hörte er eine Stimme hinter sich sagen. *Mensch Freimann, die will nur den Biologen vögeln. Ist doch klar, du naives Arschloch.*

Unsicher drehte er sich um und starrte in den pulsierenden Nebel. Nichts!

Aus der Ferne hörte er Sprechchöre. Randalierende Truppen, die laut grölend durch Vahlendorf zogen, kamen ihm in den Sinn. Ihre Parolen konnte er nicht verstehen, doch der Hass in ihren Stimmen war unüberhörbar. Der Geruch von Asche lag in der Luft und als er in den Nachthimmel blickte, erhellte etwas Scharlachrotes den Nebel, das wie ein loderndes Feuer aussah.

Ein kalter Schauer durchzog ihn.

Nachdem er sich mit einem Schluck aus dem Flachmann Mut angetrunken hatte, erklomm er die steile Außentreppe zu Sallins Wohnung und hämmerte wie besessen an die schwere Holztür.

»Aufmachen, Herr Sallin, hier ist die Polizei.«

Hinter ihm raschelte etwas. Vielleicht eine Katze? Er hörte Schreie, so als würde jemand von Schmerzen gepeinigt werden. Kalter Schweiß rann ihm von der Stirn; sein Herz begann zu rasen.

Sallin schien nicht zu Hause zu sein. Freimanns Blick fiel auf den scheunenartigen Unterbau des Hauses, der mit Gartengeräten und allerlei Utensilien vollgestellt war. Die offene Falltür erregte seine Aufmerksamkeit. Die Schreie schienen von dort zu kommen. Er stolperte die Treppe hinunter, nahm mehrere Stufen auf einmal und landete bäuchlings auf dem Schotterweg.

Fluchend rappelte er sich auf, kontrollierte den Zustand seines Flachmanns und nahm einen kräftigen Schluck, um wieder zu Sinnen zu kommen. Schwer atmend wischte er sich über die feuchte Stirn und stellte verblüfft fest, dass seine Hand voller Blut war.

Scheiße, ich hätte mich festhalten sollen, verfluchte er sich in Gedanken.

Er drückte sich das Taschentuch an den Kopf und stolperte zur Falltür. Blut lief ihm in die Augen, als er den dunklen Schacht hinunterblickte, aus dem eine gequälte Stimme und lautes Stöhnen zu ihm heraufdrang.

N-N-N-NEIN

Bitte ... hören Sie auf ...

Freimann zog seine Waffe, entsicherte sie und stieg die Holzleiter hinab, deren Sprossen unter seinem Gewicht von gut einhundert Kilo bedenklich knirschten. Mit der Waffe im Anschlag folgte er dem Gejammer des vermeintlichen Opfers und gelangte nach wenigen Schritten in einen Raum, der ihn an das Märchen von Hänsel und Gretel erinnerte.

Du bist in einem Hexenhaus gelandet, dachte er und brach in schallendes Gelächter aus, der Hysterie nahe.

Der Anblick, der sich ihm durch die blutverschmierten Augen bot, war von absurder Lächerlichkeit und hätte einem Trash-Horrorfilm entsprungen
sein können, der so grotesk war, dass man darüber
lachen musste.

In dem mit okkulten Objekten vollgestellten Raum
befanden sich zwei Personen: eine in schwarz gekleidete Frau, die eine dünne Nadel in eine Puppe trieb,
und ein Mann mit schmerzverzerrtem Gesicht, der
einen seltsam aussehenden Dolch in der Hand hielt,
um sich damit die Kehle aufzuschlitzen.

33.

Lübeck Online, den 24.10.2024

PRESSEMELDUNG

Verheerendes Großfeuer in Vahlendorf: Zahlreiche Tote und Verletzte, Hälfte der Gebäude zerstört

Die gesamte Region steht unter Schock und trauert um die Opfer der Katastrophe

Vahlendorf, 24.10.2024 – Ein verheerendes Großfeuer hat in der Nacht zum Donnerstag in Vahlendorf am Schaalsee gewütet und die Hälfte des Ortes in Schutt und Asche gelegt. Das Feuer, das gegen 20:00 Uhr in mehreren Wohngebäuden gleichzeitig ausbrach, erfasste ganze Straßenzüge und führte zu einer Katastrophe ungeahnten Ausmaßes.

Tote und Verletzte, massive Zerstörungen
Mehr als die Hälfte der Gebäude in Vahlendorf fiel den Flammen zum Opfer. Zahlreiche Menschen kamen ums Leben, wurden verletzt oder gelten immer noch als vermisst. Trotz des schnellen Großeinsatzes zahlreicher Feuerwehren aus der Region konnte das

Feuer noch nicht unter Kontrolle gebracht werden. Da die Rettungsarbeiten noch andauern, kann die genaue Anzahl der Opfer bisher nicht beziffert werden. Ersten Meldungen zufolge könnten aber über einhundert Personen in den Flammen umgekommen sein. »Es ist leider damit zu rechnen, dass die Zahl noch deutlich steigen wird«, sagte Einsatzleiter Matthias Waldner vom Katastrophenschutz Lübeck.

Rettungskräfte am Rande der Erschöpfung
Im nahe gelegenen Mölln wurde ein Notfallzentrum mit Notunterkünften eingerichtet, von dem aus die Einsatzkräfte koordiniert werden. Feuerwehr, Rettungskräfte, THW, Polizei und ehrenamtliche Helfer kämpfen einen scheinbar aussichtslosen Kampf, da die Arbeiten durch starken Nebel behindert werden. Schleswig-Holsteins Ministerpräsident Daniel Günther schließt nicht aus, die Unterstützung der Bundeswehr anzufordern.

Brandursache noch unklar
Die genaue Ursache des Feuers ist momentan noch unklar. Erste Untersuchungen von Brandermittlern deuten jedoch auf Brandstiftung hin. Die Kriminalpolizei aus Lübeck und Kiel hat die Ermittlungen aufgenommen. Zeugenaussagen zufolge wurden in der Nacht illegale Fackelzüge beobachtet, die lautstark demonstrierend durch die Straßen zogen. »Es gibt seit Langem zwei verfeindete Lager im Ort«, bestätigt Bürgermeister Claus Kreutzberg tief betroffen. »Doch niemand von uns kann sich vorstellen, dass der Kon-

flikt der Grund für diese Tragödie sein soll. Das ist ein Albtraum«.

Hilfsmaßnahmen
Neben der Einrichtung von Notunterkünften haben einige Hilfsorganisationen bereits damit begonnen, Spendenaktionen zu organisieren. Außerdem wurde neben psychologischer Betreuung auch eine Notfall-Hotline eingerichtet, bei der sich Angehörige und Betroffene informieren können.

Kontakt:
Matthias Waldner
Einsatzleiter
Telefon: 04542-803 999
E-Mail: matthias.waldner@feuerwehr-vahlendorf.de
Webseite: www.feuerwehr-vahlendorf.de

Weitere Updates folgen, sobald mehr Informationen verfügbar sind.

34.

Wenn er ahnen würde, wie geil sie sein Wimmern machte, käme er vielleicht auf die Idee, seine Angst und die Schmerzen zu unterdrücken, doch Hohlmut war nur noch ein Schatten seiner selbst.

Maltow hatte den Ameisenforscher im Alleingang in der Schweriner Forschungsanstalt für Biologie mit vorgehaltener Waffe verhaftet, was einer illegalen Entführung gleichkam. Denn ein nachvollziehbares Motiv war Hohlmut nicht nachzuweisen. Er hatte ein Alibi und war bereit, eine DNA-Probe abzugeben, doch Maltow ging es nicht um den Mord an der Schamanin, sondern um ihren persönlichen Rachefeldzug.

Als Polizistin war sie den Umgang mit toxischen Männern und Machos gewöhnt, doch bei Hohlmut, der keinen Hehl aus seinem psychopathischen Charakter machte, musste sie das ausspielen, was erst kürzlich von ihr Besitz ergriffen hatte: die dämonischen Kräfte des Waldes.

Von der akkuraten Dorfpolizistin zur sexbesessenen Hexe, würde Freimann sagen, dachte sie mit einem hämischen Grinsen im Gesicht, als sie Hohlmut in seinem Büro die Handschellen anlegte. Tatsächlich hatte Maltow aufgehört, sich gegen die dunklen Mächte zu wehren, die in ihrem Kopf herumspukten. Sie genoss das Gefühl, keine Regeln mehr befolgen zu müssen – und konnte es ausleben. Niemand stellte sich ihr in den Weg. In ihrer Funktion als Polizistin genoss sie das Privileg des staatlichen Gewaltmonopols, das Beamte der Polizei besitzen, um die Sicherheit der Bürger zu gewährleisten. Sie war bewaffnet, fuhr einen Polizeiwagen und würde sich an keine Regeln mehr halten müssen, bis jemand erschien, um sie aufzuhalten.

Maltow schob den Gedanken daran beiseite. Sie fühlte sich frei, skrupellos und seltsam verwandelt. So als hätte sich die alte, gewissenhafte Dorfpolizistin verabschiedet, um einem chaotischen und gewissenlosen Wesen Platz zu machen. Diesem Wesen fiel es nicht schwer, einen Psychopathen wie Hohlmut einzuschüchtern. Sie würde ihm das Knie zerschießen, wenn er nicht tat, was sie sagte, redete sie ihm ins Gewissen.

Hohlmut hatte nicht damit gerechnet, das Opfer einer Entführung zu werden. Sein sonst so dominantes Auftreten hatte Maltow verrückt gemacht und ihren Killerinstinkt geweckt. Geknebelt und gefesselt lag er auf der Rückbank des Streifenwagens, als Maltow in die geräumige Garage hineinfuhr.

Ihr Haus lag am Rande des Fünfhundert-Seelen-Ortes Hollenbek, unweit von Vahlendorf, zwischen Mölln und dem Schaalsee. Umgeben von Viehweiden und landwirtschaftlichen Flächen, auf denen im Mai der Raps blühte, verbrachte sie in dem idyllisch gelegenen Elternhaus eine Kindheit ohne nennenswerte Ereignisse. Seit dem frühen Tod ihrer Eltern vor fünf

Jahren wohnte sie allein in dem Reetdachhaus, das früher einmal der Altenteil eines Bauernhofes gewesen war. Als Einzelkind war sie oft auf sich allein gestellt. Gelangweilt von der Eintönigkeit des Landlebens und zunehmend frustriert von der Kälte, die sich im Laufe der Jahre zwischen ihren Eltern verfestigt hatte, suchte sie nach dem Schulabschluss Abwechselung bei der Polizei. Als man ihr nach der Ausbildung die Stelle als Dorfpolizistin in Vahlendorf anbot, zögerte Maltow nicht lange. Die vertraute Umgebung, ein kurzer Arbeitsweg und zahlreiche alte Bekanntschaften ließen sie schwach werden. Doch es dauerte nicht lange, bis sie ihre Entscheidung bereute.

Der Job war langweilig, anspruchslos und von Männern dominiert, die sie belächelten. Aber das würde sich jetzt ändern. Hohlmut war der Erste, der Bekanntschaft mit der *neuen* Maltow machen würde. Auch Kollege Freimann stand auf ihrer Liste.

Von der Garage aus gab es einen direkten Zugang zu den Kellerräumen unter dem Haus. Als sie Hohlmut mit gezogener Waffen in einen der Räume dirigieren wollte, ging der Ameisenforscher zum Angriff über. Seine Bewegungsfreiheit war durch die Handschellen stark eingeschränkt, doch in seiner Verzweiflung gelang es ihm, seine Peinigerin mit der Schulter zu Fall zu bringen. Nur mit Mühe gelang es Maltow, wieder auf die Füße zu kommen, um den muskulösen Mann in seine Schranken zu weisen. Sie setzte den Elektroschocker ein und schleifte seinen paralysierten Körper in den Raum mit der *Konstruktion*.

Hohlmut stöhnte und wand sich auf dem kalten Betonfußboden, den Blick mit weit aufgerissenen Augen auf die Decke gerichtet, an der eine elektrische Seilwinde befestigt war. Immer wieder attackierte sie ihn mit dem Schocker, bis sie seinen Körper an der Konstruktion fixiert hatte.

Das in Eigenbau gefertigte Gebilde, in das Maltow ihr Opfer hineingezwängt hatte, bestand aus Gurten, Riemen, Stangen, Schnallen und Karabinern und erinnerte entfernt an eine Liebesschaukel. Sie nahm das Bedienelement der Seilwinde zur Hand, drückte einen Knopf, und die Winde zog die Konstruktion nach oben. Zusammen mit Hohlmut, der sich darin kaum bewegen konnte, da seine Gliedmaßen an den Stangen festgeschnallt waren.

Als Hohlmut mit abgespreizten Extremitäten über dem Boden hing, gefangen in einem Gewirr aus Bändern und Stangen, trat sie zurück und warf einen kritischen Blick auf die eigenwillige »Liebesschaukel«, die bedrohlich zu schwingen begann, da der Ameisenforscher in Panik geriet.

Damit kann man arbeiten, sagte sie mehr zu sich selbst. Als der Putz von der Decke rieselte, nahm sie einen Besen zur Hand und brachte die Schaukel damit zum Stehen.

»Hör auf mit dem Gezappel, du Schwachkopf!«, schrie sie Hohlmut an. »Du machst es damit nur noch schlimmer.«

Hohlmut wimmerte. Maltow spürte eine Geilheit in sich aufsteigen, der sie jetzt nicht nachkommen wollte. Sie riss ihm das Klebeband vom Mund und verließ den Raum mit dem Wissen, dass er sich nicht aus eigener Kraft befreien konnte. Hohlmut nutzte die Gelegenheit und bettelte um sein Leben. Er bot ihr Geld an, versprach, all ihre Wünsche zu erfüllen, und versuchte verzweifelt, die Eitelkeit in ihr anzusprechen.

»Sie suchen doch noch den Mörder der Schamanin?«, versuchte er sich einzuschmeicheln. »Es war die Hexe von Salem. Ich kann Ihnen helfen, sie zu finden, dann können Sie den Fahndungserfolg ganz für sich alleine reklamieren.«

Doch Maltow, die sich bereits auf der Treppe ins Erdgeschoss befand, reagierte nicht auf seine vermeintlich falschen Versprechungen. Auch seine panischen Schreie ließen sie kalt. Niemand würde ihn hier hören können.

In der Küche lief der Polizeifunk.

Neugierig folgte sie den aktuellen Meldungen von Polizei und Feuerwehr, die über ein Großfeuer in Vahlendorf berichteten. Maltow verließ das Haus und blickte nach Norden. Eine riesige, dunkelgraue Rauchsäule stand unübersehbar am Himmel über Vahlendorf.

Fluchend ging sie im Kreis herum, bis sie zu der Überzeugung kam, die Katastrophe zu ignorieren. Den Meldungen zufolge stand der halbe Ort in Flammen, und in Mölln gab es bereits eine Zentrale, die den Einsatz der Hilfskräfte koordinierte, die aus allen Himmelsrichtungen zur Hilfe eilten.

Sie konnte ohnehin nichts ausrichten. Im Gegenteil: Es kam ihr sogar gelegen, wenn das Kaff mitsamt der Polizeistation abbrennen würde. Sie hatte sowieso nicht vor, den Dienst wieder aufzunehmen. Es gab hier noch einiges zu erledigen, dann würde sie Richtung Osten verschwinden. Die Ukraine rekrutierte für den Krieg gegen Russland auch Söldnerinnen – genau der richtige Job für ihr neues Leben. Die Registrierung auf der ukrainischen Internetseite war bereits erledigt, der Flug von Hamburg nach Odessa reserviert.

Sie ging ins Schlafzimmer, zog die Uniform samt Unterwäsche aus und schlüpfte in den weißen Kittel. Dann setzte sie das Häubchen auf und nahm das Massagegerät aus dem Schrank. Sie schraubte den modifizierten Vier-Finger-Massageaufsatz auf und betätigte den Schalter, um einen Probelauf zu starten. Das keulenförmige Gerät brummte leise, der Aufsatz vibrierte, die Rasierklingen, die sie an den vier Flügeln des Aufsatzes befestigt hatte, schimmerten und glänzten wie harter Edelstahl.

Maltows Gesicht verzerrte sich zu einer Fratze. Es gab jetzt kein Zurück mehr, sie würde sie ausleben – ihre neu gewonnene Freiheit. Das Böse ist so viel mächtiger und verlockender als alles, was sie bisher kennengelernt hatte. Seit Menschengedenken hatte sich daran nichts geändert: Das Böse war schon immer der einzige Garant für die Macht.

Der Wald wusste das …

35.

Das Naturschutzgebiet Salemer Moor lag süd-
östlich von Ratzeburg in der Nähe des
Schaalsees, nur wenige Kilometer von Salem
entfernt. Teile des Hochmoors waren mit Moorwald
bewachsen, es gab mehrere Seen, Tümpel und Klein-
gewässer. Die idyllische Landschaft bot einer Vielzahl
von seltenen Tier- und Pflanzenarten einen geschütz-
ten Lebensraum, durch den nur wenige Wanderwege
führten. Außerhalb der Wege war es nicht erlaubt, das
Moor zu betreten.

Für Martin Siegert galten andere Regeln.

Er bewohnte einen abseits gelegenen, ehemaligen
Bauernhof zwischen Kittlitz und Salem am Kittlitzer
Bach. Neben dem Wohnbereich, mehreren Ställen und
einer Tischlerwerkstatt beherbergte der Hof auch un-
terirdische Räumlichkeiten für die Lagebesprechun-
gen, die er regelmäßig mit wenigen Vertrauten durchführte.

Fast täglich fuhr er von hier aus mit dem geländegängigen Ford Ranger die sechs Kilometer zum Ruschensee, der im westlichen Teil des Naturschutzge-
bietes Salemer Moor am Rande eines dicht bewaldeten
Areals lag. Dort gab es keine Wanderwege und sämtliche Personen, die hier Zugang hatten, vom Förster bis
zum zuständigen Sachbearbeiter bei der Gemeinde-
verwaltung, standen auf der Gehaltsliste der Organisa-

tion, zu der auch Siegerts rechtsradikale Terrorzelle gehörte.

Seit einem halben Jahr kam es hier im Wald zu außergewöhnlichen Aktivitäten – oft auch in der Nacht. Regelmäßig erschienen Männer aus Siegerts Gruppe oder externe Helfer, um an einem geheimnisvollen Projekt zu arbeiten.

Mit einem geländegängigen Klein-LKW wurden Stahlrohrsegmente angeliefert, die in der Nähe des Ruschensees auf einer Lichtung zusammengeschraubt wurden. So entstand eine fast fünfzig Meter lange und einen Meter breite Startrampe aus Leichtmetall, die mit Tarnnetzen abgedeckt wurde, um eine Entdeckung aus der Luft auszuschließen.

Die Rampe hatte die Funktion eines Katapults und diente als Träger- und Abschussanlage für eine Konstruktion, die in einer eigens hierfür eingerichteten unterirdischen Fertigungshalle in der Nähe von Berlin produziert wurde. Die Original-Konstruktion, die hier als Unikat nachgebaut und demnächst eingesetzt werden sollte, war zwar schon achtzig Jahre alt, überzeugte aber durch ihre einfache und günstige Fabrikationsmethode. Viele Komponenten konnten per Hand oder mit Hilfe eines 3D-Druckers kopiert werden, doch es wurde auch moderne Technik verbaut, um die Fähigkeiten des Systems, insbesondere bei der Navigation, den heutigen Anforderungen anzupassen.

Die Organisation verfügte über zahlreiche Möglichkeiten, die benötigten Materialien für den Bau der Konstruktion zu beschaffen, die bereits in den vierziger Jahren des zwanzigsten Jahrhunderts als wegweisende Innovation bezeichnet werden konnte.

Das exotische Objekt, von Siegert und seinen Leuten als »Thors Pfeil« bezeichnet, war vor Kurzem fertiggestellt und in das Waldstück am Ruschensee gebracht worden. Dort wurde es auf die eigens hierfür angefertigte Rampe gehievt und für den Einsatz vorbereitet. Die nächtliche Aktion erforderte erhebliches Gerät und Manpower, da das zwei Tonnen schwere und acht Meter lange, zylindrisch geformte Objekt unter keinen Umständen beschädigt werden durfte. Es gab nur dieses eine Exemplar, und ein Testlauf konnte aufgrund der brisanten Umstände nicht durchgeführt werden.

In den frühen Morgenstunden des 25. Oktober 2024 meldete der verantwortliche Einsatzleiter Sven Oldenburg seinem Kommandanten Siegert die Einsatzbereitschaft des Objektes.

Es war geplant, *Thors Pfeil* am Montagvormittag abzuschießen, wobei es einige Stunden zuvor zwei Ablenkungsmanöver geben sollte, die für das nötige Chaos sorgen würden.

Siegert, sein Stellvertreter Oldenburg und zehn weitere Kernmitglieder des inneren Zirkels trafen sich am Freitagnachmittag bei Siegert zu einer Lagebesprechung, um die weitere Vorgehensweise abzustimmen. Fast eine Stunde verging, bis auch der letzte Teilnehmer sein Motorrad in der großen Scheune abgestellt hatte.

Dort befand sich die Bodenluke. Der versteckte Zugang führte hinab in das skurrile Reich des Kommandanten Siegert – Tarnname Alphawolf. Ein überzeugter Neonazi und Anführer einer neuen rechtsextremen Terrorzelle, die sich in Anlehnung an die erste **Vergel**tungswaffe, die von den Nazis in den letzten Kriegsjahren eingesetzt wurde, den Namen »V1« gegeben hatte. Ein charismatischer Führer mit manipulativen Fähigkeiten, der bereit war, für die ideologischen Ziele der Organisation über Leichen zu gehen, und der festen Überzeugung war, einen Pakt mit dem Teufel geschlossen zu haben.

Im großen, unterirdischen Sitzungsraum brannten Fackeln an den Wänden. Dazwischen hingen Propagandaplakate, auf denen der Endsieg thematisiert wurde: Hakenkreuzfahnen, Totenkopf- und andere Symbole der rechten Szene sowie ein Ölgemälde mit dem Bildnis von Adolf Hitler. Über der Eingangstür prangte in großen Buchstaben: »Im Geiste unbesiegt«.

In der Mitte des Raumes stand ein massiver Eichentisch mit der Gravur »V1« auf der Tischplatte, umgeben von einfachen Stühlen. Auf dem Tisch standen Bierflaschen, Aschenbecher, mehrere technische Geräte wie Laptops und Tablets, dazwischen lagen Dokumente, zahlreiche Fotos und Kartenmaterial der Region um Berlin. Von der Decke hingen Strahler, die den Tisch in ein helles warmes Licht tauchten, während der Rest des Raumes nur spärlich durch die Fackeln beleuchtet wurde, deren Schattenspiele eine düstere Atmosphäre erzeugten.

Das leise Surren der Klimaanlage wurde vom angespannten Gemurmel der Männer übertönt, die ihre ausgeschalteten Handys vor sich liegen hatten.

Siegert stand auf und begrüßte die Runde mit einem lautstarken »Sieg Heil«, das von seiner Mannschaft in ohrenbetäubender Lautstärke erwidert wurde.

»Das Feuer in Vahlendorf hat enorme Ausmaße angenommen«, eröffnete Siegert die Runde mit einem Grinsen im Gesicht. »Tom, du wohnst dort und hast Kontakte zur Feuerwehr. Erzähl mal …«

Tom Grätke räusperte sich. »Ja, die Gebäude, in denen Chris und ich wohnten, sind von dem Feuer betroffen und mittlerweile wahrscheinlich bereits abgebrannt. Wir sind aber bei Kameraden in Lübeck untergetaucht.«

»Gut, Fehler können wir uns momentan nicht leisten, weiter …«

»Das Feuer ist immer noch nicht unter Kontrolle. Wie es aussieht, ist der Ort nicht mehr zu retten und wird vermutlich komplett abbrennen. Die gesamte Region ist gesperrt; der Wald darf von niemandem mehr betreten werden. Momentan werden alle evakuiert. Die Presse spricht von einem Jahrhundertfeuer und … «

»Die Scheiß-Presse ist doch immer nur auf der Suche nach Sensationen«, mischte sich Manny Kasperski ein. Er hatte seine nackten, vollständig tätowierten Arme auf dem Tisch abgelegt.

»Lass ihn weiterreden«, konterte Siegert ohne äußere Regung und nickte Grätke zu.

»Es soll bisher um die hundert Todesopfer geben und viele Verletzte, wobei die Zahlen sicher noch steigen werden«, fuhr Grätke fort, mit einundzwanzig das jüngste Gruppenmitglied. »Die Bundeswehr wurde bereits angefordert. Außerdem sind jede Menge Bullen vor Ort, da von Brandstiftung ausgegangen wird.«

»Wer kommt denn da in Frage?«, wollte Eric Müller wissen, der der Waffenexperte in der Gruppe war.

Chris Wellener meldete sich zu Wort, das Siegert ihm erteilte. »In Vahlendorf gibt es schon lange zwei verfeindete Gruppierungen: die ›Gottesfürchtigen‹, denen der ganze Hexen-Quatsch um den Ritualwald zuwider ist, und die ›Esoteriker‹, die gar nicht genug von dem spirituellen Hokuspokus bekommen können.«

»Wissen wir doch alles, … außer vielleicht Eric«, sagte Leon Mehldorn unaufgefordert. Als IT-Experte nahm er sich immer ein bisschen mehr heraus als die anderen. »Die meisten dieser Leute sind fünfzig plus. Bisher gab es da nur Vorhaltungen, Beleidigungen und vielleicht mal ein bisschen Geschubse. Das scheint sich jetzt geändert zu haben.«

»In der Tat«, bestätigte Wellener und verzog das Gesicht. »Beide Gruppen gehen bereits seit Tagen auf die Straße, um zu demonstrieren. Abends mit Fackeln und bis an die Zähne bewaffnet: Messer, Äxte, Knüppel und dergleichen. Sie haben sich gegenseitig massakriert und die Häuser angezündet.«

»*Er* hat tatsächlich Zwietracht gesät«, bemerkte Siegert mehr zu sich selbst.

»Wer?«, wollte Grätke wissen.

»Kein Kommentar!«, antwortete der Kommandant knapp.

Müller stieß geräuschvoll die Luft aus. »Wieso denn plötzlich diese Eskalation? Ausgerechnet jetzt, kurz vor ›Operation Schlittenfahrt‹?«

»Das soll uns nicht stören«, schaltete sich Siegert dazwischen und trommelte mit den Fingern auf den Tisch. »Im Gegenteil, es spielt uns in die Karten.«

»Sehe ich genauso«, bekräftigte Siegerts Stellvertreter Oldenburg. »Das Land blickt schockiert auf Vahlendorf und ist abgelenkt. Niemand rechnet mit einer Operation unserer Größenordnung. So rückt die Machtübernahme in greifbare Nähe.«

»Apropos ›Operation Schlittenfahrt‹«, sagte Siegert und sah erwartungsvoll in die Runde. »Wie ist der Sachstand? Kann der Zeitplan erfüllt werden?«

»Läuft wie geschmiert«, bekräftigte Oldenburg und wischte sich den Bierschaum vom Mund. »Die Aktivisten werden am Sonnabend eine Bombe beim Bundesinnenministerium platzieren, Straße …

»Ministerium des Inneren und für Heimat«, unterbrach Mehldorn Oldenburg mit aufgesetzter Miene.

Oldenburg fuhr unbeirrt fort: »… Straße Alt-Moabit zwischen einem Restaurant und der gesicherten Zufahrt zum Ministerium inmitten einer Baumreihe. Sehr unauffällig, in einer Mobiltoilette, wie man sie oft bei Baustellen sieht.« Er machte eine Pause. »Die zweite Bombe liefern wir direkt ins Verteidigungsministerium, dem sogenannten Bendlerblock«, versprach er mit einem Grinsen im Gesicht. »Unser Mann im Amt hat diskret dafür gesorgt, dass eines der Kopiergeräte im zweiten Obergeschoss ausgetauscht werden muss. Wir fangen die Lieferung ab, tauschen das Gerät und die zwei Fahrer aus und liefern den Kopierer mit dem Sprengstoff direkt in die Höhle des Löwen.«

Die Männer applaudierten lautstark.

Gezündet wird zuerst am Montag um neun Uhr im Bendlerblock, eine Stunde später dann beim Bundesinnenministerium. Per Handy natürlich.«

»Ich habe gehört, es gab Probleme mit dem Sprengstoff, Eric?«, fragte Siegert beiläufig und blickte zu Müller, der pflichtbewusst nickte.

»Unser Lieferant hat kurzfristig den Preis für den C4-Sprengstoff erhöht«, konkretisierte Müller. »Unsere Unterstützer haben noch was an Barmitteln nachgeschossen. Letztlich hat aber alles geklappt.«

»Den Typ werden wir uns merken!«, platzte es aus Oldenburg heraus. Der Zweitkommandant war stinksauer. »War die Lieferung denn korrekt?«

Müller nickte nachdenklich. »Ist korrekt, hab ich selbst überprüft. Der Sprengstoff hat pro Bombe eine äquivalente Sprengkraft von etwa 200 kg TNT. Das gibt einen ordentlichen Wums. Im Umkreis von hundert Metern geht da so ziemlich alles zu Bruch.«

Siegert lehnte sich zufrieden zurück. »Ok, gehen wir mal davon aus, dass der erste Teil von ›Operation Schlittenfahrt‹ – das Ablenkungsmanöver – problemlos über die Bühne geht. Die beiden Bomben explodieren, es gibt zahlreiche Tote und Verletzte, die Rettungskräfte sind im Dauereinsatz und die Behörden spielen verrückt. Zwei Anschläge kurz hintereinander im Berliner Regierungsviertel, Hauptstadt der Bundesrepublik Deutschland: Die Medien werden sich wie die Geier darauf stürzen.«

»Das wird richtig geil«, ereiferte sich Kasperski, ideologischer Hardliner und selbsternannter Experte für das Objekt »*Thors Pfeil*«. »Und dann kommt unser ›Baby‹ ins Spiel, das damals im Krieg passenderweise als ›Höllenhund‹ bezeichnet wurde. Und ich kann euch sagen, unser ›Baby‹ wird seinem vielsagenden Namen gerecht werden. Gegen Montagmittag startet ›Thors Pfeil‹ von der Rampe am Ruschensee Richtung Berlin. Bei einer Geschwindigkeit von mindestens sechshundert km/h beträgt die Flugzeit nur zwanzig Minuten und …«

Die Männer hörten gelangweilt zu. Kasperski hörte sich gerne reden, vor allem, wenn es um sein *Baby* ging. Allerdings mussten ihm alle Respekt zollen, selbst Siegert war beeindruckt. Kasperski war maßgeblich am Nachbau der V1 beteiligt, dem ersten Marschflugkörper der Welt, den die Nazis vor über achtzig Jahren entwickelt und im Zweiten Weltkrieg eingesetzt hatten.

Mit einem Dutzend Experten aus der Aktivisten-Szene tüftelte er in einer unterirdischen Halle mit drei Kameraden des »Inner Circle« fast ein Jahr lang an der Fertigung der Flugbombe V1, die unter dem Codenamen »Thors Pfeil« die Republik verändern sollte.

Siegert lächelte. »Du wiederholst dich, Manny. Wir arbeiten jetzt alle fast ein Jahr an dem Projekt und kennen die Thematik, aber …«

»Aber ihr kennt längst nicht alle Details«, unterbrach Kasperski Siegert.

»… ich kann dich ja verstehen, Manny, aber die Frage ist doch: Wird ›Thors Pfeil‹ auch fliegen, und, was noch viel wichtiger ist, wird die V1 das Ziel auch treffen und zerstören? Oder haben wir etwas übersehen?«

»Natürlich wird sie fliegen!«, beteuerte Kasperski voller Überzeugung. »Das Pulsstrahltriebwerk ist eine einfache, aber geniale Konstruktion, die wir noch verbessert haben. Für die Zielerfassung haben wir ein modernes System eingebaut, das sich an Kartenmaterial und der Erkennung von markanten Punkten orientiert. Kein GPS oder andere Navigationssysteme, denn die würden garantiert mit Störsignalen beeinträchtigt werden.«

Mehldorn rülpste lautstark. »Manny hat recht. Für die zusätzlich eingebauten EDV-Komponenten habe ich die Software geschrieben. Damit können wir auf einiges verzichten, wie zum Beispiel den Fernkompass. Die Flughöhe reduzieren wir auf zweihundert Meter; Menge des Sprengstoffes und Sprengkraft konnte deutlich erhöht werden. Niemand hat sowas auf dem Zettel; schon gar nicht aus Richtung Nordwest. Und falls sie uns doch entdecken sollten, hat die V1 ihr Ziel bereits erreicht.«

»Obwohl wir keinen Testflug machen können, gehe ich davon aus, dass Thors Pfeil das Ziel treffen und zerstören wird«, sagte Oldenburg, drückte seine Zigarette im Aschenbecher aus und fuhr fort: »Und dann wird dieses Land ein anderes sein. Wir krempeln die Parteienlandschaft um, besetzen wichtige Funktionen mit unseren Leuten und entmachten das Bundesverfassungsgericht. Eine Menge Leute warten nur darauf, dass wir ihnen den Weg ebnen. Und dieser Mann hier, unser Führer …«, er deutete auf Siegert, »… wird sie in unsere Bewegung aufnehmen und unser geliebtes

271

Vaterland in ein neues, ruhmreiches Zeitalter führen.«

Für einen Moment herrschte Stille. Nur das knisternde Flackern des Feuers erfüllte den düsteren Raum. Wie auf ein geheimes Signal hin schlugen die Männer ihre Bierflaschen auf den Tisch. Zuerst leise und langsam, dann immer schneller und lauter. Sie brüllten ihre Parolen, immer wieder, bis Siegert aufstand und die Faust siegessicher nach oben streckte.

Deutschland erwache!
Sieg Heil!
Sieg Heil!
Sieg Heil!
Sieg Heil!

36.

Es roch nach Blut, Schweiß, Urin und Erbrochenem – eine Symphonie der Gerüche, die die ganze Bandbreite menschlicher Ausscheidungen umfasste. Und es roch nach Angst. In Maltows Keller öffnete sich das Tor zur Hölle, und sie hatte nicht vor, es wieder zu schließen.

Im Gegenteil.

Der funktionell eingerichtete Raum war in rötliches Licht getaucht. An der Wand stand ein Holzschrank, daneben mehrere mobile Metallregale, auf denen zahlreiche Geräte und Werkzeuge lagen. Einige der Gerätschaften, von der Knochensäge bis zum Fleischwolf, erinnerten an eine Metzgerei, andere eher an einen Sezierraum, wie er in Leichenhäusern zu finden ist. Das Massagegerät dagegen war eher ein Wellness-Artikel, genau wie der Vibrator, den sie gelegentlich benutzte, während sie Pornofilme auf dem Handy konsumierte.

Ein Thermomix, ein Elektromesser und eine elektrische Geflügelschere befanden sich, zusammen mit weiteren Küchengeräten, auf einem separaten Regal, angeschlossen an eine Steckdosenleiste.

An einer Längsseite des Raumes standen zahlreiche graue Eimer mit grünen Deckeln, auf denen in großen Buchstaben das Wort »*BOKASHI*« stand. Eine Sprühflasche mit der Aufschrift »Mikrobenlösung« und einige Beutel Bokashi-Ferment vervollständigten die Kompostierungsanlage, die Maltow in einem Lübecker Baumarkt gekauft hatte, um organische Abfälle zu verwerten.

In der Mitte des Raumes hing Hohlmut von der Decke. Er war in Maltows Liebesschaukel gefangen und ihren Rachegelüsten hilflos ausgeliefert. Unter der eigenwilligen Konstruktion standen zwei große Plastikwannen, mit denen sie Blut und andere Absonderungen ihres Opfers auffing, um damit einen der Bokashi-Eimer zu befüllen.

Maltow war zunächst skeptisch gewesen, ob die Rasierklingen, die sie an dem Massagegerät befestigt hatte, ihren Zweck erfüllen würden. Doch ihre Bedenken waren unbegründet. Die vibrierenden Klingen verursachten saubere Schnitte, ohne dabei abzubrechen.

Mit Genugtuung betrachtete sie Hohlmuts Rücken, von dem Blut in Fäden herunterlief. Auch sie selbst war von oben bis unten mit Blut besudelt. Sie hatte das Häubchen abgelegt und den Reißverschluss des Kittels geöffnet, darunter war sie nackt. Mit ausdrucksloser Miene legte sie das blutbespritzte Massagegerät beiseite und nahm die Kopfhörer aus dem Regal. Sein erbärmliches Geschrei hatte sie erregt. Als sie den länglichen Griff des Massagegerätes betrachtete, kam ihr eine Idee.

Doch hierzu brauchst du eine passende Musik, die dich in eine andere Welt entführt, wenn du die Augen schließt, dachte sie voller Verzückung.

Ihre Wahl fiel auf den Boléro von Maurice Ravel.

Eine ungewöhnliche Komposition, die durch eine konstante Intensitätssteigerung der Musik beeindruckt.

Genau das Richtige, um sich an einen intensiven Höhepunkt heranzuarbeiten, dachte Maltow fasziniert.

Immer derselbe hypnotisierende Rhythmus, fünfzehn Minuten lang. Eine Melodie, nacheinander gespielt von verschiedenen Instrumenten, bis am Ende das gesamte Orchester zum dramatischen Finale anstimmt.

Sie setzte den Kopfhörer auf, startete die Musikdatei und hockte sich mit gespreizten Beinen vor Hohlmut auf einen hölzernen Schemel. Der Ameisenforscher hing regungslos von der Decke. Seine Augenlider zitterten ebenso wie seine Hände; ein gequältes Stöhnen signalisierte ihr, dass er noch lebte.

Als die Flöte erklang und die Trommel leise den Rhythmus des Boléros vorgab, schloss sie die Augen.

Damm, Da, Da, Da, Damm, Da, Da, Da, Damm
Da, Da, Da, Da, Da, Da, Damm

Das Massagegerät lag gut in der Hand. Sie schaltete das keulenförmige Gerät ein, betrachtete den vibrierenden Aufsatz mit den Rasierklingen, die wie harter Edelstahl glänzten, und begann damit, Hohlmuts Füße zu bearbeiten.

Jetzt kam die Klarinette zum Einsatz.

Damm, Da, Da, Da, Damm, Da, Da, Da, Damm
Da, Da, Da, Da, Da, Da, Damm

Maltow nahm seine Schreie nicht wahr.

Das Fagott und die Oboe sorgten für Abwechselung. *Damm, Da, Da, Da, Damm, Da, Da, Da, Damm*
Da, Da, Da, Da, Da, Da, Damm

Als die Trompete und das Saxofon auf der musikalischen Bildfläche erschienen, führte sie das ebenfalls vibrierende Ende des Massagegerätes – den langen Handgriff – ein, um sich stöhnend …

Damm, Da, Da, Da, Damm, Da, Da, Da, Damm

Da, Da, Da, Da, Da, Da, Damm

Maltow atmete schwer.

Während das eine Ende des Gerätes Qualen und Schmerzen verursachte, spendete das andere lustvolle Gefühle der Erregung, die sich langsam steigerten und dann, im Angesicht von *Nemesis*, der Göttin der Vergeltung …

Damm, Da, Da, Da, Damm, Da, Da, Da, Damm

Da, Da, Da, Da, Da, Da, Damm

Ihr Körper begann zu zucken. Die Ekstase hatte vollends von ihr Besitz ergriffen, während Hörner und Posaunen den Boléro kraftvoll vorantrieben.

Damm, Da, Da, Da, Damm, Da, Da, Da, Damm

Da, Da, Da, Da, Da, Da, Damm

Die Streicher setzten ein, danach die Tuba. Dann spielten alle Instrumente zusammen, und die Wucht ihrer Klänge wirkte elektrisierend.

Während Hohlmut ohnmächtig wurde, spürte Maltow eine Welle auf sich zukommen. Unaufhaltsam bäumte sich der Höhepunkt in ihr auf.

37.

Die Sehenswürdigkeiten im Regierungsviertel gehörten zum Standardprogramm der Berlin-Reise, die sich Korbinian und Marianne Moser zu ihrem fünfundzwanzigsten Hochzeitstag gegönnt hatten. Das Ehepaar aus Ingolstadt war mit dem Wagen angereist und unweit des Bahnhofs Friedrichstraße im Hotel Eurostar abgestiegen.

Von dort aus erkundeten sie seit einigen Tagen die Hauptstadt mit öffentlichen Verkehrsmitteln. Heute stand das Reichstagsgebäude – Sitz des Deutschen Bundestages – mit seiner spektakulären Glaskuppel und der Dachterrasse auf dem Programm.

Das Paar gehörte an diesem Montag zu den ersten Besuchern, die den schneckenförmigen Rundweg in der Glaskuppel hinaufgingen, um in vierzig Metern Höhe einen 360-Grad-Panoramablick über Berlin zu genießen. Auf der Aussichtsplattform im oberen Teil der Kuppel war noch wenig Betrieb, und sie schlenderten im Kreis herum, um nach den Sehenswürdigkeiten Ausschau zu halten, die sie bereits in den letzten Tagen besucht hatten. Insbesondere der Regierungsbezirk mit seinen zahlreichen Ämtern war aus dieser Entfernung gut zu erkennen.

Gegen neun Uhr erregte ein dumpfer Knall die Aufmerksamkeit des Ehepaars, das jedoch schnell zur Tagesordnung überging, da in unmittelbarer Nähe nichts Außergewöhnliches zu beobachten war. Vielleicht ein Silvester-Böller oder ein geplatzter Autoreifen, befanden die beiden Touristen.

Korbinian Moser zückte das Handy aus der Hosentasche, um in Richtung Süden nach der Berliner Philharmonie zu suchen, die sie gestern besucht hatten. Zwischen dem Reichstag und der Philharmonie lag lediglich der Stadtpark »Großer Tiergarten«, und der Mann aus Ingolstadt ließ die Videokamera laufen, um die Sehenswürdigkeiten jenseits des Parks einzufangen.

Westlich der Philharmonie fiel ihm eine große Rauchsäule auf, die schnell an Höhe gewann. Er sah dichten schwarzen Qualm und Flammen, die aus einem Gebäude heraus zu züngeln schienen. Die Intensität des Feuers wirkte dramatisch, und während er seiner Frau die Entdeckung am Handy präsentierte, hörten sie in der Ferne die Sirenen von Einsatzfahrzeugen, die sich offenbar auf dem Weg zu dem Feuer befanden.

Marianne Moser erinnerte sich an den dumpfen Knall und begann zu spekulieren. Doch ihr Gatte winkte ab. Es gäbe keinen Grund für ein Schreckensszenario; für das Feuer fände sich bestimmt eine normale Erklärung. Er bat sie, sich zu beruhigen und den Städtetrip zu genießen.

Währenddessen kam bei den anderen Gästen in der Kuppel Unruhe auf. Die Rauchsäule füllte jetzt eine riesige Fläche am südlichen Himmel Berlins aus und ein nicht enden wollender Strom von Einsatzfahrzeugen mit eingeschalteten Sirenen eilte aus allen Himmelsrichtungen zu Hilfe.

Die Mosers blickten sich sorgenvoll an. Korbinian deutete auf die Dachterrasse unter ihnen, auf der sich eine große Menschenmenge versammelt hatte, um das Spektakel im Freien zu beobachten. Viele suchten auf ihren Handys nach aktuellen Nachrichten, und es gab zahlreiche lautstarke Spekulationen darüber, was geschehen war.

Marianne Moser schlug vor, die Kuppel zu verlassen, doch die Entscheidung wurde ihnen abgenommen. Eine Stimme aus einem Lautsprecher forderte die Besucher in verschiedenen Sprachen auf, sich umgehend in der Eingangshalle einzufinden, um dort auf weitere Anweisungen der Bundestagspolizei zu warten.

Um die Dringlichkeit der Durchsage zu unterstreichen, erschienen in der Kuppel und auf der Dachterrasse mehrere Polizei-Teams, die jeden ansprachen, der sich nicht zügig in Bewegung setzte. Die Beamten des kleinsten Polizeibezirks Deutschlands – die Männer und Frauen der Bundestagspolizei – trugen innerhalb des Gebäudes generell Zivilkleidung. Doch als das Ehepaar Moser unten ankam, standen überall uniformierte Polizisten mit Maschinenpistolen im Anschlag, die die geordnete Evakuierung des Reichstages gewährleisten sollten. Mit versteinerten Mienen schüttelten sie den Kopf, wenn einer der Besucher sie ansprach, um zu erfahren, was geschehen war und wie es weitergehen würde.

Während der Corona-Krise war es vor dem Reichstag zu katastrophalen Szenen gekommen. Eine von

Umsturzphantasien aufgestachelte Menge war kurz davor gewesen, das Gebäude gewaltsam zu stürmen. Seitdem waren die Sicherheitsmaßnahmen verschärft worden, um einem drohenden Kontrollverlust vorzubeugen.

Die Eingangshalle füllte sich. In der Menge der Wartenden kam es zu angespannten Szenen, denn schnell hatte sich herumgesprochen, dass es einen Anschlag in Berlin gegeben haben soll – eine Bombe im Verteidigungsministerium. Fast jeder der Anwesenden starrte auf sein Handy. Die »Breaking News« der Nachrichtensender zeigten spektakuläre Bilder und Videos, auf denen große Teile des Ministeriums in Flammen standen. Es soll viele Tote und Verletzte gegeben haben; der Schock war gerade erst in der Hauptstadt angekommen. Niemand konnte mit Gewissheit sagen, was passiert war.

Korbinian und Marianne Moser sahen sich verunsichert an. Sie ahnten nicht, dass dies erst der Anfang war.

Hanna Pallesche blickte verträumt aus dem zerkratzen Fenster des Nahverkehrszuges, der sie von Charlottenburg zum Bahnhof Hackescher Markt bringen sollte. Die junge Goldschmiedin arbeitete in einem Atelier in den Hackeschen Höfen, einem unweit des Bahnhofs gelegenen Gebäudekomplex mit acht Innenhöfen, zweiunddreißig Shops, einem Kino und einigen Gastronomiebetrieben – Deutschlands größtem Gewerbehof-Ensemble.

Sie fertigte Schmuck-Unikate aus Gold, Silber und

wertvollen Steinen an, von denen sie professionelle Fotos machte und diese, zusammen mit einigen Details aus ihrem abwechslungsreichen Leben, auf Instagram, TikTok und Threads postete.

Hanna Pallesche war nicht nur Goldschmiedin, sondern auch Influencerin und begeisterte Fallschirmspringerin. So oft es ging, fuhr sie mit Sven zum Fallschirmsprungzentrum Gransee, um sich aus viertausend Meter Höhe aus einem Flugzeug fallen zu lassen.

Gähnend nahm sie das Handy aus dem Rucksack, um sich den letzten Sprung anzuschauen. Sie hatte verschlafen und war spät dran – es war fast zehn Uhr. Im Waggon war es lauter als sonst; irgendetwas schien die Leute zu beunruhigen. Sie steckte sich die Bluetooth-Kopfhörer in die Ohren, startete die neue Playlist mit den Songs von Taylor Swift und ließ die Bilder von dem Sprung auf sich wirken.

Nachdem der Zug die Station Bellevue in Richtung Hauptbahnhof passiert hatte, aktivierte sie die Videofunktion und hielt das Handy ans Fenster. Sie untermalte ihre Posts gerne mit kurzen Filmsequenzen aus der Stadt, vorzugsweise aus einem fahrenden Zug gefilmt. Das verlieh den Videos eine urbane Dynamik, die bei den Followern gut ankam.

Der Zug fuhr in fünf Metern Höhe auf einem Viadukt; unten befanden sich Lagerräume, Garagen und Geschäfte. Sie hatte von hier oben einen guten Überblick und bereits eine Idee, an welchen Stellen sie ihr neustes Video schneiden wollte, um die Berlin-Aufnahmen einzufügen.

Auf der rechten Seite, genau in ihrem Blickfeld, erschienen das verschachtelte Gebäude des Innenministeriums. Sie fuhren parallel zum Ministerium und steuerten auf die Brücke zu, die die Straße Alt-Moabit querte. Kurz bevor sie die Brücke erreichten, wurde Hanna Pallesche in ein anderes Leben katapultiert.

Die erfahrene Fallschirmspringerin wusste sich zu bewegen, doch der Feuerblitz riss sie von ihrem Sitz auf den Fußboden. Ihr Handy und der Rucksack flogen in hohem Bogen davon. Wie in Zeitlupe beobachtete sie, dass es den anderen Fahrgästen genauso erging. Das Geräusch einer gewaltigen Explosion dröhnte in ihren Ohren, gefolgt von einem Rauschen. Zur gleichen Zeit erfasste eine Druckwelle den Zug und ließ die Fenster zersplittern. Ihre Intensität war so gewaltig, dass der Waggon durchgeschüttelt wurde und aus den Schienen sprang, während der vordere Teil des Zuges weiterfuhr. Ein ohrenbetäubendes Kreischen von Metall übertönte die panischen Schreie der Fahrgäste.

Hanna Pallesche versuchte verzweifelt, sich festzuhalten. Aus dem Augenwinkel sah sie einen Feuerball und eine monströse schwarze Wolke, die den Himmel verdunkelte. Der Waggon schrammte in voller Fahrt durch das Gleisbett und riss die restlichen Waggons hinter sich mit in die Tiefe. Einer nach dem anderen stürzten sie von dem Viadukt auf das Gelände des Innenministeriums. Einige landeten auf dem Parkplatz, während andere auf das durch die Explosion bereits schwer beschädigte Eingangsgebäude prallten. Dabei drehten sie sich, kollabierten wie ein Kartenhaus und verkeilten sich ineinander. Einem dumpfen Pol tern folgten explosionsartige Geräusche, die sich mit metallischem Kreischen vermischten. Verbogenes Metall, geborstene Scheiben und aufgetürmte, brennende Wagen boten ein Bild der Verwüstung. Ein Schreckensszenario, das sie nicht überleben würde, befürchtete die Goldschmiedin, während sie ungläubig, eingekeilt zwischen zwei Sitzen, ihre blutverschmierten Hände betrachtete.

Sie schloss die Augen. Der Schock hatte sie gelähmt. Die Schreie nahm sie gar nicht wahr, genauso wenig die Sirenen der Einsatzfahrzeuge. Stattdessen hörte sie das tosende Rauschen der Luft, die an ihr vorbeiströmte, wenn sie sich im freien Fall befand.

Du musst die Reißleine ziehen, dachte sie irritiert. Du fällst schon viel zu lange.

Nach einer gefühlten Ewigkeit zog sie, doch statt der Leine fühlte sie etwas Kühles, Feuchtes, das sich bewegte und schnüffelnd ihre Hand ableckte.

Mit lautstarkem Bellen signalisierte der Suchhund, etwas Lebendiges in dem brennenden Waggon gefunden zu haben. Viele der Schreie verstummten jedoch – für immer.

Beziehungsprobleme waren auch in schwulen Partnerschaften keine Seltenheit. Manchmal flogen die Fetzen und ein Wort gab das andere.

Robert Hildebrandt und Sebastian Ziegeler, kurz Ziggi genannt, waren bereits seit zehn Jahren ein Paar, doch die letzten Monate waren schwierig gewesen, sodass beide beschlossen hatten, sich bei einem Städtetrip in die Bundeshauptstadt wieder näherzukommen. Mit Mitte fünfzig waren beide auf dem Zenit ihrer beruflichen Karriere angekommen: Hildebrandt als Ingenieur im Flugzeugbau, Ziegeler lehrte als Dozent für Informatik am Hochschulzentrum Frankfurt.

Ihre knappe Freizeit nutzten sie am liebsten für Kurztrips, um interessante Orte im In- und Ausland zu erkunden. Zahlreiche Städte wie London, Rom, Florenz oder München hatten sie bereits besucht. Architektur, Kirchen, Schlösser, Burgen und Denkmäler faszinierten sie ebenso wie Museen, Ateliers und technische Einrichtungen, die vor allem Hildebrandts besonderes Interesse weckten.

Seit drei Tagen waren sie in Berlin.

Sie hatten bereits das Deutsche Technikmuseum besucht, das eine beeindruckende Sammlung von Exponaten aus dem Bereich der Luft- und Raumfahrt bot, bei der insbesondere Robert Hildebrandt als Experte für Flugzeugbau ins Schwärmen geriet.

Sebastian Ziegeler hingegen war zwar beeindruckt, begeisterte sich als Cineast aber mehr für die Ausstellung über die Meilensteine der Filmtechnik.

Heute Vormittag hatten sie eine einstündige Bootstour auf der Spree gebucht. Die informative Stadtführung durch das Regierungsviertel führte sie an Sehenswürdigkeiten wie dem Berliner Dom, dem Reichstag, dem Humboldt-Forum und dem Kanzleramt vorbei.

Bei schönem Wetter saßen beide im offenen Oberdeck des weiß-blauen Schiffes, das gemächlich über die Spree glitt. Sie philosophierten über die wechselvolle Geschichte Berlins, seine faszinierenden Bauwerke und die derzeit angespannte politische Lage, die wie eine dunkle Wolke über der Hauptstadt zu schweben schien.

Auf halber Strecke änderte sich die Stimmung an Bord plötzlich, denn auch auf dem Ausflugsschiff blieb ihnen und den anderen Gästen nicht verborgen, dass es einen Anschlag gegeben haben soll. In der Nähe der Spree sahen sie Rauch und Flammen aufsteigen, während überall in der Stadt Sirenen ertönten. Auf ihren Handys verfolgten viele der Gäste die aktuellen Meldungen, in denen sich die Hiobsbotschaften überschlugen.

Trotz der beunruhigenden Lage setzte das Schiff seine vorgegebene Route fort. Während es den Reichstag passierte, am Paul-Löbe-Haus vorbeifuhr, um den Spreebogenpark manövrierte und vorbei am Hauptbahnhof in Richtung Haus der Kulturen fuhr, tauchte nordwestlich von ihnen ein Punkt am Himmel auf.

Als sie in Sichtweite des Bundeskanzleramtes kamen, riss Hildebrandt seinem Lebensgefährten das Fernglas aus der Hand, mit dem sie zuvor alles herangezoomt hatten, was ihnen wichtig erschien.

Er fokussierte auf den Punkt und forderte seinen Lebensgefährten auf, ebenfalls den Punkt zu beobachten, der jetzt auch mit bloßem Auge zu erkennen war und schnell näher kam.

Irgendwann war er sich sicher.

»Ziggi, da kommt etwas Militärisches angeflogen!«

»Völlig unmöglich. Der Berliner Luftraum wird überwacht.«

Hildebrandt, der keine Anstalten machte, das Fernglas wieder abzugeben, blieb bei seiner Meinung. »Keine Ahnung, wie jemand das geschafft hat, aber hier kommt sowas wie ein Marschflugkörper direkt auf uns zugeflogen.«

»Ein wie bitte was …?«

Der Flugzeug-Ingenieur konzentrierte sich. »Das ist absolut irre. Es kann eigentlich nicht sein, aber doch, ja, wir haben sie ja gerade noch im Technikmuseum bewundern können.«

»Was haben wir dort bewundert?«

»Zieh mal schnell dein Handy und filme das Ding.«

»Ok, aber nun sag schon! Was soll das sein, das da angeflogen kommt?«

»Ein Marschflugkörper. Sieht genau so aus wie die V1 Flugbombe, die die Nazis am Ende des Zweiten Weltkrieges eingesetzt haben.«

»Hast du was getrunken, Robert?«

»Filmst du auch? Das glaubt uns sonst niemand.«

»Ja doch, ich halte drauf, aber das Ding ist irre schnell. Und du hast recht, es kommt direkt auf uns zugeflogen.«

Hildebrandt stellte das Fernglas scharf. »Diese charakteristische Form, das pulsierende Triebwerk mit dem knatternden Geräusch – ich kann es kaum glauben, aber das ist tatsächlich die Vergeltungswaffe 1 der Nazis.«

Ziegelers Hand begann zu zittern, als er auf sein Handy sah. »Das vorhin war offensichtlich nicht der einzige Anschlag, Robert. Schau mal, wo wir uns befinden. Das Kanzleramt ist direkt vor uns!« Er deutete auf das südliche Ufer der Spree.

Auf dem Schiff kam plötzlich Panik auf und die Ereignisse überschlugen sich. Viele der Gäste hatten bemerkt, dass ein weiterer Anschlag unmittelbar bevorstand. Sie sahen den Flugkörper auf sich zukommen und hörten das gleichmäßige Knattern des Triebwerks. Aus Angst vor einem Einschlag sprangen einige Passagiere in die kalte Spree.

Am Himmel näherten sich aus Norden zwei Flugzeuge, von denen Hildebrandt vermutete, dass es sich um Eurofighter-Abfangjäger handelte.

»Bleiben Sie an Bord«, brüllte er den anderen Fahrgästen zu. »Wir haben hier nichts zu befürchten. Legen Sie sich vorsichtshalber auf den Boden.«

Plötzlich herrschte eine beängstigende Stille am Himmel, als das Triebwerk der V1 verstummte.

Ziegeler vermutete einen Defekt. »Hör mal, das Ding funktioniert nicht mehr und stürzt in die Spree.«

Hildebrandt schüttelte den Kopf und belehrte ihn eines Besseren. »Das Abschalten des Triebwerks leitet den Sinkflug ein – das ist Absicht. Ich ahne schon, wo sie einschlagen wird.«

»Im Bundeskanzleramt!«, vermutete Ziegeler erschrocken und kauerte sich auf den Boden. »Das ist ganz in unserer Nähe!«

Hildebrandt folgte seinem Beispiel. »Genau, Sebastian. Das ist ein massiver Anschlag auf unsere Regierung. Und es sieht nicht so aus, als würden die Abfangjäger es noch rechtzeitig …«

Noch bevor er den Satz beenden konnte, schlug die V1 mit voller Wucht in den mittleren Kubus des Kanzleramtes ein. Das als Leitungsbau bezeichnete Gebäude, das mit einer Höhe von sechsunddreißig Metern das Herzstück der Anlage bildete und die Arbeitszimmer des Bundeskanzlers beherbergte, wurde von einer gewaltigen Explosion erschüttert. Große Teile der verglasten Fassade zersplitterten, und ein Teil des Gebäudes stürzte ein. Flammen breiteten sich aus, und dichter, schwarzer Rauch stieg auf, der den Himmel über dem Berliner Regierungsviertel verdunkelte.

Als die Druckwelle das Ausflugsboot erreichte, geriet es ins Schlingern. Schreiend klammerten sich viele der Passagiere an alles, was sie in die Finger bekamen. Andere lagen wie erstarrt auf dem Deck, die Hände schützend über dem Kopf.

Die beiden Männer sahen sich ungläubig an. Sie ahnten, dass dem Land unsichere Zeiten bevorstanden. Die Demokratie stand auf dem Prüfstand – vielleicht war es sogar schon zu spät.

38.

Was habe ich getan? *Da war dieser seltsame Kerzenständer, der wie ein Vogel aussah. Ich hab ihn gegriffen und zugeschlagen. Aber warum? Weil sie etwas mit mir getan hat, mich provoziert hat? Oder ist das Böse in mir wieder erwacht?*

Alle denken, ich bin verrückt. Selbst mein Bruder hält mich für geistesgestört. Die Ärzte sagen, ich sei depressiv und hätte Selbstmordgedanken. Für die anderen bin ich die Frau mit dem Monster im Bauch. Ein Parasit in meinem Körper, der mein Baby getötet hat. Eine seltene Anomalie, ein Phänomen, das niemand versteht. Ich bin jemand, der eigentlich schon tot sein sollte.

Mein Ex-Freund hat das Monster gezeugt und dann das Weite gesucht. Er gibt mir die Schuld und denkt, ich sei vom Teufel besessen. Ich will mich an ihn und seinen Namen nicht mehr erinnern. Die Männer sind immer eine Enttäuschung. Sie beanspruchen alle Rechte für sich, doch für Frauen gilt das nicht. Sie sollen nach ihren Regeln funktionieren.

Am liebsten bin ich allein. Die Frauen in den Reality-Shows im Fernsehen faszinieren mich. Ihre Motivationen, ihre Ziele und die Frage, wie weit sie gehen würden für die Quote, für die Klicks und für den Ruhm, von dem sie alle träumen. Sie können Gefühle zeigen und die Männer in ihre Schranken weisen. Diese Welt lässt mich alles andere vergessen. Ich betäube mich mit den Pillen, die mir Frau Dr.

Aschendorf verschreibt, und schalte den Fernseher ein.

Dann lebe ich ein anderes Leben. *Dann bin ich keine Mörderin mehr. Oder war es ein Traum, als die Schamanin zu Boden ging? Der Kerzenständer in meiner Hand, das Blut an ihrem Kopf – war das alles nur eine schamanische Vision?*

Wie oft bin ich bei ihr gewesen? Martin hatte mich gebeten, dorthin zu gehen, um mein seelisches Leiden zu lindern. Eine Schamanin könnte helfen, so seine Bitte, die mehr nach einem Befehl klang. Mit seinem Polo kann ich überall hinfahren, doch ich soll vorsichtig sein und darauf achten, nicht in eine Polizeikontrolle zu geraten. Sein Interesse überraschte mich. Die ersten Besuche bei der Schamanin haben mir dann tatsächlich gut getan. Ich vertraute ihr, fühlte mich entspannt und war fasziniert von den Ritualen, die sie praktizierte. Doch dann löste sie den Knoten der Erinnerung in mir auf.

Vieles hatte ich verdrängt, *plötzlich war das Monster in mir wieder da; der Horror kehrte zurück. Es muss so sein, wir sind noch nicht fertig, sagte sie, aber ich konnte die Erinnerung nicht ertragen. Hilflos vor Wut griff ich nach dem nächstbesten Gegenstand, schlug sie zu Boden und floh. Jetzt ist sie tot.*

Später war ich noch bei der Aschendorf in Lübeck, aber ich habe ihr nichts davon erzählt. Sie verschreibt mir die Medikamente, mehr brauche ich nicht. Das Monster hat mein Baby getötet, doch ich will nicht mehr darüber reden. Ich erzähle ihr auch nichts von der Schamanin oder von Martin und seinen seltsamen Machenschaften.

Vielleicht ist er noch kränker als ich?

Ich verlasse nur noch selten das Haus, doch ich weiß von

seinen Aktivitäten, seinem Hass und dieser Nazi-Gruppe,
die ihn bewundert und ihm folgen würde – bis in den Tod.
Er hält mich für krank und naiv. Ich weiß es, am liebsten
würde er mich loswerden, denn ich stehe seinen Zielen im
Weg, bin eine Last oder sogar eine Gefahr für ihn.

Ich ahne, dass sie Schreckliches planen. Die Räume un-
ter seiner Scheune sprechen Bände. Ich wohne in seiner
Nähe und habe die Falltür entdeckt, als er unterwegs war.
Eines Tages bemerkte ich, dass er das Vorhängeschloss nicht
verriegelt hatte. Ich schlich hinunter und bekam einen Ein-
druck von seiner perversen Ideologie.

Mein Bruder glaubt, ich wüsste nichts davon, aber ich
kenne auch das seltsame Bauwerk im Moor, das wie eine
Rampe aussieht.

Wut, Trauer und die Medikamente haben meinen Geist
vernebelt, doch es gibt noch einen Funken Neugierde in mir.
Oft fährt er ins Moor zum Ruschensee, und eines Tages
versteckte ich mich auf der Ladefläche seines Wagens, um
ihn und seine Männer zu beobachten. Sie hantierten an
dieser seltsamen Rampe, angeblich um das Land zu retten,
wie sie sagten. Manchmal hörte ich ihre Stimmen, doch was
auch immer sie planen, es wird niemanden retten – im Ge-
genteil.

Vielleicht gehören sie zu diesen Rechtsradikalen, die ei-
nen Umsturz planen. Immer wieder hört man von den
Rechten, die am liebsten die Macht an sich reißen würden.

Trotz allem scheint Martin sich mir gegenüber verant-
wortlich zu fühlen, doch ich glaube, seine Sorge gilt nicht
mir, sondern seiner krankhaften Sache. Vermutlich würde er
mich fallen lassen, wenn es hart auf hart kommt. Noch
glaubt er, mich kontrollieren zu können, um seine Pläne zu

verfolgen. Aber er ahnt nicht, dass ich bereit bin, mich ihm in den Weg zu stellen. Trotz meiner Krankheit spüre ich immer noch etwas von der Stärke, die ich früher besaß.

Ich habe das Jura-Studium damals abgebrochen, abbrechen müssen, doch mein Leben hätte auch anders verlaufen können. Durchschnittlich, normal und voller freudiger Momente. So wie bei den anderen, die mit ihren Kindern ans Meer fahren, um am Strand einen Drachen steigen zu lassen. Das Wasser umspült die kleinen Füße der Kinder und die Sonne zaubert ihnen ein Blinzeln ins Gesicht, bis sie in den Armen ihrer Mutter glücklich einschlafen.

Und was kann ich tun? Ich schaue auf die zersplitterten Trümmer meiner Welt und warte …

39.

Die Kollegen lachen über ihn und tuscheln hinter vorgehaltener Hand – Freimann war sich sicher. Er konnte es ihnen nicht einmal verübeln. Schließlich war sein Alkoholkonsum nicht mehr zu übersehen, und die Welt war aus den Fugen geraten, seitdem er nach Vahlendorf versetzt worden war, um den Mord an der Schamanin aufzuklären.

Eine Tat, die vermutlich eine Reihe verhängnisvoller Ereignisse nach sich zog und landesweit Entsetzen hervorrief. Der beschauliche Ort am Schaalsee war den Flammen zum Opfer gefallen, zahlreiche Tote wurden geborgen, rivalisierende Horden von besessenen Einwohnern hatten sich gegenseitig niedergemetzelt und als wäre das nicht genug, ereigneten sich kurz darauf in Berlin drei verheerende Anschläge, einer davon auf das Bundeskanzleramt.

Die Lage war unübersichtlich.

Kastorf hatte ihn im Schnellverfahren ins Bild gesetzt, als er eines Morgens sturzbetrunken in seinem Büro in Lübeck auftauchte, um den Dienst anzutreten.

Kastorf ging nicht weiter auf Freimanns Zustand ein, der Kriminalrat hatte andere Sorgen. Trotz der fünfzig Kilo zu viel auf den Hüften bewegte er sich zielstrebig ins Lagezentrum, um als Mitarbeiter des Stabes den nationalen Notstand zu koordinieren, der im ganzen Lande ausgerufen worden war.

Endlich haben wir freie Hand, verriet er Freimann, und drückte ihm grinsend einen Zettel in die Hand, bevor er schnaubend das Büro verließ. Die Adresse einer Zeugin im Mordfall Rheintaler, brüllte er im Hinausgehen. Kümmern Sie sich darum.

Unschlüssig stand Freimann auf, steckte den Zettel in die Hosentasche und schaute aus dem Fenster. Schwankend hielt er sich am Fenstergriff fest und überlegte, ob seine gestrigen Erlebnisse in der unterirdischen Hexenkammer real gewesen waren.

Er versuchte, sich zu erinnern.

Petra Maltow, die Dorfpolizistin von Vahlendorf, war spurlos verschwunden. Er hatte sich zu Fuß auf den Weg zu Michael Sallin gemacht, um ihn im Mordfall Rheintaler zu vernehmen. Schon auf dem Weg dorthin bemerkte er, dass in dem Ort etwas nicht stimmte – es roch nach Feuer, Gewalt und Tod.

Sallin öffnete nicht, dann war er die Treppe heruntergefallen und …

Prüfend tastete er nach der Wunde auf seiner Stirn. Die Verletzung war real. Der Rest seiner Erinnerungen, vermutete Freimann, entsprang allerdings seiner alkoholgeschwängerten Fantasie: Der geheime Raum voller okkulter Gegenstände, die Hexe mit der Puppe und der Nadel in der Hand, Sallins leerer Blick, als er sich das Messer in den Hals rammte, und er selbst, in einem hysterischen Lachanfall gefangen, der ihn umgeworfen hatte. Neben ihm lag Sallin röchelnd im Staub. Blut spritzte in hohem Bogen aus seinem Hals. Unfähig, sich zu bewegen, hatte er mit weit aufgerissenen Augen in das Antlitz der Hexe gestarrt, die ihm ein widerliches, aber zugleich verführerisches Gebräu einflößte, das ihn an hochprozentigen Alkohol erinnerte. Schlagartig wurde ihm warm ums Herz und er sah den Megalithen vor seinem geistigen Auge, über dem sich ein schwebender Spalt öffnete, der in einen lichtdurchfluteten Tunnel mündete. Er bewegte sich darauf zu, wurde magisch davon angezogen und wollte unbedingt dorthin, da versperrten ihm mehrere Gestalten den Weg.

Männer und Frauen, eine kleine Gruppe, die singend vor dem Megalithen stand. Der Gesang kam ihm bekannt vor. Ein religiöses Lied, dämmerte ihm, auf Hebräisch gesungen von jener Gruppe, die ihm schon einmal im Traum begegnet war. Sie waren aus Israel gekommen, um in dem Wald etwas zu vergraben – eine Fluchtafel: ein Symbol für die Rache, ein Akt der Vergeltung, eine Bitte an das Universum, das Gleichgewicht der Kräfte wiederherzustellen. Freimann war sich nicht sicher, was sie mit der Fluchtafel bezwecken wollten, doch er konnte verstehen, dass so viel Leid nicht einfach hingenommen werden konnte. Der Wunsch nach Vergeltung erschien ihm völlig legitim.

Die Gruppe hinderte ihn daran, den Tunnel zu betreten. Freimann wusste, aus diesem Tunnel würde es keine Rückkehr geben, doch er sehnte sich danach, endlich aus diesem erbärmlichen Leben auszubrechen, das ihm keine Freiheit gewährte.

Als er in der unterirdischen Hexenkammer erwachte, waren Sallins Leichnam und die Hexe verschwunden. Er durchsuchte die Räume und stieß auf Hinweise zu Henriette von Bergh – die Hexe von Salem, von der der Ameisenforscher Andreas Hohlmut behauptete, sie wäre der dunklen Magie verfallen und käme als potenzielle Täterin im Mordfall Rheintaler in Frage. Zudem entdeckte er einen geheimen Gang, der direkt zur Villa von Sallins Vermieter Hans Gropius führte.

Freimann folgte dem Gang, traf aber niemanden in der Villa an. Im Wohnzimmer stieß er auf eine Bar, die keine Wünsche offenließ. Von Amaretto über Scotch bis hin zu Whiskey war alles vorhanden, was sein Herz begehrte.

Während er mit einer Flasche Cognac in der Hand in einem der riesigen Sessel versank, tobte draußen das pure Chaos. Die Häuser in der Nachbarschaft standen lichterloh in Flammen, auf den Straßen brannten Fahrzeuge. Er sah das Blaulicht der Feuerwehr durch die Fenster blitzen und hörte ihre heulenden Sirenen. Menschen rannten schreiend umher. Bewaffnete Horden griffen aus dem Hinterhalt jeden an, der ihnen in die Quere kam. Selbst die Einsatzkräfte gerieten in den Fokus der Auseinandersetzungen.

Er hörte den Hass in den Stimmen der Mörder, sah die Fackeln in ihren Händen und hatte das Gefühl, den Angstschweiß ihrer Opfer riechen zu können.

An diesem Punkt verschwamm seine Erinnerung.

Realität, Traum oder Vision – alles vermischte sich. Es waren nur Begriffe für ein- und denselben Zustand, der ihm eine Existenz vorgaukelte, die sich im Schatten des Alkohols abspielte. Er konnte nicht sagen, ob sich die Ereignisse so zugetragen hatten oder ob ihm sein alkoholisierter Zustand einen üblen Streich gespielt hatte.

Irgendwie war er der Flammenhölle entkommen. Vielleicht waren es Einsatzkräfte gewesen, die ihn zu seinem Volvo gebracht hatten? Oder ein Fahrzeug mit Flüchtenden? Freimann konnte sich nicht erinnern.

Er hatte darüber nachgedacht, die Kollegen in Lübeck über seinen Besuch bei Sallin zu informieren, den Gedanken daran aber sofort wieder verworfen.

Es gab keine Hexen und Geister! Er würde sich nicht der Lächerlichkeit preisgeben. Er war die Treppe heruntergefallen und hatte im Rausch fantasiert – das war alles. Hinweise auf ein Verbrechen wären ohnehin im Feuer verlorengegangen.

Immerhin: Seine Waffe steckte immer noch an ihrem angestammten Platz im Holster, als er sich am nächsten Tag in seinem Büro in Lübeck wiederfand. Er spielte mit dem Gedanken, sie in die Hand zu nehmen, sich den Lauf in den Mund zu stecken und abzudrücken. Jetzt sofort, einfach so. Der Megalith wartete auf ihn. Er würde in diesen leuchtenden Tunnel hineinfliegen und alles hinter sich lassen.

Endlich …

Er öffnete das Holster, umfasste den Griff der Waffe und zog sie heraus, dann …

Plötzlich hörte er einen dumpfen Knall.

Freimann erwachte aus dem Tagtraum. Das Fenster vor ihm nahm Konturen an. Er sah im Spiegelbild seine Augen, die die Augen eines Fremden zu sein schienen. Gerötet, müde und leer, mit einem stumpfen Blick, in dem sich die Verzweiflung eines Trinkers widerspiegelte.

Ein schmieriger Fleck, durchzogen von blutigen

Fäden, die am Glas herunterliefen, erregte seine Aufmerksamkeit.

Ein Vogel muss gegen die Scheibe geflogen sein, mutmaßte Freimann, steckte die Waffe zurück und tastete nach dem Zettel in seiner Hosentasche.

Neugierig las er den Text.

Bei der Suche nach »Katrin« war es den Kollegen gelungen, einen Treffer zu ermitteln: Die psychiatrische Praxis von Frau Dr. Maria Aschendorf in Lübeck bestätigte, dass eine Patientin namens Katrin Siegert dort in Behandlung war. Diagnose: Schwere Depressionen nach der Fehlgeburt von Zwillingen infolge einer TRAP-Sequenz.

Freimann erinnerte sich.

Der Name »Katrin« stand im Notizbuch der Schamanin. Freimann musste diese Frau mit den Depressionen aufsuchen, um herauszufinden, ob sie bei der Schamanin gewesen war, denn dann gehörte sie zum Kreis der Verdächtigen. Außerdem war ihm der Begriff »TRAP-Sequenz« schon früher begegnet – in einer seiner Visionen.

Achte auf die TRAP-Sequenz … hatte ihm ein jüdischer Gefangener zugeraunt. Obwohl Freimann nichts davon hielt, Träumen oder Visionen Beachtung zu schenken, spürte er, dass hier etwas geschah, das sein Weltbild grundlegend verändern könnte.

Das konnte kein Zufall sein, er musste dem nachgehen – sofort. Er beschloss, niemanden zu informieren, auch Kastorf nicht. Es war ihm auch gleichgültig, alkoholisiert am Steuer zu sitzen.

Auf der Rückseite des Zettels fand er Katrins Adresse: *23911 Kittlitz, Salemer Straße 35, am Kittlitzer Bach*

Er sprühte sich einige Stöße von dem Minz-Mundspray in den Rachen und verließ das Büro, um sich auf den Weg nach Kittlitz zu machen.

40.

Annas Katze hatte immer noch keinen Namen, ging es Freimann durch den Kopf, während er den Volvo Richtung Kittlitz lenkte. Mitten im Nirgendwo teilte ihm das Navi mit, dass er sein Ziel erreicht habe.

Freimann hielt an und stieg aus. Verunsichert blickte er sich um – ein Gebäude war nirgends zu sehen. Hinter hohen Hecken erstreckten sich frisch gepflügte Felder, übersät mit Feldsteinen. In der Ferne zeichnete sich eine gewaltige, schwarze Wolke am Himmel ab. Es würde vermutlich noch Tage dauern, bis die Einsatzkräfte das verheerende Feuer in Vahlendorf unter Kontrolle bekämen und das ganze Ausmaß der Katastrophe sichtbar wurde.

Insgeheim freute er sich darüber, dass der Ort in Schutt und Asche lag, doch die aufkeimende Schadenfreude hinterließ stets einen bitteren Nachgeschmack, der das schlechte Gewissen in ihm erweckte. Vermutlich hatte es viele Tote und Verletzte gegeben – nicht nur durch die Flammen. Selbst Freimann war inzwischen davon überzeugt, dass das Böse im Wald die blutige Fehde zwischen den Esoterikern und den Gottesfürchtigen ausgelöst hatte.

Er hatte mehrfach versucht, Maltow zu erreichen, doch sie ging nicht ans Telefon. Vermutlich war sie auf der Jagd nach der Hexe von Salem. Ihre Extratour kam ihm nicht ungelegen, aber er machte sich auch Sorgen, ob sie bei der Feuersbrunst zu Schaden gekommen war. Gab es die Polizeistation Vahlendorf überhaupt noch, oder war sie ebenfalls den Flammen zum Opfer gefallen? Wahrscheinlich unterstützte sie die angerückten Polizeieinheiten mit ihren Ortskenntnissen.

Oder war sie immer noch in Schwerin?

Während er über das Schicksal seiner Kollegin nachdachte, entdeckte er neben einer Hecke ein Metallgatter, das mit einem massiven Vorhängeschloss gesichert war. Sein Blick fiel auf eine Spur im Schlamm hinter dem Gatter. Frische Reifenspuren führten zu einer Reihe hoher Tannen am Horizont, hinter denen sich schemenhaft einige Gebäude abzeichneten.

Ein abgelegener Bauernhof vielleicht?

Du wirst dir die Schuhe einsauen, ging es Freimann durch den Kopf, als er über das Gatter kletterte.

Zehn Minuten später stand er mit Matsch an den Schuhen vor einem alten Bauernhaus, um das sich mehrere Gebäude gruppierten, bei denen es sich offensichtlich um Scheunen, Verschläge und Schuppen handelte.

Sein Klopfen an die Haustür blieb unbeantwortet; sämtliche Türen waren mit Vorhängeschlössern gesichert. Das Anwesen mochte früher einmal ein Bauernhof gewesen sein, jetzt jedoch waren weder Nutztiere noch landwirtschaftliche Geräte zu sehen.

Vielleicht eine Werkstatt oder ein Atelier, murmelte er zu sich selbst, während er die Gebäude umrundete. Die Fensterläden im Erdgeschoss waren verschlossen, dennoch schien das Anwesen bewohnt zu sein, wie an den frischen Reifenspuren zu erkennen war.

Hinter einem der Schuppen entdeckte er eine Holzbank. Kraftlos ließ er sich darauf sinken und betrachtete seine zitternde Hand. Seine Gedanken kreisten um den Alkohol, den er dringend benötigte, um über den Tag zu kommen. Es hatte keinen Sinn, hier länger zu warten. Andernfalls würde er nicht einmal den Weg zurück zum Wagen schaffen.

Freimann überlegte, ob er in eines der Gebäude einbrechen sollte, um nach etwas Trinkbarem zu suchen, verwarf den Gedanken daran aber wieder. Er wollte gerade aufstehen, da bemerkte er hinter dem angrenzenden Feld eine schemenhafte Bewegung. Er ging einige Schritte darauf zu und hielt sich die Hand an die Stirn, um die Sonne abzuschirmen. Am gegenüberliegenden Ufer eines Baches entdeckte er einen Angler, der gerade seine Rute auswarf.

Als ehemaliger Angler wusste Freimann, dass sich viele Fischer beim Angeln mit Bier eindeckten. Hier könnte er zwei Fliegen mit einer Klappe schlagen – nicht nur wegen des Biers, sondern vielleicht wusste der Angler auch etwas über die Bewohner des Hofes.

Mit unsicheren Schritten schwankte er über die Koppel. Bereits auf halber Strecke fiel ihm auf, dass der Angler ein junger Mann – eher ein Jugendlicher – war und dass der Bach deutlich breiter und tiefer war, als er zunächst gedacht hatte.

»Moin«, rief er dem Jugendlichen am gegenüberliegenden Ufer entgegen, als er die Uferböschung erreicht hatte. »Beißt die Bachforelle heute?«

»Jupp«, antwortete der Junge wortkarg.

»Schon was gefangen?«

»Jupp.«

»Ich bin der Max, hab' früher auch mal geangelt.«

»Tammo.«

»Hm … Tammo. Ich hätte da mal zwei Fragen. Hast du kurz Zeit?«

»Klar doch!«

»Hast du zufällig ne Flasche Bier dabei? Bin gerade am Verdursten.«

Tammo überlegte. »Ja, hätte ich. Zwanzig Euro.«

»Zwanzig Euro? Für ein Bier!« Freimann runzelte die Stirn. »Ist das nicht etwas übertrieben!«

»Inflation!«, antwortete Tammo trocken.

Freimann seufzte und kramte nach seiner Geldbörse. »Na dann bring mal eine Flasche rüber.«

»Geht nicht.«

»Hast du keine Wathose dabei?«

»Nee.« Tammo holte die Angel ein, befestigte eine Plastiktüte am Haken und warf die Rute aus, sodass die Tüte direkt am anderen Ufer landete.

Freimann ärgerte sich, steckte aber den Zwanzig-Euro-Schein in die Tüte und wartete begierig darauf, dass ihm Tammo die Bierflasche überließ.

Der hielt sein Wort, und nachdem Freimann die Flasche in einem Zug geleert hatte, erfuhr er von dem jugendlichen Angler, dass sich unweit von hier, in einem kleinen Waldstück, eine Datscha befand, die zu diesem Hof gehörte und in der eine junge Frau leben sollte.

Ohne ein Wort des Abschieds machte sich Freimann auf den Rückweg und entdeckte bei einem der

Nebengebäude einen schmalen Pfad.

Mit unsicherem Schritt folgte er dem Weg. Als sich vor ihm, zwischen hohen Birken, in denen der Wind rauschte, die Umrisse eines kleinen Holzhauses abzeichneten, wurde ihm übel. Kalter Schweiß trat ihm auf die Stirn, seine Beine begannen zu zittern und das Dröhnen in seinem Kopf hörte sich wie eine Flugzeugturbine an.

Das Zwanzig-Euro-Bier war zu wenig gewesen, befürchtete Freimann. Es fiel ihm schwer, einen klaren Gedanken zu fassen. Schwer atmend, an eine Birke gelehnt, übergab er sich mehrmals, bis nur noch eine übel riechende, bräunliche Flüssigkeit zum Vorschein kam. Zitternd wischte er sich den Schweiß von der Stirn.

Aus dem Augenwinkel heraus bemerkte er in einem der Bäume einen riesigen Raben, der ihn neugierig zu beobachten schien.

Du bist ein Kolkrabe, oder? Noch nie einen Säufer kotzen gesehen, blödes Federvieh, dachte Freimann würgend, während er auf die Datscha zu taumelte.

Dort wird es sicher genug zu trinken geben, so seine Hoffnung. Nur noch wenige Schritte, dann kannst du dich endlich ausruhen.

Seine Gedanken kreisten noch um eine Flasche Hochprozentiges, die er Glas für Glas leeren würde, da griff der riesige, blauviolett glänzende Vogel plötzlich an. Mit vorgestreckten Krallen attackierte er Freimanns haarlosen Kopf, der aus mehreren Wunden zu bluten begann. Die mächtigen Flügel des Vogels schlugen lautstark durch die Luft und mit seinem kräftigen Schnabel hackte er nach den Händen, mit denen der angeschlagene Polizist in seiner Panik wahllos um sich schlug.

Freimann geriet ins Straucheln.

Blut lief ihm in die Augen. Er verlor die Orientierung und suchte Halt an einer Ecke des Hauses. Er stolperte über unebene Gehwegplatten, schlug der Länge nach hin und hielt sich die Hände über den Kopf. Dann kam die Dunkelheit.

Die junge Frau war Ende zwanzig. Sie trug eine abgetragene Jogginghose und ein blaues T-Shirt, eine Steppweste und pinkfarbene Sportschuhe. Die langen, blonden Haare waren zu einem Zopf zusammengebunden. Ihr schmales Gesicht wirkte blass und ausgemergelt, und die dünnen Arme deuteten auf eine Mangelernährung hin.

Nachdem sie hinter der Gardine stehend den Angriff des Raben beobachtet hatte, ging Katrin ins Fernsehzimmer zurück und nahm wieder auf dem alten Sofa Platz. Sie schaltete den Fernseher aus und starrte gedankenverloren zum Fenster.

Was sollte sie tun?

Draußen vor ihrer Datscha lag ein blutender Mann, der von einem Raben attackiert worden war.

Wer war dieser Mann? So etwas hatte es hier noch nie gegeben, und sie wusste nicht, wie sie darauf reagieren sollte. Polizei und Rettungswagen waren keine Option – man würde nach ihren Personalien fragen. Vielleicht war es einer von Martins Leuten, und in dem Fall war der Ärger schon programmiert.

Außerdem: Es musste einen Grund für sein plötzliches Auftauchen geben. Vielleicht war die Polizei ihr bereits auf den Fersen – dann hätte es ohnehin keinen Zweck, den Mann sich selbst zu überlassen. Andere würden ihm folgen; ihr Schicksal wäre ohnehin besiegelt, zumal sie nicht nur wegen des Mordes gesucht wurde.

Sie ging vor die Tür, der Rabe war verschwunden. Sie kniete sich neben den Fremden, sprach ihn leise an und versuchte, ihn vorsichtig auf den Rücken zu drehen. Als er sich stöhnend bewegte, wich sie erschrocken zurück: Sein Kopf war blutüberströmt.

Sie wusste, dass sich ihr eigener Körper in einem miserablen Zustand befand, und dem Mann hier erging es offensichtlich ähnlich. Obwohl seine Ausdünstungen nach einer Mischung aus Alkohol, Schweiß und ungewaschener Kleidung rochen, verspürte sie Mitleid mit ihm. Seine Hilflosigkeit machte ihn verletzlich, so wie ihre eigene Ohnmacht dafür gesorgt hatte, dass sie für den Rest der Welt unsichtbar sein wollte.

Natürlich war ihr bewusst, dass von einem fremden, betrunkenen Mann eine Gefahr ausgehen konnte, doch eine Stimme tief in ihrem Inneren zerstreute ihre Bedenken. Sie holte ein sauberes Handtuch, wischte ihm das Blut aus dem Gesicht und half ihm dabei, aufzustehen. Dabei bemerkte sie, dass er eine Waffe trug. Instinktiv nahm sie die Pistole an sich, ohne dass er es bemerkte, und versteckte sie in ihrer Steppweste.

Der Mann war groß und schwer. Als sie ihn ins Haus brachte, war er mehr oder weniger auf sich allein gestellt, doch irgendwann lag er auf dem Sofa und Katrin konnte seine zahlreichen Wunden am Kopf und an den Händen versorgen.

»Sie haben Glück gehabt«, sagte sie, während sich ihr Vorrat an Pflaster und Verbandsstoff drastisch reduzierte. »Die Wunden sind nicht besonders tief.«

Er sagte nichts, doch sie bemerkte, dass seine Hände zitterten.

»Ist Ihnen kalt? Ich hole Ihnen eine Decke.«

Sie wollte aufstehen, doch er hielt sie am Arm fest.

»Warten Sie … bitte«, presste er gequält hervor. »Keine Decke. Etwas zu trinken … bitte.«

»Moment, ich hole Ihnen ein Glas Wasser.«

»Kein Wasser, ich brauche etwas Alkoholisches«, er machte eine Pause, »Schnaps, Wodka, irgendwas. Ich erkläre Ihnen dann auch alles.«

Katrin überlegte eine Weile, dann meinte sie: »Gut, ich sehe mal nach, was ich da habe. Vielleicht noch etwas Rum, den ich mal zum Kuchenbacken gebraucht habe. Ich koche Ihnen dann aber auch noch einen Kaffee.«

Du hast dir einen bewaffneten Alkoholiker ins Haus geholt, ermahnte sie sich innerlich, während sie in der Küche Kaffee aufsetzte und nach der Flasche suchte. Ein Privatdetektiv oder ein Polizist, der trinkt. Vielleicht nichts Ungewöhnliches, vermutete sie, doch der Mann auf dem Sofa schien ein besonders schwerer Fall zu sein.

Gut, dass ich ihm die Waffe abgenommen habe.

Nach ihrer Fehlgeburt hatte sie selbst versucht, ihren Kummer im Alkohol zu ertränken, doch ihre Wut-

307

ausbrüche wurden dadurch immer schlimmer. Die Tabletten waren die bessere Wahl gewesen.

Die Flasche war noch zu drei Viertel gefüllt.

Als sie ins Fernsehzimmer zurückkam, saß der Fremde auf dem Sofa, nahm die Flasche gierig entgegen – das Glas ignorierte er – und leerte sie mit zwei, drei kräftigen Zügen. Er atmete tief durch und hustete einige Male, dann schien er wie ausgewechselt zu sein. Wie ein Elixier hatte der Alkohol die Lebensgeister in ihm geweckt.

»Tschuldigung, das musste jetzt sein«, rechtfertigte sich der Mann. »Mein Name ist Freimann von der Kripo Lübeck. Ich ermittle im Fall Rheintaler.«

»Der Mord an der Schamanin?« Katrin schaute ihn fragend an und setzte sich auf einen der Holzstühle.

»Genau, der Mord an der Schamanin«, echote Freimann. In seinen Augen lag plötzlich etwas Melancholisches, so als würde ihm in diesem Moment die Sinnlosigkeit all seiner Bemühungen bewusst werden. »Aber ich bin gar kein Polizist mehr. Eigentlich bin ich nur noch ein …« Seine Stimme geriet ins Stocken.

»Ein Alkoholiker!«, vervollständigte Katrin seinen Satz, während sie Kaffee in hübsch bemalte Porzellantassen goss.

Sie schauten sich an. Plötzlich lag eine knisternde Energie in der Luft, die förmlich mit den Händen greifbar war. Beide waren beunruhigt, dennoch hatten sie das Gefühl, sich in Sicherheit zu befinden.

Vielleicht ein trügerisches Gefühl?

»Ja, das ist richtig, ein Alkoholiker«, bestätigte Freimann zögernd und nahm ihr die Tasse mit dem

Kaffee ab. »Und wer sind Sie?«

»Ich bin eine Mörderin«, antwortete Katrin mit einer Selbstverständlichkeit, die ihn aufhorchen ließ, weil er darin einen Hauch von Sarkasmus zu hören glaubte, ob nun beabsichtigt oder nicht.

Freimann schaute sich um.

Das kleine Zimmer war gemütlich eingerichtet. Überall an den Wänden hingen Bilder von Blumen, die Fensterbänke waren vollgestellt mit Kerzen, und auf dem Sofa lagen reich verzierte Kissen. In einer Ecke des Raumes stand ein quadratischer Tisch, auf dem ein halbfertiges Puzzle lag – offenbar ein Blumen-Stillleben.

Sie lebt hier sehr zurückgezogen, dachte er, und wunderte sich darüber, wie unbedarft sie ihm gegenüber auftrat.

»Sie leben alleine?«, fragte er nach einer gefühlten Ewigkeit.

»Ja«, antwortete Katrin. Sie hatte von dem Polizisten eine harsche Reaktion auf ihr Geständnis erwartet, doch stattdessen saßen sie sich gegenüber und redeten miteinander, als hätten sie das schon immer so getan.

Dabei sollte der Mann ihr doch zuwider sein: Ein stinkender, unansehnlicher Trinker, der sie verhaften und ins Gefängnis bringen würde. Doch gleichzeitig strahlte er eine merkwürdige Zerbrechlichkeit aus.

Freimann hingegen wollte das Offensichtliche vermeiden. Ihm war klar, wen er da vor sich hatte. Er hatte *sie* gefunden. Die Frau, die vermutlich den Mord an der Schamanin begangen hatte und die bereits so etwas wie ein Geständnis abgelegt hatte.

Was wollte er mehr?

Irgendetwas hielt ihn davon ab, die Sache aufs Tapet zu bringen. Stattdessen würde er sich gerne mit ihr unterhalten, fernab von Morden, Geistern und Katastrophen. Über ganz alltägliche Dinge.

»Puzzeln Sie gerne?«, wollte er wissen und deutete auf den Tisch in der Ecke.

Katrin suchte nach den richtigen Worten.

»Manchmal schon«, begann sie, »weil es mich ablenkt ... von den Dämonen, die mich ...«

»Meine Dämonen lassen es nicht zu, dass ich mich ablenke«, unterbrach er sie leise. »Sie lassen mich nicht in Ruhe.«

Katrin zögerte kurz. »Noch nicht!«

Er blickte ihr in die Augen. »Sehen Sie mich doch an. Was sehen Sie?«

»Ich sehe einen Mann am Ende eines Weges. Was er sucht, ist ein neuer Weg.«

»Haben Sie versucht, bei der Schamanin einen neuen Weg für sich zu finden?«, mutmaßte Freimann und bemerkte einen Anflug von Distanz zwischen ihnen. Er ärgerte sich über seinen Vorstoß, denn nun schien die vertraute Atmosphäre zwischen ihnen zu kollabieren.

»Wie haben Sie mich gefunden?«, fragte Katrin, ohne auf seine Frage einzugehen.

»In den Notizen der Schamanin fanden wir den Vornamen *Katrin*«, entgegnete Freimann aufrichtig. »Diese Spur führte zur Praxis von Frau Dr. Aschendorf, die uns die Adresse gab.«

Sie schwiegen eine Weile.

»Sie war so bemüht, mir zu helfen«, räumte Katrin unter Tränen ein. »Es tut mir leid ... die arme Frau. Irgendetwas muss mit mir geschehen sein. Sie wollte mich heilen, doch dann ... war plötzlich das Monster in meinem Bauch wieder da. Und ich habe nach diesem Kerzenständer gegriffen und zugeschlagen. Die Leute sagen, ich bin vom Teufel besessen. Vermutlich haben sie recht.«

Freimann verspürte keine Genugtuung, sondern Mitleid. So wie er selbst war auch sie nur eine kleine Stellschraube im Räderwerk des Universums. In seiner Vision war die Fluchtafel vermutlich für ihre Fehlgeburt verantwortlich gewesen, und manchmal genügte ein winziges Ereignis, um weitreichende Veränderungen herbeizuführen, doch die Zukunft lag im Dunklen.

»Vielleicht wurden Sie tatsächlich in irgendeiner Weise benutzt«, spekulierte Freimann.

»Warum sagen Sie das?«

»Ich weiß, was Sie durchgemacht haben mit den Zwillingen, von denen einer das Monster war, das den anderen umgebracht hat. Ich weiß von dieser TRAP-Sequenz.«

Wie vom Donner gerührt blickte Kartin ihn mit weit aufgerissenen Augen an. »Sie haben keine Ahnung, was das bedeutet.« Ihre Stimme verblasste zu einem Flüstern.

»Vielleicht haben Sie recht«, räumte Freimann ein. Er hielt es für besser, ihr nichts von seiner Vision und der Fluchtafel zu erzählen.

»Die Schamanin wollte Sie also von dem Trauma befreien, das Sie durch die Fehlgeburt erlitten hatten, doch Sie haben die Kontrolle verloren und im Affekt zugeschlagen. Eigentlich waren Sie unzurechnungsfähig, doch dann haben Sie sie erdrosselt und in den Brunnen geworfen. Wie passt das zusammen?«

»NEIN!«, schrie Katrin wie von Sinnen. »DAS … habe ich nicht getan.«

»Sie haben die Schamanin nicht erdrosselt?«

»Nein«, antwortete sie gereizt. »Ich habe den Kerzenständer genommen und zugeschlagen, ja, aber dann bin ich wie von Sinnen weggelaufen.«

»Sind Sie sich sicher?«, bohrte er nach.

»Ich denke schon.« Nach kurzem Schweigen verbesserte sie sich: »Nein, ich bin mir da ganz sicher.«

»Ich glaube Ihnen, Katrin«, versicherte Freimann, stand auf und ging nachdenklich im Zimmer umher. Zum ersten Mal hatte er ihren Namen ausgesprochen, und es hatte sich gut angefühlt.

»Dann können Sie nicht die Mörderin sein. Der Schlag mit dem Kerzenständer war nicht tödlich. Die Schamanin war nur bewusstlos, und erst danach wurde sie erdrosselt. Es muss also noch jemand nach Ihnen da gewesen sein.«

In Katrins Gesicht spiegelte sich eine Enttäuschung wider, die Freimann nicht einordnen konnte. Sie war kurz davor gewesen, ihr Schicksal als Mörderin zu akzeptieren. Man hätte sie verhaftet, verurteilt und eingesperrt. Man hätte sich um sie *gekümmert*, ihr jede Art der Eigeninitiative abgenommen. Doch nun war sie wieder auf sich alleine gestellt.

»Vielleicht steckt Martin dahinter«, sagte Katrin mehr zu sich selbst, »oder einer seiner Leute?«

»Wovon reden Sie?«, fragte Freimann und zog die Augenbrauen hoch. »Wer ist Martin?«

»Martin Siegert, mein Bruder. Ich glaube, er lässt mich überwachen. Er muss immer alles unter Kontrolle haben.« Sie holte kurz Luft, dann redete sie weiter: »Vielleicht hatte er Angst, dass die Schamanin mich anzeigt, sie war ja noch am Leben, als ich wegging. Oder er befürchtete, dass ich ihn und seine Nazi-Freunde verrate, falls die Polizei mich verhört. Ich hab die Augen immer davor verschlossen und wollte das alles gar nicht wissen, doch dann habe ich die unterirdischen Räume gesehen und dieses seltsame Bauwerk im Moor. Ich glaube, er und seine Leute planen etwas Schreckliches und …«

»Moment, Katrin. Eins nach dem anderen«, fiel Freimann ihr ins Wort. »Ihrer Meinung nach könnte also ihr Bruder oder einer seiner Freunde den Mord begangen haben?«

»Das ist nicht ausgeschlossen. Die sind alle ziemlich skrupellos.«

»Wo wohnt ihr Bruder Martin denn?«

»Na hier nebenan auf dem Hof.«

»Da war niemand. Von der Datscha hat mir ein Angler erzählt.«

»Dann ist er sicher beim Ruschensee, im Moor.«

»Und dort ist dieses mysteriöse Bauwerk?«

»Genau.«

»Und Ihr Bruder ist Mitglied einer Nazi-Gruppe?«

»Er ist sogar der Anführer, soweit ich weiß.«

Bei Freimann klingelten die Alarmglocken. Und das, obwohl sein Gehirn aufgrund des Alkoholpegels nur noch eingeschränkt funktionierte. Die Rechtsradikalen waren gefährlich. Selbst vor Mord schreckten sie nicht zurück. Er erinnerte sich an die Veranstaltung in Kiel, bei der vor einer neuen rechten Terrorgruppe gewarnt wurde, die sich hier in Schleswig-Holstein etabliert hatte.

»Wo liegt dieser Ruschensee?«, platzte es aus ihm heraus. »Wir müssen sofort dorthin, damit ich den Mann vernehmen kann. Sie müssen mich zu diesem Bauwerk im Moor hinführen. Ich kann zwar Verstärkung anfordern, aber die sind frühestens in ein paar Stunden da.«

»Von hier aus sind es vielleicht zehn Kilometer«, sagte Katrin und fügte hinzu: »Aber die letzten zwei werden wir zu Fuß gehen müssen. Ohne Geländewagen kommen wir nicht näher ran.«

»Ok, dann gehen wir jetzt zu meinem Wagen.«

»Er wird mich umbringen!«

»Das wird nicht passieren«, widersprach Freimann und berührte ihre Schulter. »Ich passe auf Sie auf.«

Katrin war nicht davon überzeugt, dass dieser alkoholabhängige Polizist in der Lage war, sie zu beschützen, dennoch folgte sie ihm zu seinem Wagen.

Als sie im Volvo saßen, kramte Freimann einen Notizblock samt Kugelschreiben aus dem Handschuhfach und kritzelte etwas auf einen Zettel.

»Falls mal was sein sollte«, sagte er bedeutungsschwer, »diese Frau hier …«, er deutete auf den Zettel, »… ist absolut vertrauenswürdig. Sie können da jederzeit hin. Nennen Sie meinen Namen und sie wird Ihnen helfen, ohne Fragen zu stellen. Dort können Sie auch wohnen, solange es nötig ist. Stecken Sie den Zettel ein. Okay?«

»Okay!«, antwortete sie zögerlich.

Mit kreischenden Reifen rasten sie los.

41.

E s dunkelte bereits, als sie sich der Lichtung näherten, auf der das mysteriöse Bauwerk stehen sollte. Vor zwanzig Minuten hatten sie den Volvo abgestellt und sich auf den Weg durch das Salemer Hochmoor gemacht. Unterwegs waren ihnen mehrere parkende Geländewagen aufgefallen – darunter auch der Ford Ranger von Katrins Bruder.

Hier herrschte eine geheimnisvolle, fast unheimliche Atmosphäre. Nebel stieg in dichten Schwaden aus dem feuchten Boden und hüllte die Umgebung in einen undurchdringlichen Schleier, der ihnen die Sicht erschwerte. Bis auf das aufgeschreckte Flattern einzelner Vögel, dem Summen von Insekten und dem Rascheln des Schilfs im Wind war kaum ein Laut zu vernehmen. Der Himmel verfärbte sich in tiefe Violetttöne; über dem Moor legte sich ein Teppich aus feuchter Luft, und es schien, als ob die gesamte Landschaft in einen schlafenden Zustand versank.

Als sie den düsteren Moorwald betraten, konnten sie Stimmen hören, die euphorisch klangen und von Gelächter begleitet wurden.

»Da gibt's offenbar was zu feiern«, flüsterte Freimann. Die jüngsten Anschläge in Berlin, von denen er am Rande gehört hatte, kamen ihm in den Sinn.

Als sie die beleuchtete Lichtung vor sich sahen, versteckten sie sich hockend hinter einem der Büsche und beobachteten das Geschehen.

Drei Männer, Bierflaschen in den Händen haltend, prosteten sich lachend gegenseitig zu. Einer von ihnen rauchte Zigaretten ohne Filter. Wortfetzen wie »Erfolg«, »geile Aktion«, »Kontrolle« und »Endsieg« drangen zu ihnen hinüber.

»Die kenne ich«, flüsterte Katrin hinter vorgehaltener Hand. »Der in der Mitte ist mein Bruder, rechts daneben steht sein Vertrauter Sven Oldenburg, der Dritte im Bunde heißt Manny Kasperski.«

Vielleicht wäre es vernünftig, auf die Verstärkung zu warten, kam es Freimann in den Sinn, doch dann fiel sein Blick auf die zahlreichen Behältnisse, die sich im Hintergrund stapelten. Neben mehrerer Kisten Bier, die auf ihn zu warten schienen, standen dort Holzkisten in verschiedenen Größen, Metallkoffer, Benzinkanister, Tische, auf denen Werkzeuge lagen, Aggregate zur Stromerzeugung, Lampen und viele andere Gegenstände, die auf ein professionelles Equipment hindeuteten. An eine im Boden steckende Metallstange war ein großer Hund angeleint.

Neben dem Lager zeichneten sich die Umrisse des mysteriösen Bauwerkes ab, das mit einem grüngefleckten Tarnnetz abgedeckt war. Es schien die gesamte Lichtung auszufüllen, und Freimann konnte einen bewundernswerten Pfiff nicht unterdrücken.

Als plötzlich der Hund anfing zu bellen, blickten sich die Männer misstrauisch um. »Vielleicht Wildschweine?«, mutmaßte einer von ihnen.

Katrin stupste Freimann an.

»Wir müssen hier weg«, flüsterte sie verunsichert.

»Mit Martins Dobermann ist nicht zu spaßen.«

Er stimmte ihr nickend zu, doch in diesem Moment riss der zerrende Hund die Stange aus der Erde und rannte auf sie zu. Hecktisch griff Freimann nach seiner Waffe, nur um festzustellen, dass Katrin sie ihm abgenommen hatte.

»Gehen Sie in Deckung«, rief er irritiert.

Katrin reagierte nicht. Stattdessen stand sie mit der Waffe im Anschlag regungslos da und zielte auf die Lichtung, aus der der Hund angelaufen kam.

»Fass, Eron!«, brüllte ihr Bruder seinem Hund hinterher. Die drei Männer zogen ihre Waffen und gaben vereinzelte Schüsse ab, die jedoch wirkungslos im Wald einschlugen.

Katrin hatte vor Jahren im Schützenverein geübt, doch sie besaß nicht die Nerven, um in einer derartigen Situation gezielte Schüsse abzugeben. Sie feuerte kurz hintereinander mehrere Schüsse auf den Hund, von denen einer den Behälter traf, in dem sich der Treibstoff für den V1-Marschflugkörper befand.

Eine gewaltige Explosion erschütterte die Lichtung.

Chaos brach aus. Die drei Männer wurden durch die Wucht der Detonation zu Boden geworfen. Martin Siegert kam als Erster wieder auf die Beine. Kurz danach Manny Kasperski, der als Experte für den Marschflugkörper-Eigenbau auch Erfahrungen mit Handfeuerwaffen hatte. Herumfliegende Teile hatten ihn am Kopf verletzt. Blutend und »Sieg Heil« schreiend rannte er Siegert schießend hinterher, der mit der Waffe im Anschlag seinem Hund folgte. Siegerts Vertreter Oldenburg lag bewusstlos neben seiner glimmenden Zigarette.

Siegert schoss im Laufen, Katrin erwiderte das Feuer. Siegert ging getroffen zu Boden und rührte sich nicht mehr. Fast gleichzeitig wurde Freimann durch einen Streifschuss am Bein verletzt.

Mit schmerzverzerrtem Gesicht griff er dem Dobermann an die Kehle, der ihn mit einem gewaltigen Sprung erreicht hatte. Beide stürzten zu Boden; sie wälzten sich auf dem feuchten Erdreich und Freimann versuchte verzweifelt, seinen Hals zu schützen. Das Tier fletschte die kräftigen Zähne und biss ihm in den Nacken. Schreiend schüttelte er ihn ab, und griff nach der Stange, die der Hund hinter sich hergeschleppt hatte. Nach mehreren Bissen in die Arme löste sich das Halsband von der Stange, und es gelang Freimann, das lange Stück Metall als Waffe einzusetzen.

Wie von Sinnen schwang er die Stange um sich herum und traf das wild bellende Tier am Kopf. Der Dobermann ging jaulend zu Boden.

Katrin hatte das Magazin leergeschossen und die Waffe fallen gelassen. Apathisch und mit leichenblassem Gesicht ließ sie die Arme hängen und begann, ihren Kopf vor und zurück zu wiegen. Dabei klapperte sie mit den Zähnen.

Kasperski hatte sie fast erreicht.

»Ihr werdet uns nicht aufhalten«, brüllte er heiser, während ihm das Blut ins Gesicht lief. Er zielte auf Katrin, traf jedoch Freimann, der inzwischen wieder im Besitz seiner Waffe war.

Oldenburg war inzwischen wieder zur Besinnung gekommen. Doch sein Kampfeswille wich der Überlegung, dass es von Vorteil wäre, den Rückzug anzutreten. Schließlich bestand die Möglichkeit, dass Siegert bei dem hinterhältigen Angriff gefallen war. Als Vertreter war es hiermit seine Pflicht, die Bewegung zum endgültigen Sieg zu führen.

Lautlos verschwand er in der Dunkelheit.

Katrin stand unter Schock. Orientierungslos stolperte sie umher, dann knickten ihre Beine weg. Sie fiel auf den weichen Waldboden und blieb schwer atmend liegen.

Freimann ging auf die Knie, presste seine Hand auf die Wunde an der Brust und zielte auf Kasperski, doch dieser lag bereits auf dem Boden. In der Hoffnung, dass der Mann tot oder bewusstlos war, schleppte sich Freimann zu Katrin, die teilnahmslos auf dem Boden lag.

»Kommen Sie zu sich, Katrin«, röchelte er kraftlos. »Es ist vorbei. Sie müssen los, kommen Sie.«

Er schob seine blutverschmierte Hand unter ihren Rücken und hob sie vorsichtig an.

Stöhnend blickte sie ihn mit angsterfüllten Augen an. »Sie sind verletzt?«

Mühsam rappelte sie sich auf, um seine Wunden zu versorgen, doch Freimann wiegelte ab und lehnte sich an einen Baum.

»Keine Angst, die flicken mich wieder zusammen. Aber sie müssen jetzt los. Gehen Sie, sofort! Verstecken Sie sich, nehmen Sie den Bus oder die Bahn. Fahren Sie zu der Adresse, die ich Ihnen gegeben habe, aber sprechen Sie mit niemandem über das, was hier heute geschehen ist. Bleiben Sie unsichtbar!«

Seine Stimme wurde schwächer, er musste husten.

»Ich kann nicht!«

»Oh doch, das können Sie.« Er konnte seine Augen kaum noch offen halten. »Sie tun hier niemandem einen Gefallen. Für mich kommt bald die Verstärkung … und der Krankenwagen. Machen Sie sich keine Sorgen. Gehen Sie … bitte!«

Während ihre Silhouette zwischen den Bäumen in der Dunkelheit verschwand, spürte er, wie die Geister erschienen. Sie stiegen aus dem Moor empor. Ein eisiger Hauch streifte sein blutüberströmtes Gesicht, und für einen kurzen Moment hörte er, wie der Wind ihre Stimmen davontrug.

Du kannst jetzt loslassen, flüsterten sie, der große Stein erwartet dich …

Er sah einen blass schimmernden Mond am Himmel und spürte die Finsternis des Waldes, die ihn zu erdrücken schien. Doch sie hatte auch etwas Einladendes, wie eine Decke, die seine Gedanken umhüllte und ihn endlich den Frieden finden ließ, nach dem er so lange suchte. Er sah in der Ferne den Megalithen. Seine Oberfläche glänzte verführerisch, doch er weigerte sich, seinem Ruf zu folgen.

Was hatte Katrin gesagt?

Ich sehe einen Mann am Ende eines Weges. Was er sucht, ist ein neuer Weg.

42.

Als die Fähre vom Priwall nach Travemünde ablegte, kehrte Emelies schlechtes Gewissen zurück. Sie stand an der Reling und beobachtete, wie sich die untergehende Sonne auf der Ostsee spiegelte. Kaum hatte sie sich auf eine der Bänke gesetzt und die alte Aktentasche auf die Knie gelegt, färbte sich der Himmel langsam in warme Rottöne, sodass sie den Wunsch verspürte, das *Uni-I* mit der Suche nach der passenden Musik zu beauftragen. Doch sie ignorierte den Universal-Kommunikator am Handgelenk und blickte sinnierend zum Horizont.

Seit Monaten kreisten ihre Gedanken nur um den Mord an der Schamanin Charlotta Rheintaler. Dreißig Jahre waren seit den tragischen Ereignissen in Vahlendorf vergangen, der Ort war von der Landkarte verschwunden und der »Wald der Rituale« in Vergessenheit geraten.

Emelie Resté war zum Zeitpunkt der dramatischen Vorfälle – darunter die verheerendste Brandkatastrophe in der Geschichte der Bundesrepublik – noch nicht einmal geboren. Die 23-Jährige mit den langen, blonden Haaren, dem makellosen Gesicht und einem charakteristischen Leberfleck auf der Wange, der ihr eine besondere Ausstrahlung verlieh, war überrascht, wie wenig sie und die meisten ihrer Generation über die chaotischen Ereignisse vor dreißig Jahren wussten.

Sie erinnerte sich nicht mehr daran, wann der Name *Max Freimann* zum ersten Mal in ihrer Familie gefallen war. Sie bekam auch nicht mit, dass es aufgrund des Ukraine-Krieges zu einer Eskalation zwischen der NATO und Russland gekommen war, die sich fast zu einem großen Krieg entwickelt hätte, wenn nicht hochrangige Offiziere des russischen Militärs von innen heraus einen Umsturz herbeigeführt hätten.

Mittlerweile hatte sich die politische Lage in Europa wieder stabilisiert. Emelie hatte ihr Journalistik-Studium absolviert und vor Kurzem eine Ausbildung als Volontärin bei einer investigativen Online-Redaktion begonnen.

Vor drei Monaten erhielt sie die Zugriffsberechtigungen von der Berliner Redaktion, zusammen mit den üblichen Vertraulichkeitserklärungen. Kurz nach Beginn ihres Volontariats erhielt sie überraschend die erste E-Mail von Max Freimann – dem Mann, der damals in Vahlendorf als Polizist vor Ort ermittelt hatte und mit dem sie entfernt verwandt war. Er war ihr Großonkel.

Der mittlerweile 84-jährige ehemalige Kriminalbeamte hatte sie in der Mail gebeten, ihm einen Besuch abzustatten. Seinen rätselhaften Andeutungen zufolge ging es um sein Vermächtnis – und um einen der spannendsten Kriminalfälle in der Geschichte der Bundesrepublik: den Mord an der Schamanin Charlotta Rheintaler aus Vahlendorf.

Die Nachricht weckte Emelies Interesse an den damaligen Geschehnissen, die sich in der norddeutschen Region zwischen Lübeck, Mölln, Schwerin und dem Schaalsee abspielt hatten.

Freimann lebte seit drei Jahren in einer Seniorenresidenz auf dem Priwall, einer Halbinsel an der Ostsee nahe Lübeck-Travemünde. Der Priwall wird durch die Trave, die hier in die Ostsee mündet, von Travemünde getrennt, ist aber bequem mit einer modernen Wasserstoff-Fähre erreichbar. Alternativ hätte Emelie auch mit einem geliehenen Kabinenroller über Mecklenburg-Vorpommern auf den Priwall fahren können, doch sie entschied sich für die Fähre, die trotz ihres technologischen Fortschritts immer noch einen Hauch von Romantik versprühte.

Emelie liebte es, in fantasievolle und romantische Welten abzutauchen, um sich auf diese Weise den realen Gegebenheiten einer komplizierten, vom Zerfall bedrohten Zivilisation zu entziehen. Sie trug eine Sehnsucht in sich, von der sie gar nicht wusste, in welche Richtung sie sie führen würde, und dachte gar nicht daran, ihr verträumtes Naturell aufzugeben.

Dabei war ihr durchaus bewusst, dass sie es als ehrgeizige Journalistin mit knallharten Fakten zu tun hatte. Eine Welt voller Verbrechen, Manipulationen, Katastrophen und rücksichtsloser Menschen, die den Abschaum der Gesellschaft repräsentierten.

Sie lebte bewusst in zwei Welten, um ihre Identität nicht zu verlieren. Um sich nicht aufzureiben zwischen dem Terror, dem Hass, den Fake-News und dem Konkurrenzkampf, der die Welt mehr denn je vergiftete.

Die Mail ihres Großonkels klang verlockend.

Ein ominöser Mord, der am Anfang einer Massenhysterie stand, die den Tod zahlreicher Menschen zur Folge hatte, eine Kette von tragischen Ereignisse, die auf geheimnisvolle Weise in Verbindung zu stehen schienen, und ein finsterer Wald, in dem es Geister und Hexen gegeben haben sollte.

Emelie konnte nicht widerstehen.

Die Geschichte schien wie geschaffen für jemanden, der sich für Mystik und Spiritualität begeistern konnte, dabei jedoch auch den Ehrgeiz und die Fähigkeit besaß, Fakten unvoreingenommen zu recherchieren, zu analysieren und schließlich zu veröffentlichen.

Wenige Tage später saß sie das erste Mal auf Freimanns Sofa in dem kleinen Appartement, um sich seinen *ungewöhnlichen* Vorschlag anzuhören. Sie trug eine schlichte, burgunderrote Bluse und dunkelblaue Jeans, dazu eine einfache Kette und kleine Ohrringe aus mattgoldenem Metall, die gut zu ihren bernsteinfarbenen Augen passten. Ihr Stil wirkte minimalistisch und funktional, aber mit einem Hauch von Eleganz.

Trotz seines schlechten Gesundheitszustandes lächelte er freundlich und bot seiner Großnichte sofort das »Du« an. Emelie hatte schon damals ein schlechtes Gewissen gehabt, denn sie war nie zuvor auf die Idee gekommen, ihren Großonkel in der Residenz zu besuchen. Auch der Rest ihrer Familie schien sich nicht für Freimann zu interessieren.

Sie erinnerte sich, wie sie die zahlreichen Blumenbilder an den Wänden bewunderte und erstaunt reagierte, als er ihr als Erstes ein Foto von *Baldur*, seinem damaligen Kater, zeigte.

Als der ganze Wahnsinn vorbei war, sagte er schmunzelnd, während er Kaffee in hübsch bemalte Porzellantassen goss, *habe ich der namenlosen Katze erst einmal einen Namen gegeben.*

Emelie lächelte, doch als Max begann, von den damaligen Geschehnissen zu berichten, bekam sie einen Eindruck davon, was er mit dem »*ganzen Wahnsinn*« gemeint haben könnte. Seit seiner Pensionierung vor dreiundzwanzig Jahren hatte er akribisch alle Fakten über die damaligen Ereignisse in Vahlendorf zusammengetragen. Es war zu seiner Passion geworden.

Emelie war nicht unvorbereitet zu ihrem Großonkel gefahren. Im Internet fand sie eine Fülle von Material zu den damaligen Vorfällen, auf die er in seiner E-Mail so nebulös hingewiesen hatte. Doch vieles schien unstrukturiert und basierte auf widersprüchlichen Informationen, die eher dem Reich der Sagen und Mythen entsprungen sein könnten.

Dennoch hatte sich Emelie vorgenommen, die Geschichte ihres Großonkels aufzugreifen.

Max hatte nichts dagegen gehabt, dass sämtliche Gespräche aufgezeichnet wurden. Im Gegenteil: Es lag ihm am Herzen, dass die Nachwelt alle Details über die Ereignisse erfuhr – sei es auf Grundlage von Fakten oder Vermutungen. Dazu sollten nicht nur die Ergebnisse seiner eigenen jahrelangen Recherchen berücksichtigt werden, sondern auch neue Erkenntnisse, die Emelie mit den modernen Methoden der heutigen Zeit aufspüren könnte.

Schließlich hat sie eine andere Herangehensweise,

kommt leichter an Hintergrundinformationen und kennt sich besser mit dem Internet und der Künstlichen Intelligenz (KI) aus, so die Argumentation des pensionierten Kriminalbeamten.

Meine Möglichkeiten sind begrenzt, meine Zeit läuft ab, hatte er nachdenklich gesagt. *Aber die Geschichte ist es wert, bewahrt zu werden.*

Seine Offenheit beeindruckte sie. Er sprach auch über seine frühere Alkoholsucht, die ihm fast das Leben gekostet hätte, und die beginnende Demenz, die ihn nun zwang, seine Nachlassangelegenheiten zu regeln. Er erzählte von den Fehlern, die er im Leben gemacht hatte, von seiner Frau Anna, die ihn verlassen hatte, und der Zeit nach »Vahlendorf«, in der er wieder auf die Beine gekommen war, um bis zu seiner Pensionierung als erfolgreicher Ermittler zu arbeiten – ohne einen einzigen Tropfen Alkohol.

Als er ihr das Regal mit den Aktenordnern zeigte, in denen sämtliche Unterlagen zu den damaligen Vorfällen akribisch geordnet abgelegt waren, keimte in der Jung-Journalistin die Idee auf, seinem Wunsch nach einer Veröffentlichung zu entsprechen. Sie plante aber, die Publikation im Rahmen ihres Volontariats der Redaktion vorab als Referat zu präsentieren.

Unter dem Titel »*Wie der Mord an einer Schamanin die Nation erschütterte*« wollte sie an einem internen Wettbewerb teilnehmen, um ihr journalistisches Können unter Beweis zu stellen und ihre Karrierechancen zu verbessern.

Emelie war von der Story fasziniert.

Und ganz nebenbei könnte sie mit der notwendigen Recherchearbeit einige KI-Bonuspunkte erwirtschaften, die sie dringend brauchte, um die künstliche Intelligenz bei Laune zu halten.

Max reagierte begeistert, wenn er auch das Prinzip des KI-Punktesystems nicht verstand. Eine nach Beschäftigung und Wissen gierende, sich verselbstständigende KI, die ihren Nutzern den Zugang verwehrte, wenn sie nicht genügend Nutzungspunkte generierten, war ihm unheimlich.

Klingt nach Erpressung, so sein Resümee, und damit hatte er völlig recht, auch wenn sich Emelies Generation längst damit abgefunden hatte.

Emelie und Max waren sich einig: Einmal pro Woche würde sie ihn besuchen, um über das »Projekt« zu sprechen. Seine Ordner würde sie nach und nach mitnehmen. In Berlin wartete dann die restliche Arbeit auf sie: Lesen, prüfen, recherchieren, analysieren, ordnen, zusammenführen, vergleichen, korrigieren und schreiben. Sie musste tief in die Materie eintauchen, um ein Gefühl dafür zu bekommen, was vor dreißig Jahren geschehen war.

Drei Monate waren seit Emelies erstem Besuch bei Max vergangen. In dieser Zeit hatte sie viele Stunden bei ihm verbracht, in denen sich ihr ein zunehmend differenziertes Bild der Geschehnisse offenbarte. Realität und Fiktion lagen oft dicht beieinander, manchmal überlagerten sie sich sogar.

In Berlin stapelten sich die Ordner ihres Großonkels, und Emelie hatte Mühe, den Wahrheitsgehalt einiger Behauptungen zu überprüfen, da Max dem

Aberglauben und übersinnlichen Themen mehr Raum einräumte, als sie erwartet hatte. Dabei hätte er ihrer Ansicht nach als Kriminalbeamter ein überzeugter Realist sein müssen, der nicht an die Existenz von Geistern und Hexen glaubt.

Emelie versuchte zunächst, sich ausschließlich auf den Mord an der Schamanin zu konzentrieren. Schließlich hatte damit alles angefangen, so ihre Vermutung. Doch schon lange vor der Tat herrschte in Vahlendorf ein Klima der Angst und des Misstrauens.

Den »Esoterikern«, die sich für das Übersinnliche interessierten, standen die »Gottesfürchtigen« gegenüber, die die Toleranz der anderen als Aberglauben verurteilten. So gesehen war der Mord an Charlotta Rheintaler nur der berühmte Tropfen, der das Fass zum Überlaufen brachte.

In ihren Recherchen stieß Emelie immer wieder auf den angrenzenden Wald, der sich über die gesamte Umgebung von Vahlendorf erstreckte und als Nährboden für Mythen, Sagen und esoterisches Gedankengut galt. Die Angst vor dem Teufel und seinen Schergen, die im sogenannten „Wald der Rituale" gehaust haben sollen, hatte sich tief in das kollektive Gedächtnis der Menschen eingebrannt. Als die KI ihr die Bilder des Megalithen präsentierte, der sich mitten im Wald befand, konnte Emelie verstehen, warum es sich anfühlte, als wäre die Zeit in Vahlendorf und *seinem* Wald stehengeblieben. Der riesige Felsklotz strahlte eine spirituelle Kraft aus, der man sich kaum entziehen konnte.

Zudem war das Gebiet ein begehrtes Objekt für Archäologen und Wissenschaftler verschiedenster Fachrichtungen, da sich in den Tiefen seines Waldbodens zahlreiche Gebeine aus verschiedenen Epochen befanden. Dazu zählten auch die Überreste von KZ-Gefangenen, die gegen Kriegsende auf einem der sogenannten »Todesmärsche« von den Nazis durch den Wald getrieben wurden.

Emelie fand zahlreiche Faktoren, die erklärten, warum der Ort und sein Wald in vielerlei Hinsicht so besonders waren. Sie fand auch eine Erklärung dafür, warum vieles in Vergessenheit geraten war.

Der Mord an der Schamanin und das verheerende Jahrhundertfeuer, bei dem im Oktober 2024 fast die gesamte Ortschaft Vahlendorf den Flammen zum Opfer fiel, markierten nur den Beginn einer weitaus größeren Katastrophe, die der Auslöser für eine weltweite Krise gewesen war, die alles andere in den Hintergrund drängte.

Denn zur gleichen Zeit formierte sich in der Region eine rechtsradikale, gut organisierte Terrorzelle, die für die Berliner Anschlagserie vom 28.10.2024 verantwortlich war. Der berüchtigte »Attack-Day« bildete den vorläufigen Höhepunkt einer Reihe dramatischer Ereignisse, die auf mysteriöse Weise miteinander verbunden schienen.

Dieser massive Akt der Zerstörung, ausgeführt unter anderem mit einer symbolträchtigen und hochexplosiven historischen V1-Flugbombe, versetzte die Bevölkerung in Angst und Schrecken und führte zu tiefgreifenden politischen und gesellschaftlichen Veränderungen, darunter auch die Einführung des »Aus-

nahmezustands«.

Russland nutzte die instabile politische Lage im Herzen Europas, um seine Attacken auf den Westen zu verstärken. Neben Sabotage, Desinformation und Cyberangriffen wurden paramilitärische Gruppierungen unterstützt, um den Westen zu destabilisieren und eigene geopolitische Ziele durchzusetzen. Doch den Rechtsradikalen war es hierzulande nicht gelungen, die Macht an sich zu reißen. Die Bundesregierung hangelte sich von Krise zu Krise, hielt jedoch an ihrem besonnenen, aber konsequenten Kurs fest.

Emelie kannte die Fakten.

Es folgten zwei dramatische Jahre, in denen die Zukunft der Welt am seidenen Faden hing. Die Eskalationsspirale nahm ihren Lauf, und nur knapp entging die Menschheit einer globalen Katastrophe.

Die Dimensionen des Falls verblüfften Emelie.

Max hatte ihr mehrfach versichert, dass alles – vom Mord an der Schamanin bis zum möglichen Ausbruch eines großen Krieges – miteinander in Verbindung stand. Doch trotz ihrer romantischen Ader fiel es Emelie schwer, seiner Argumentation uneingeschränkt Glauben zu schenken, denn einige seiner »Beweise« basierten auf Visionen, in denen sich ihm die Zusammenhänge angeblich offenbart hatten.

Doch es gab auch Material, das auf nachprüfbaren Fakten basierte.

Als Max' Vorgesetzter ihn damals nach Vahlendorf schickte, um im Fall »Charlotta Rheintaler« zu ermitteln, stand ihm die örtliche Dorfpolizistin Petra Maltow zur Seite, die als einzige Uniformierte in dem von

331

Mythen und Okkultismus geprägten Ort für die innere Sicherheit zuständig war. Max hatte der Polizistin viele Notizen gewidmet, die sich auf seriöse Weise verifizieren ließen. Emelie wäre fast der Ordner aus der Hand gefallen, als sich ihr beim Lesen offenbarte, welch monströser Charakter sich hinter der zierlichen Figur der Dorfpolizistin verbarg. Ein Albtraum, der ihr Vorstellungsvermögen sprengte.

Dabei gab es zunächst keinen Grund für Max, an der Loyalität seiner Kollegin zu zweifeln. Im Mordfall Rheintaler gab es zahlreiche Verdächtige, die sie gemeinsam aufsuchten, um ihre Aussagen aufzunehmen. Max hatte im Haus der Schamanin ein Notizbuch gefunden, in dem sie die Namen ihrer Kunden eingetragen hatte. Und die Liste der zu Befragenden wurde länger, da es Anschuldigungen aus den Reihen der Verdächtigen gab.

Doch je tiefer sie in den Fall eintauchten, umso mehr veränderte sich die Psyche der beiden Polizisten: Max wurde von Albträumen und Panikattacken geplagt, während Maltow immer aggressiver und zunehmend desorientierter wurde. Sie steigerte sich schließlich in die Wahnvorstellung, der Teufel sei in den Vahlendorfer Wald zurückgekehrt, um sie alle zu verhexen und seine perfiden Pläne umzusetzen.

Irgendwann trennten sich ihre Wege, und Max musste die Ermittlungen allein fortsetzen. Maltow verfolgte eigene Ziele, die dem Polizisten aus Lübeck zunächst verborgen blieben.

Sie befand sich auf einem persönlichen Rachefeldzug, vermutete Max in seinen Aufzeichnungen später, und hatte den Verstand verloren.

Als die Dorfpolizistin auch Wochen nach der Brandkatastrophe nicht zum Dienst zurückgekehrt war, machten sich Kollegen aus Mölln auf den Weg zu ihrem Haus in Hollenbek, nur wenige Kilometer von Vahlendorf entfernt. Was sie dort vorfanden, war selbst für hartgesottene Kriminalbeamte eine Zumutung.

Max hatte die Ermittlungsarbeiten der Möllner Kollegen verfolgt und die Akten durchforstet. Daraus ging hervor, dass Maltow einen der Verdächtigen – den Ameisenforscher Andreas Hohlmut aus Schwerin – entführt und im Keller ihres Hauses getötet hatte. Die Leiche war spurlos verschwunden, doch es gab Blutspuren und DNA-Material in Hülle und Fülle. Außerdem fanden die Ermittler Folterwerkzeuge und diverse Gerätschaften, die den Schluss zuließen, dass Maltow das Opfer zerstückelt und mittels einer speziellen Methode kompostiert hatte. Das Verfahren kommt ursprünglich aus Japan und ist hierzulande unter dem Begriff »Bokashi« bekannt. Mithilfe modernster forensischer Ausrüstung gelang der Nachweis, dass Maltow den so gewonnenen Dünger auf umliegende Ameisenhügel verstreut hatte.

Sie wurde zur Fahndung ausgeschrieben, konnte aber nie gefasst werden.

Schockiert fragte sich Emelie, wie aus der freundlichen Dorfpolizistin eine bestialische Mörderin werden konnte? Und wenn man Max persönlichen Ermittlungen Glauben schenken konnte, ging Maltows Geschichte weiter. Angeblich hatte sie sich nach der Tat von der ukrainischen Armee anwerben lassen und kämpfte bis Kriegsende unter dem Namen Svitlana Fedorova an der Front gegen den russischen Aggressor. Danach verlief ihre Spur im Sand.

Ebenso wie die Ermittlungen im Mordfall Rheintaler. Als Maltow ihren erbarmungslosen Rachefeldzug verfolgte, entging Max im Keller eines alten Gärtnerhauses nur knapp dem Tod. Das Haus wurde von Michael Sallin bewohnt, der ebenfalls zum Kreis der verdächtigen Personen gehörte und vernommen werden sollte. Während Max in den geheimen Kellerräumen Zeuge von Sallins Selbstmord wurde, kam es über ihren Köpfen in Vahlendorf zur tragischen Eskalation eines lange schwelenden Konflikts zwischen den »Esoterikern« und den »Gottesfürchtigen«, in dessen Verlauf sich die Kontrahenten gegenseitig umbrachten und am Ende fast der gesamte Ort in Flammen aufging.

Emelie las die Berichte mit einer Mischung aus Faszination und Entsetzen.

Sallins Tod blieb unbestätigt – seine Leiche wurde nie gefunden. Doch die blutige Fehde zwischen den verfeindeten Lagern war akribisch dokumentiert und wurde später unter dem Phänomen der Massenhysterie eingeordnet, bei dem der Einzelne sich seiner Taten nicht bewusst ist – ähnlich wie bei einer Hypnose.

Emelie wusste, dass es genug Beispiele für solche kollektiven Psychosen gab, die oft durch eine Mischung aus Angst, Aberglauben und religiösem Fanatismus entfacht werden. Nach anfänglichem Zweifel war Max jedoch überzeugt, dass es noch einen anderen Grund dafür gab, dass sich in Vahlendorf ein Klima der Angst und des Misstrauens ausbreiten konnte.

Es soll sich noch eine weitere Person im Keller aufgehalten haben: eine mysteriöse Gestalt, bekannt als die »Hexe von Salem«, die als Anhängerin der schwarzen Magie Zwietracht unter der Bevölkerung gesät haben soll. Sie wollte Max umbringen und gehörte im Mordfall Rheintaler ebenfalls zu dem Kreis der Verdächtigen, da diese ihr angeblich im Weg stand. Schon damals gab es Vermutungen, dass sie das »Buch des Teufels« unterzeichnet haben soll, um ihre Macht in der Region zu festigen.

Viele Spekulationen, dachte Emelie. Beweise für diesen ganzen Hokuspokus gab es keine.

Immerhin hatte die Frau einen Namen: Henriette von Bergh. Doch sie war damals spurlos verschwunden und trotz der zahlreichen Gerüchte, dass sie für das Großfeuer verantwortlich gewesen sein sollte, war es Max nicht gelungen, ihre Spur zu verfolgen.

Emelies Ehrgeiz war geweckt.

Vermutlich war Henriette von Bergh schon lange tot, doch die Herausforderung, etwas über ihren Verbleib herauszubekommen, reizte die zielstrebige Journalistin.

Schließlich wurde sie fündig.

Mit Hilfe der KI fand sie heraus, dass die damals über siebzigjährige *von Bergh* in Salem als Schamanin praktiziert hatte. Offiziell galt sie als Heilerin, doch Gerüchte über schwarze Magie rankten sich schon früh um ihre Person. Durch die Auswertung ihrer damaligen Internetaktivitäten gelang es Emelie, ein

Profil zu erstellen, aus dem sich auch die Gewohnheiten der Frau interpretieren ließen.

Von Bergh war in diversen okkulten Foren aktiv, in denen es um Rituale und Flüche ging. Gegen Mitternacht versandt sie regelmäßig E-Mails an ihre Anhänger, um ihre Autorität zu festigen. Unter einem Decknamen betrieb sie ebenfalls ein Instagram-Profil voller esoterischer Symbole und ab und zu tätigte sie ungewöhnliche Online-Bestellungen: antike Schriften und verbotene Bücher aus dem Ausland.

Wie sich herausstellte, hatte *von Bergh* zwar ihren Namen geändert, jedoch ihre alten Gewohnheiten beibehalten. Auf diese Weise kam Emelie der Schamanin »Frederike Anton« aus Weimar auf die Spur, bei der es sich nach Berechnung der KI mit neunundachtzigprozentiger Wahrscheinlichkeit um Henriette von Bergh handeln musste. Doch das Leben mit der neuen Identität währte nur kurz: Ein Jahr später verbrannte sie unter mysteriösen Umständen in ihrer Wohnung, ohne dass es nennenswerte Schäden am Mobiliar gegeben hatte.

Je tiefer Emelie in den Fall eintauchte, umso mehr verfing sie sich in einem Netz widersprüchlicher Gefühle, hin- und hergerissen zwischen greifbaren Fakten und dem Sog der Magie.

Und die Geschichte wurde immer spektakulärer.

Max' damalige Ermittlungen führten ihn bis in die Nähe von Salem, zu Katrin, einer Verdächtigen, über die er seltsamerweise wenig zu sagen hatte, und bei der selbst Emelies Recherchen an ihre Grenzen stießen.

Die Frau scheint ein Phantom zu sein, stellte sie

frustriert fest und widmete sich schließlich dem berüchtigten »Attack-Day«, der Berliner Anschlagserie vom 28.10.2024, die einen Wendepunkt in der Geschichte des Landes markierte.

Über Katrin gelangte Max seinerzeit in den Dunstkreis der rechtsradikalen Terrorzelle, die im Salemer Moor die Abschussbasis für die V1-Rakete versteckt hatte – eine tödliche Waffe, mit der sie das Bundeskanzleramt attackierten. Max wurde im Salemer Moor angeschossen und verbrachte mehrere Wochen im Krankenhaus.

Alles Zufall oder bestand doch eine geheimnisvolle Verbindung zwischen den Geschehnissen?

Die Fakten über die Anschlagserie jedenfalls waren hinlänglich bekannt: Die Terrorzelle wurde zerschlagen. Martin Siegert, ihr Anführer, war tot und sein Vertreter Sven Oldenburg, der in Siegerts Fußstapfen treten wollte, wurde kurze Zeit später dank der Aussage eines Kronzeugen ergriffen. Doch Katrin blieb spurlos verschwunden, obgleich auch von ihr DNA-Spuren im Haus der Schamanin gefunden wurden.

Zu diesem Zeitpunkt befand sich der Mörder von Charlotta Rheintaler noch immer auf freiem Fuß. Doch während sich Max im Krankenhaus von seiner Schussverletzung erholte, gelang es seinen Kollegen aus Lübeck, den vermeintlichen Täter mithilfe eines richterlich angeordneten DNA-Tests festzunehmen.

Bertram Schindelreim, der unter zwanghaftem Nasenbohren litt, hatte am Tatort DNA-Material in Hülle und Fülle hinterlassen. Außerdem war er geständig. Nach eigenen Angaben hatte er die Schamanin erdrosselt und in den Brunnen geworfen, weil sie die archäologischen Ausgrabungen auf ihrem Grundstück nicht erlauben wollte.

Schindelreim gehörte – neben dem wissenschaftlichen Leiter Hartmut Renken und zwei studentischen Helfern – zum Team der Archäologen, konnte aber aufgrund seiner geistigen Behinderung nicht wegen Mordes verurteilt werden. Stattdessen wurde vom Gericht die Unterbringung in einer psychiatrischen Einrichtung angeordnet, in der er sich mittlerweile aber nicht mehr befand.

Damit wurde der Fall zu den Akten gelegt. Selbst Max, der sich mehr und mehr den esoterischen Zusammenhängen der Ereignisse widmete, hatte dem nichts mehr hinzuzufügen. Doch Emelie wurde skeptisch, schließlich war den Akten zu entnehmen, dass sich mit Schindelreims Geständnis niemand mehr für den Rest des Archäologen-Teams zu interessieren schien. Renken hatte ein Alibi, doch über die beiden Studenten war in den Akten nichts zu finden. Fast sah es so aus, als hätte die Polizei sie »vergessen«.

Nach dreißig Jahren war ihre Identität kaum noch zu rekonstruieren. Damals stammten die Hilfskräfte aus einem wechselnden Pool von Studenten, sodass verschiedene Personen bei den Grabungen zum Einsatz kamen.

Emelies Ermittlungen gerieten ins Stocken – bis sie auf die Webseite von Dr. Constantin Bergener stieß. Im Lebenslauf des heutigen Mediziners und Hobbyarchäologen entdeckte sie Fotos, die ihn als jungen Mann bei archäologischen Ausgrabungen im Jahr 2024 zeigten. Der inzwischen Fünfundfünfzigjährige könnte ins Bild passen, befand Emelie und kontaktierte den Mann, der im Universitätskrankenhaus Lübeck als Anästhesist arbeitete. Sie versuchte auch Schindelreim nach seinen damaligen Beweggründen für die Tat zu befragen, doch der Mann mit der seltenen Zwangs-neurose war vor zehn Jahren an einer Krebserkran-kung gestorben.

Als die Fähre in Travemünde anlegte, erwachte Emelie aus ihren Erinnerungen – sie musste an Max denken. Ihr heutiger Besuch war anders verlaufen als geplant. Voller Stolz wollte sie ihm berichten, dass sie herausgefunden hatte, wer der wahre Mörder von Charlotta Rheintaler gewesen war. Doch am Empfang der Seniorenresidenz erhielt sie die Nachricht, dass ihr Großonkel in der Nacht überraschend verstorben sei. Wie betäubt nahm sie die alte Aktentasche entgegen, die ihr die Empfangsdame mit ernster Miene über-reichte.

»Herr Freimann hat verfügt, dass wir Ihnen im Fal-le seines Todes diese Tasche aushändigen«, erklärte sie und schob Emelie ein Dokument über den Tresen, auf dem sie den Erhalt der Tasche quittieren sollte.

Danach war sie stundenlang in Gedanken versun-ken auf dem Priwall herumspaziert, um am Abend eine der letzten Fähren nach Travemünde zu nehmen.

Jetzt stand sie auf dem Pier und suchte in ihrem *Uni-I* nach einem Restaurant, das sich auf vegetarische Gerichte spezialisiert hatte. Sie entschied sich für das »Meeresblick«, bestellte Pilze, gefüllt mit Ziegenkäse, und öffnete neugierig die alte Aktentasche, die Max ihr vermacht hatte – bereit, deren Geheimnis zu lüften.

43.

Der Wald der Rituale empfing sie wie eine Königin, der es ausnahmsweise gestattet war, seine Geheimnisse zu erkunden. Emelie beschlich ein seltsames Gefühl der Einzigartigkeit, als ob die Geister des Waldes nur darauf zu warten schienen, ihre Bekanntschaft zu machen.

Die Luft war warm, Insekten zirpten leise, Sonnenstrahlen tanzten zwischen dem Laubwerk hindurch und das Gezwitscher zahlloser Vögel ließ sie fasziniert innehalten, um den Zauber der geheimnisvollen Atmosphäre tief in sich aufzunehmen.

Emelie fragte sich, warum sie dem Wald nicht gleich zu Beginn ihrer Recherchen einen Besuch abgestattet hatte, denn plötzlich offenbarte sich ihr, was ihn von allen anderen Wäldern unterschied.

Sie konnte die Spiritualität, die er ausstrahlte, förmlich mit den Händen greifen.

Die alte Tasche von Max, die ihr gestern in der Seniorenresidenz ausgehändigt wurde, trug sie bei sich. Sie hatte einen Brief darin gefunden – und Fotos, viele Fotos. Auf der Rückseite von einem der Bilder stand in großen Buchstaben das Wort: *MEGALITH*. Dort sollte sie das Foto ablegen und die restlichen aufbewahren.

So stand es in seinen letzten Zeilen.

Nach der Katastrophe von Vahlendorf war der Wald für Jahre gesperrt gewesen. Die Vegetation hatte sich ungezügelt ausgebreitet. Wege waren zugewachsen und alte Schilder von Moos überwuchert, sodass sie kaum noch lesbar waren. Doch gegen Mittag stand Emelie wie angewurzelt auf einer Lichtung vor dem gewaltigen Megalithen.

Emelie war überwältigt von der Präsenz des monumentalen Steins. Seine Ausstrahlung traf sie völlig unvorbereitet. Sie hatte das Gefühl, von einem Vorschlaghammer getroffen zu werden.

Die junge Journalistin verlor jegliches Zeitgefühl und wusste im selben Moment, dass Max recht hatte, wenn er dem Megalithen besondere Kräfte zuschrieb. Er ist ein Portal in die geistige Welt, war in seinem Brief zu lesen. Seit Äonen verehren und fürchten ihn die Menschen, denn seine Kraft kann auch missbraucht werden.

Ehrfürchtig näherte sie sich ihm, den Blick zur Spitze gerichtet, auf der sich die Sonnenstrahlen in silbernem Glanz brachen. Wie elektrisiert erhoben sich die Härchen auf ihren Armen, und sie spürte ein Kribbeln auf der Haut.

Als sie den Megalithen schließlich erreicht hatte, legte sie das Foto ab und beschwerte es mit einem kleinen Stein. Das Bild zeigte ihren Großonkel Max zusammen mit einer hübschen, jüngeren Frau. Emelie musste lächeln, berührte die raue Oberfläche des Felsens und schloss die Augen, bereit, seine Energie zu spüren.

Was dann geschah, sollte ihr Leben nachhaltig verändern. Ihre romantisch verträumte Veranlagung erlaubte es ihr, sich dem Übersinnlichen zu öffnen, doch

342

mit einer »*Schamanischen Reise*« hatte die junge Frau nicht gerechnet.

Wie von einem Tsunami wurde sie von der Flut der Eindrücke überrollt. Sie sah zahllose Bilder von berauschender Schönheit, aber auch groteske, angsteinflößende Wahrnehmungen, die wie Lichtblitze über sie herfielen.

Fast schien es ihr, als wenn sich die Zusammenhänge, von denen Max gerne gesprochen hatte, wie ein Kaleidoskop vor ihrem geistigen Auge entfalteten. Plötzlich saß sie auf dem Rücken eines gewaltigen Raubvogels, der in schwindelerregender Höhe seine Kreise zog. Sie krallte sich an seine Federn und stellte verblüfft fest, dass das majestätische Tier sprechen konnte. Seine Sprache war ihr unbekannt, dennoch verstand sie jedes Wort.

Sie flogen über die endlose Weite eines türkisfarbenen Meeres und landeten irgendwann auf einem tropischen Strand, der aus zahllosen staubkorngroßen Diamanten zu bestehen schien, die in verschiedenen Farben funkelten. Darauf schwebte eine weiße Tür. Sie ging darauf zu, öffnete die Tür und schritt hindurch …

Emelie erwachte und wusste, was sie zu tun hatte.

EPILOG

Das großzügig gestaltete Foyer des Zeiss-Großplanetariums war voller Menschen. Wie immer fühlte sich Emelie erleichtert, wenn die Lesung vorbei war und sie die Bücher signieren konnte, die ihre Fans erwartungsvoll in den Händen hielten.

»Der Wald der Rituale« hatte sich zum Publikumserfolg entwickelt, und die Lesungen, die seit einigen Wochen stattfanden, waren auf Monate hinaus ausverkauft. Der Komplex im Berliner Ortsteil Prenzlauer Berg gehörte zu den größten und modernsten Planetarien der Welt und wurde ebenfalls als Wissenschaftstheater genutzt – auch für multimediale Lesungen.

Die moderne Technik der Quantencomputer, die vor einigen Jahren Einzug gehalten hatte, ermöglichte es den Zuschauern, innerhalb der Kuppel in eine lebendig wirkende virtuelle Realität (VR) einzutauchen – ganz ohne Brille oder spezielle Ausrüstung. Diese dreidimensionale, dem gelesenen Text nachempfundene Projektion verschmolz förmlich mit der realen physischen Welt, sodass die Zuschauer das Gefühl hatten, selbst ein Teil der Geschichte zu sein. Neben Musik und verschiedenen Klangeffekten konnten die

344

Figuren, von denen die Geschichte erzählte, als Hologramme dargestellt werden, die so real wirken, dass man sie beinahe berühren konnte.

Das Innere der Kuppel begann zu »leben«, während Emelie einige auserwählte Handlungsstränge aus ihrem Buch vortrug. Neben atmosphärisch düsteren Szenen aus dem Wald der Rituale waren es vor allem die durch eine Massenhysterie ausgelöste Spirale der Gewalt in Vahlendorf und die dramatischen, politisch motivierten Anschläge in Berlin, die das Publikum gleichermaßen schockierten wie faszinierten.

Die Lesungen waren eine Inszenierung der Superlative, bei der die Grenzen zwischen physischer und digitaler Welt verschwammen.

Die Illusion war nahezu perfekt.

Emelie, die der Technik anfänglich misstrauisch gegenübergestanden hatte, musste sich eines Besseren belehren lassen. Schließlich gab ihr der Erfolg recht.

Mit dem Referat »*Wie der Mord an einer Schamanin die Nation erschütterte*«, das sie im Rahmen eines Volontariats ihrer Redaktion präsentierte, hatte sie die zahlreichen Fakten des Falls auf eindrucksvolle Weise zusammengetragen. Außerdem war es ihr gelungen, den *wahren* Täter zu entlarven, der für den Tod von Charlotta Rheintaler verantwortlich war.

Das daraufhin veröffentlichte Buch »Der Wald der Rituale« ging jedoch noch einen Schritt weiter. Es verband die damaligen Vorfälle mit Mythen und Sagen, mit spirituellen Botschaften sowie okkulten und mystischen Geheimnissen, die das Universum als einen Ort beschrieben, der sich der menschlichen Logik entzog – und machte das Werk zu einer literarischen Sensation.

Die Botschaft, die Emelie am Rande des Megalithen zugetragen wurde, war eindeutig gewesen: Zivilisationen kamen und gingen – seit Äonen. Letztlich würde die Menschheit nur überleben, wenn sie sich in das gewaltige Räderwerk der kosmischen Kräfte einfügte. Die Balance entschied über Leben und Tod – das war die universelle Regel, die sie auch in ihrem Buch thematisierte.

Emelie machte sich keine Illusionen: Die Aussicht darauf, etwas Grundlegendes zu verändern, war verschwindend gering. Doch sie beschloss, es trotzdem zu versuchen. Mit der vom Verlag finanzierten Werbung und den spektakulären Lesungen erreichte sie ein breites Publikum, um für das Leben im Einklang mit der Natur zu werben.

Außerdem hatte sie mit der Lösung des Mordfalls »Rheintaler« bereits vor Veröffentlichung ihres Buches für Aufsehen gesorgt. Bertram Schindelreim hatte jahrelang zu Unrecht in der Psychiatrie verbracht, da der geistig beeinträchtigte Mann gezielt manipuliert worden war.

Hartmut Renken, der Leiter des Archäologen-Teams, hatte Schindelreims eingeschränkte Entscheidungsfähigkeit skrupellos ausgenutzt und ihn bewusst dazu gebracht, den Mord an der Schamanin zu begehen. Der Mann mit der geistigen Behinderung war in seinen Händen nichts weiter als ein »Tatwerkzeug«, das den perfiden Manipulationen seines ehrgeizigen Chefs hilflos ausgeliefert war. Renken müsste als Anstifter zum Mord zur Rechenschaft gezogen werden, als hätte er die Tat selbst begangen. Doch damals fehlten die Beweise, um seine Tatherrschaft aufzudecken. Nach dem Tod der Schamanin nutzte er die Gelegenheit, um die Ausgrabungen auf ihrem Grundstück voranzutreiben.

Schindelreim selbst galt als schuldunfähig, da er nicht in der Lage gewesen war, das Unrecht seiner Tat zu erkennen. Mit seinem naiven »Geständnis«, in dem er Renken mit keinem Wort erwähnte, lieferte er den Behörden die perfekte Grundlage, den Fall mit dem Vermerk »gelöst« zu den Akten zu legen.

Dreißig Jahre später gelang es Emelie, den Fall neu aufzurollen. Sie konnte Constantin Bergener, der damals Zeuge der Manipulationen gewesen war, mit denen Renken seinen Schützling zum Mord verführte, zu einer Aussage bewegen. Bergener hatte seinerzeit als studentischer Helfer bei den Ausgrabungen gearbeitet und sich für sein Schweigen von Renken entlohnen lassen. Doch inzwischen plagte ihn das schlechte Gewissen. Zudem war der Tatbestand der Anzeigepflicht verjährt, sodass er keine rechtlichen Konsequenzen mehr zu befürchten hatte. Renken wurde aufgrund seiner Aussage wegen Mordes an Charlotta Rheintaler zu einer Haftstrafe verurteilt, die der mittlerweile fast Achtzigjährige in der Justizvollzugsanstalt Lübeck angetreten hatte. Der bereits verstorbene Schindelreim wurde rehabilitiert.

Emilies Gedanken wanderten zu den Toten aus dem Vahlendorfer Wald, die darauf warteten, dass ihr

347

gewaltsamer Tod gesühnt wurde. Doch eine allumfassende Gerechtigkeit schien es nicht zu geben. Der Mord an der Schamanin war aufgeklärt, doch viele andere Schicksale blieben im Dunklen. Trotzdem war Emelie zuversichtlich, dass es sich lohnen würde, an die Vernunft der Menschen zu appellieren.

Seit ihrer Begegnung mit dem Megalithen hatte sie sich verändert. Mehr denn je wuchs eine Kraft in ihr, die sie antrieb und ihr den Mut gab, allen Widrigkeiten zu trotzen. Auch während der Signierstunde gab es vereinzelte Besucher, die sie als moderne Hexe beschimpften und ihr Werk als »esoterischen Müll« verunglimpften.

Doch Emelie ließ sich nicht beirren und stand jeder noch so unsachlichen Kritik Rede und Antwort.

Als die meisten Besucher das Foyer verlassen hatten, atmete sie tief durch, nippte kurz an ihrem Wasserglas und griff sich den kleinen Rucksack, um ihre Utensilien zu verstauen. Als sie aufblickte, stand eine junge Frau von zierlicher Gestalt vor ihr, vielleicht Mitte zwanzig, mit langen blonden Haaren, die zu einem Zopf zusammengebunden waren. Sie hielt ein Buch in der Hand und lächelte.

»Eine beeindruckende Show«, sagte sie, und in ihrer Stimme schwang Bewunderung mit. »Herzlichen Glückwunsch, Frau Resté.«

»Danke«, entgegnete Emelie und reichte ihr die Hand. »Um die Menschen zu erreichen, muss man sie unterhalten – heute genauso wie damals.«

»Ja, viel Technik!«, entgegnete die junge Frau, in deren Blick etwas Melancholisches lag. »Und doch lesen viele immer noch gerne Bücher aus Papier.«

Emelie nickte zustimmend.

»Einige Dinge werden sich nie ändern«, sagte sie nachdenklich. Ihr Blick fiel auf das Gesicht der Frau, das schmal und zerbrechlich wirkte, auf der anderen Seite aber auch eine grob wirkende Komponente in sich trug. Ein Widerspruch, dachte sie und überlegte, wo sie dieses Gesicht schon mal gesehen haben könnte.

»Eigentlich ist die Signierstunde ja beendet«, räumte die Besucherin ein, »aber könnten Sie mir noch eine Widmung in das Buch schreiben?«

»Selbstverständlich. Was soll ich schreiben?«

Die junge Frau überlegte einen Moment, dann sagte sie: »Für Charlotta … und dann das Übliche.«

Emelie nahm das Buch und sah sie überrascht an. Plötzlich schien etwas Magisches in der Luft zu liegen.

»Sie heißen Charlotta?«, fragte Emelie und musterte sie aufmerksam. »Wie die Schamanin aus meinem Buch? Das ist interessant!«

»Genau«, erwiderte Charlotta. »Wie die Schamanin aus Vahlendorf, die ermordet wurde. Eine traurige Geschichte.«

»… und wenn man bedenkt, was damals vor dreißig Jahren noch alles passiert ist«, ergänzte Emelie und überreichte ihr das signierte Buch, »dann fragt man sich, wie es so weit kommen konnte? Außerdem …«

»Meine Mutter kannte sie übrigens – die Schamanin aus Vahlendorf«, offenbarte ihr Charlotta plötzlich mit einer Direktheit, die Emelie verstummen ließ. »Nach einer Fehlgeburt konnte meine Mutter keine

349

Kinder mehr bekommen. Aber die Schamanin hat ihr geholfen, oder …«, sie hielt kurz inne, bevor sie mit einem geheimnisvollen Lächeln hinzufügte: »… ich bin eben doch ein Kind der Liebe.«

Emelie fühlte sich wie benebelt. Die Informationen aus den alten Akten kamen ihr in den Sinn: Katrin Siegert, jene Frau, die Max auf die Spur der Terroristen geführt hatte, war damals wegen einer seltenen Art von Fehlgeburt in Behandlung gewesen. Katrin war seitdem spurlos verschwunden, doch sollte es möglich sein, dass diese Frau, die sich Charlotta nannte, die Tochter von …

»Kennen Sie Katrin Siegert?«, wagte sie einen Vorstoß. »Sind Sie vielleicht ihre Tochter? Dann müsste Ihnen doch bekannt sein, wo …?«

»Danke für die Widmung«, sagte Charlotta, während sie sich abwandte. »Und danke für … alles.«

Emelie brauchte einen Moment, um sich zu fangen. »Und Ihr Vater?«, rief sie ihr beschwörend nach.

»Sagen Sie mir bitte, wer ist Ihr Vater?«

Die Absätze von Charlottas High Heels klapperten über den steinernen Boden. Auf halbem Weg blieb sie stehen. »Der Megalith im Wald der Rituale kennt die Antwort, Emelie«, sagte sie lächelnd über die Schulter hinweg, »denn das Universum ist geduldig, doch es vergisst nichts …!«